Um traço até você

OLÍVIA PILAR

Um traço até você

Copyright © 2023 Olívia Pilar
Publicado mediante acordo com Roman Lit.

REVISÃO
Juliana Souza
Pedro Faria

LEITURA SENSÍVEL
Ana Rosa

PROJETO GRÁFICO E DIAGRAMAÇÃO
Ilustrarte Design e Produção Editorial

IMAGEM DE MIOLO
Haali / Shutterstock

ARTE DE CAPA E ILUSTRAÇÕES DE MIOLO
Anacardos Studio | studioanacardos.com.br

DESIGN DE CAPA
Larissa Fernandez Carvalho
Letícia Fernandez Carvalho

CIP-BRASIL. CATALOGAÇÃO NA PUBLICAÇÃO
SINDICATO NACIONAL DOS EDITORES DE LIVROS, RJ

P686t

    Pilar, Olívia
       Um traço até você / Olívia Pilar. - 1. ed. - Rio de Janeiro : Intrínseca, 2023.
       288 p. ; 21 cm.

       ISBN 978-65-5560-671-3

       1. Romance brasileiro. I. Título.

23-84445   CDD: 869.3
                            CDU: 82-93(81)

Gabriela Faray Ferreira Lopes - Bibliotecária - CRB-7/6643

[2023]
Todos os direitos desta edição reservados à
EDITORA INTRÍNSECA LTDA.
Rua Marquês de São Vicente, 99, 6º andar
22451-041 – Gávea
Rio de Janeiro – RJ
Tel./Fax: (21) 3206-7400
www.intrinseca.com.br

Para minha avó Amerita, que também adorava histórias e me ensinou que nossas palavras merecem ser ouvidas, lidas e contadas.

1

Às vezes eu gostaria de viver em um mundo onde só existissem eu e meus desenhos.

Não é como se eles fossem a grande obra-prima do século, mas são minha melhor companhia. Sinto que ainda não tenho muita técnica, minha forma de segurar o lápis não é tão profissional e, sinceramente, não sou nada boa com rostos. Mas desenhar é a única coisa que realmente me faz feliz.

Eu só não sei como contar isso para o mundo. As falhas da minha "arte" — é estranho chamar assim — prendem tanto a minha atenção que vivo dizendo a mim mesma que eu não deveria seguir essa carreira. Mas não tem jeito. É isso que quero. Só preciso de uma oportunidade de melhorar.

É por isso que decido tocar nesse assunto mais uma vez durante o jantar. Como é o início da semana, meus pais não devem estar tão estressados com o trabalho e imagino que Antônio, meu irmão caçula, ainda não teve tempo de aprontar na escola.

Dessa vez, a conversa não é só sobre meu sonho, mas também sobre a notícia que abalou o mundo da ilustração.

— Mãe… — chamo e abaixo o garfo. Prefiro falar com ela, já que costuma ser mais flexível que meu pai. — Você se lembra da Paz?

— Hum?

— A Paz, aquela ilustradora brasileira que se mudou daqui e que…

— Ah! Aquela que você ama — diz meu pai, olhando rápido de mim para minha mãe.

— Essa mesma! — Não escondo o sorriso de satisfação por pelo menos ter feito o nome da minha maior inspiração grudar na cabeça dele. — Lembra que ela tinha se aposentado? Que falou que aquela exposição na Argentina seria a última da carreira dela? E olha que ela só tinha quarenta anos na época…

— Sim?! — responde minha mãe.

Acho que ela não faz ideia do rumo dessa conversa. Para ser sincera, nem eu.

— Então, depois dessa declaração uns seis anos atrás ela se mudou para Santiago, no Chile. Acho que parte da família da mãe dela é de lá, e ela sempre falou muito sobre como perder a mãe tão nova e o laço materno a fizeram desenhar com mais emoção. Já deve ter morado em umas dez capitais desde que começou a viajar expondo seus trabalhos e…

— Hum… — murmura minha mãe, sem levantar os olhos e se deliciando com o espaguete à bolonhesa que meu pai tinha preparado.

Respiro fundo; toda essa história é só uma preparação para o que eu quero contar desde ontem à noite. Não consegui me concentrar nas aulas de hoje na faculdade, não consegui comer direito nem fofocar com a Amanda, minha melhor amiga desde o ensino fundamental. Passei o dia inteiro pensando em como contar aos meus pais que quero fazer um curso de verão de desenho — em *outro país* — e que infelizmente preciso de bastante dinheiro para isso.

Dinheiro que ainda não tenho.

— Então... Ontem ela divulgou que vai fazer mais um retorno artístico, mas que dessa vez o objetivo é passar tudo o que ela sabe. Ela vai lançar um curso em janeiro... no Chile. Completíssimo, com aulas do nível iniciante ao avançado, falando sobre tudo o que aprendeu nos vinte anos de carreira. Vai ser incrível e quero muito, muito mesmo, fazer. Sabe, pra melhorar meus desenhos...

Pela primeira vez desde que comecei meu monólogo, vejo meus pais trocando olhares. Não faço ideia do que estão tentando dizer um para o outro, mas não gosto nadinha do silêncio que toma conta da mesa. Só dá para ouvir Antônio mastigando com voracidade.

Meu pai já está com as bochechas vermelhas, e as sobrancelhas pretas da minha mãe estão tão franzidas que quase parecem uma só. Vejo seus lábios grossos se contraírem e, nesse momento, percebo o quanto me pareço com ela. Exceto por sua pele preta ser bem mais escura que a minha.

— Por que ela não lança o curso aqui no Brasil? — pergunta meu pai, depois de um pigarro nervoso.

— Não sei, pai. Acho que ela não deve ter lembranças boas daqui, sabe? Só voltou uma vez desde que a mãe morreu no parto da irmã mais nova. Dizem que foi erro médico, e a Paz já falou em várias entrevistas sobre como mulheres negras são desrespeitadas e têm mais risco de sofrer violência obstétrica. — Faço uma pausa para respirar antes de continuar. Esse pode ser um momento determinante, que vai me aproximar do que mais quero para a minha vida. — Aí o pai dela levou a Paz e os irmãos para a Colômbia. Foi ser pedreiro em uma obra grande por lá. A Paz começou a fazer sucesso logo depois... Enfim, ela falou que o Chile agora é o novo lar dela, depois de tantas cidades.

Já contei essa história, mas não me importo de repetir. Meus pais não falam nada por alguns segundos; o silêncio me corrói por dentro e sei que estou perdendo minha chance. Eles não dizem uma palavra sequer, mas eu sinto. Está estampado na cara deles.

— Vamos terminar de jantar e depois conversamos sobre isso, Lina. Amanhã precisamos acordar muito cedo.

— Mas mãe...

— Depois, Lina. Estamos terminando de jantar.

Engulo em seco. Meu prato ainda está intocado. Perdi o apetite e meu estômago começa a se revirar. Cada um se levanta e começa a retirar os utensílios da mesa.

— Vamos jogar alguma coisa? — diz Antônio, alheio à tensão, antes de ir para a sala.

— Depois, pirralho — respondo, forçando um sorriso.

Ignoro o resmungo do meu irmão. Sei que ele vai me desculpar em algumas horas. Fico sozinha na cozinha vendo a água bater nas louças, os pequenos pedaços de comida no ralo, o som do meu coração acelerado preenchendo o silêncio deixado pelos meus pais.

Paro no meio do desenho que estou fazendo. É uma tentativa de desenhar uma árvore histórica do meu campus, a mais antiga do lugar e que dizem ter sido plantada pelos fundadores da universidade. Encaro o papel, os traços finos mostram os galhos mais distantes, tão altos que poderiam tocar o céu. Os traços grossos formam o tronco central. Está bonito, mas não tem muito sentimento.

Já é madrugada e não consigo tirar a conversa da cabeça — ou, melhor, a *quase* conversa — com meus pais. Se passaram cerca de quatro horas, mas...

Pego meu celular e fico olhando a timeline do Instagram. Nada relevante, até que o anúncio de uma vaga de estágio, feita pelo perfil oficial do meu curso na faculdade, surge como uma luz no fim do túnel. Leio rápido, não há pré-requisito sobre o período mínimo que o aluno deve estar cursando. Então resolvo salvar a postagem.

— De novo... conversa... futuro... — Escuto a voz da minha mãe, mas poucas palavras são decifráveis.

Levanto rápido e me aproximo da porta do quarto. Não dá para tirar qualquer conclusão do que eu ouvi, mas sinto que estão falando de mim.

— Eu sei, Lélia. — Escuto meu pai responder, baixinho.

Moramos nesse apartamento a vida toda, mas meus pais ainda juram que não dá para ouvir suas conversas silenciosas da madrugada. Eu já soube de muitas fofocas da família só por ficar acordada até tarde (sem eles saberem, claro).

— Eu só não quero que ela seja como meus primos. Ela é uma menina negra. Bem de vida, mas negra... precisa de algo mais certo. Precisa de algo... — comenta minha mãe.

— Menos idealista, eu sei — completa meu pai.

— Ela não tem ideia de como vai ser difícil.

Nesse momento, já estou a poucos passos da porta do quarto deles. Não deveria estar ouvindo essa conversa, mas não consigo me controlar. Sei que meus pais me amam, mas meu coração está cada vez mais apertado. É meu sonho, mas ninguém parece entender isso.

— Ela é talentosa, mas... — diz minha mamãe.

— Não podemos mais incentivar. Acho que fizemos errado em dar aquela mesa digitalizadora para ela.

— Nós achamos que era um hobby. Não uma possibilidade de profissão.

— E se for, já que ela...? — Sei que agora meu pai sussurrou, porque estou quase com a cabeça colada na porta e não consegui ouvir o final da frase. — Pode ser só algo passageiro. Ela vai perder tempo.

Silêncio.

Meus pais não entendem. Eu preciso desse curso. A Paz pode melhorar muito o meu traço. Sei que sou talentosa, mas também sei que ainda não sou tão boa quanto poderia ser.

— O que vamos dizer para a Lina sobre... *isso*?

A voz da minha mãe sai como um sopro, como se falar em voz alta sobre eu desenhar pudesse causar uma catástrofe mundial. E talvez tenha causado, no meu mundo.

Começo a caminhar devagar para o meu quarto. Não quero mais ouvir essa conversa, não quero saber o que eles têm a dizer. Sei que não me apoiam e está na cara que não vão me ajudar com o curso. Preciso fazer isso sozinha.

Talvez eu *queira* fazer isso sozinha.

Tenho poucos meses para conseguir o dinheiro antes de a Paz abrir as inscrições. Na publicação, ela informou que seria um curso com bastante vagas e até algumas bolsas, mas não posso contar com isso. Preciso fazer a minha parte.

A publicação do Instagram volta aos meus pensamentos. Decido pesquisar melhor sobre a vaga de estágio e me candidatar logo. Preciso ser rápida. O tempo está correndo e estou perdendo minha melhor chance.

Eu me sinto triste e sozinha. Desacreditada. Acho que aquele desejo de um mundo só meu e dos meus desenhos se tornou realidade. Mas não como eu esperava.

2

Olho apressada para a tela do celular assim que desço do ônibus. Já estou em cima da hora, mas talvez eu até consiga chegar alguns minutos antes se pegar um atalho. Caminho do ponto até a entrada da faculdade, seus dois prédios grandes e compridos contrastando com o céu azul.

Não tenho tempo para reclamar do fato de o pessoal de Direito ter um prédio inteiro enquanto os outros cursos precisam se amontoar nos andares do segundo bloco, mas inevitavelmente sou lembrada dessa informação quando vejo a placa que informa as direções do campus.

Na parte de cima, desgastada pelo tempo, está a inscrição FACULDADE DO MUNICÍPIO DE BELO HORIZONTE. Embaixo, é possível ver DIREITO com uma seta para a esquerda e ADMINISTRAÇÃO, COMUNICAÇÃO SOCIAL, LETRAS E DESIGN GRÁFICO com uma seta para a direita. Eu escolho o lado da mão que uso para escrever e sigo em direção ao prédio mais antigo, aquele que abriga a maior parte dos cursos e tem sempre uma aparência malcuidada.

No caminho, passo pela fachada cinza. O prédio dispõe de um gramado na frente e tem três lanchonetes na parte interna. Do outro lado, vejo a área comum do campus. Há foodtrucks, um restaurante relativamente grande e uma tenda de circo que deveria ter sido temporária, mas nunca foi removida.

Os alunos costumam fazer aula de dança, ioga e várias outras atividades nesse espaço. Amanda certa vez me convenceu a fazer uma aula de forró que foi um desastre completo. Para ser sincera, nunca imaginei que meus pés fossem tão descoordenados. Essa foi a única vez em que estive na tenda por mais de cinco minutos, porque no geral ela é apenas uma passagem até o foodtruck de hambúrguer.

> Estou passando agora perto da tenda. Você sabia que depois do almoço ela também fica cheia?

Envio a mensagem para Amanda, fazendo questão de reforçar que cheguei à faculdade à tarde.

Nós frequentamos o curso no período da manhã e sempre tivemos curiosidade de saber como o local fica em outros momentos do dia. Sinto o celular vibrar com uma notificação, mas não consigo reagir tão rápido quanto gostaria.

É difícil explicar, mas uma força me faz decidir mudar um pouco a rota; um ímã que de repente me leva até a tenda. Fico surpresa ao perceber meus pés saindo do caminho para o Laranjinha — apelido carinhoso dado pelos alunos ao prédio onde estudo — e, quando me dou conta, já estou no meio da feirinha que está sendo realizada na tenda.

O andar do curso de Administração está a dez minutos de mim, e tenho apenas quinze para chegar a tempo da entrevista. Sei que nunca parei para observar de perto essa feira, e não faz sentido algum eu decidir circular por ali justamente no dia em que preciso ser pontual. Mas meus pés não me obedecem.

— Lina... — sussurro para mim mesma, dando passos rápidos na direção contrária à que deveria ir.

A feira, assim como supostamente a tenda, também é temporária, mas não é surpresa que sempre haja gente ali. Quando não estão vendendo itens de artesanato ou tortas, as pessoas estão fofocando ou debatendo algum assunto que pelo visto acham *muito* interessante.

Do lado esquerdo, há várias mesas e banquinhas com cartazes. No direito, algumas pessoas estão em pé, muitas delas com um copinho de café na mão e batendo papo descontraidamente.

Caminho entre as mesas e observo cada cartaz, cada pessoa vendendo alguma coisa ou oferecendo um serviço. Fico bastante impressionada com o rapaz que afirma conseguir decifrar a vida de alguém com base apenas no mapa astral dessa pessoa. Quase paro na mesa da moça vendendo trufas de morango, mas desisto e decido ir até a parte final da tenda.

E é uma das últimas mesas que chama minha atenção de verdade.

Quando me aproximo, percebo que não é exatamente uma mesa, está mais para uma tábua apoiada em dois cavaletes pequenos, mas altos. Em cima da madeira plana, vejo vários livretos, com algumas opções de cor. Na frente, pendurado em um barbante e apoiado na mesa, um cartaz diz: PEGUE, MAS SÓ SE FOR LER!

Não há ninguém ali para explicar o material. Acho que o responsável deixou que as pessoas tirassem as próprias conclusões quando lessem.

De repente, o que vejo na minha frente faz valer cada segundo perdido naquela caminhada sem sentido. Uma garota está sentada em um banco da altura da mesa, um pouco mais afastada. Seus dedos passeiam pela tela do celular e seu olhar encara o chão. Aproveito sua distração para observá-la por mais tempo. O black power está cuidadosamente penteado, com uma presilha dourada na lateral esquerda. O objeto brilha, mas meus olhos focam sua pele negra, bem mais escura que a minha. É como se nossos tons de marrom se completassem.

Ela tem o rosto fino, e eu consigo ver uma cicatriz em sua sobrancelha direita antes de perceber que a garota se levantou e agora está de pé, me encarando.

— Ei, tudo bem? — A voz dela soa um pouco baixa, mas inesperadamente potente.

Ela sorri com os dentes à mostra, e noto um pequeno espaço entre os dois da frente.

— Oi! — respondo, contendo minha empolgação. — Tudo... estava dando uma olhadinha na sua mesa.

— E já escolheu?

— O quê? — Acho que minha pergunta parece boba, porque ela solta uma risada.

A garota chega mais perto da mesa e aponta os livretos. Eu me aproximo e reparo melhor em cada um. Não parecem estar em alguma ordem preestabelecida, e todos têm o mesmo título: *ELZA*.

— É só pegar?

Agora pareço ainda mais boba, mas as peças não se juntaram na minha cabeça.

— E ler! Essa é a única regra — responde ela, apontando para o cartaz.

— E aí depois eu te procuro e conto o que achei?

— Hum... talvez. — Ela parece pensativa. — Não vou ficar chateada se você não gostar, só não me conte. — Ela ri.

Seu sorriso já não parece tão aberto quanto antes, então imagino que exista uma pontinha de verdade nessa brincadeira. Eu sorrio também, sincera.

Pela primeira vez desde que cheguei à faculdade hoje, meu corpo obedece aos meus comandos, então estico a mão para pegar um dos livretos. Escolho um amarelo só porque é minha cor favorita.

Sinto o olhar da garota observando cada um dos meus movimentos, mas não me privo de folhear o livreto. Percebo alguns versos nas páginas, embora não consiga ler nenhum. Não estou tão concentrada quanto deveria.

— São seus? — Ergo os olhos do livreto e a encaro.

Ela assente, e agora seus lábios estão contraídos. Não sei se está chateada por eu não olhar o livreto com tanta atenção ou se está ansiosa pela minha opinião.

Mas por que ela estaria preocupada com o que eu tenho a dizer se nem nos conhecemos? Deve ser coisa da minha cabeça.

Fico com a primeira opção e fecho o livreto com delicadeza.

—Você é a Elza ou é uma homenagem a alguém?

Sua boca relaxa em uma nova risada, baixa como sua voz.

— Meu nome é uma homenagem a Elza Soares, mas o que eu escrevo é sobre o que vejo, sinto, reflito... — Ela pega um exemplar roxo e me entrega. — Leva esse também. Já me falaram que esses dois meio que se complementam.

Fico ainda mais interessada e pego o livreto da mão dela com um aceno de cabeça. Espero que ela entenda que é um sinal de agradecimento. E interesse.

—Você já sabe meu nome, mas eu não sei o seu — diz Elza, sem soltar o livreto.

Sinto nossos dedos se tocarem sob as páginas roxas e é como se um raio percorresse meu corpo.

— Helena... — respondo, meio avoada.

Logo me lembro de que aquela não é a conversa para a qual tinha me preparado. Meu Deus! A entrevista!

— Mas pode me chamar de Lina — acrescento. — Por favor, me chama de Lina — digo, parecendo um pouco ansiosa.

Não sei o que deu em mim.

— Ok, então... Lina.

Meu apelido nunca soou tão bonito quanto naquele momento.

Sinto o celular vibrar com outra notificação e sei imediatamente que estou atrasada.

— Depois a gente se fala — diz Elza em um tom simpático e tranquilizador ao perceber que estou distraída.

Sei que transpareci (e muito) meu desespero.

Mal me despeço dela com um aceno e saio correndo, ignorando o fato de que chegarei toda suada na minha primeira entrevista de estágio.

Depois da conversa dos meus pais que ouvi escondida, essa se tornou a minha melhor oportunidade de conseguir o que quero, e eu não posso sequer cogitar perdê-la. Mas não me sinto tão mal com o atraso, porque, pela primeira vez, a tenda não parece tão sem graça.

3

Se tem um lugar que conheço como a palma da minha mão, é o prédio Laranjinha. Por isso, consigo pegar todos os caminhos mais curtos. Ainda bem.

Cada um dos quatro primeiros andares é destinado a um curso diferente, e no quinto ficam as salas de reuniões, a sala dos professores e a dos colegiados. O andar de Administração, meu curso, fica em cima do de Letras e abaixo do de Comunicação Social, que descobri, no ano passado, ter duas habilitações: Jornalismo e Publicidade.

Design Gráfico, que deixa meus colegas indignados por não entenderem por que não faz parte de Comunicação, ocupa o quarto andar. E, por incrível que pareça, é o segundo lugar que mais visito apenas por um motivo: a melhor lanchonete de todo o campus. Pão de queijo quentinho e um café de primeira. Não preciso falar mais nada.

Amanda vira e mexe diz que esse é meu jeito de esconder a verdade, que ali eu me sinto em casa, diferente do que acontece no nosso andar.

Afasto esse pensamento ao subir correndo as escadas e peço desculpas ao esbarrar em algumas garotas. Estou atrasada e sei que é culpa minha, mas tento não pensar muito nisso.

Tenho apenas dois objetivos esta tarde: chegar a tempo para a entrevista e cativar a pessoa que vai me avaliar.

—Você é a Helena?

No segundo andar, uma garota branca me olha com as sobrancelhas arqueadas. Repasso em minha mente o Instagram da professora responsável pela vaga de estágio e não me lembro de tê-la visto em publicações recentes.

A garota sorri, mas não passa tanta sinceridade quanto parece tentar. Seu cabelo liso castanho-escuro está solto, e as pontas caem junto à lateral esquerda do corpo, apoiado na porta de madeira.

Bati apenas uma vez antes que ela aparecesse e quase soltei um palavrão por não ter me dado um tempinho de respirar fundo e me recuperar da quase corrida.

— Eu mesma, mas pode me chamar de Lina. — As palavras saem em meio à respiração ofegante, e a garota assente meio indiferente.

Quando ela abre passagem e pede que eu entre, reparo que tem a pele bronzeada, mas já naquela transição para o tom mais claro. Sua roupa não tem nada a ver com a minha, e me sinto quase desarrumada com a calça jeans preta e a camisa branca básica.

Logo me lembro de que meu cabelo volumoso está solto, deixando bem à mostra meus cachos, e recupero a confiança. Confio na beleza deles com toda a minha alma, mesmo que talvez mais ninguém pense o mesmo.

— Eu sou a Camila. — Ela se senta a uma mesa diante de um computador. — Estou nesse projeto com a Fátima desde o semestre passado — comenta.

Ela ainda está com um sorriso, mas a forma pausada como diz cada palavra me deixa desconfortável. Não sei por quê.

Tento ignorar essa sensação, porque é bem provável que não seja nada de mais. Eu nunca vi essa garota e tenho quase certeza de que ela nunca deve ter ouvido falar de mim também.

Dou uma olhada na sala ampla. É retangular e comprida e tem duas mesas redondas no centro, com quatro menores na lateral direita, ao lado da porta de entrada. Duas janelas grandes na parede em frente à porta estão abertas. E ao fundo, do lado esquerdo, vejo o que imagino ser o escritório da professora Fátima Vieira, a responsável pelo projeto.

Parece uma sala pequena e tem uma divisória de vidro entre os dois ambientes. Ela me vê ao longe e acena rápido, mas logo volta os olhos para o computador, falando ao telefone. Quando me inscrevi para a vaga, procurei o nome dela na internet e acabei encontrando sua única rede social. Não deu para descobrir muita coisa que me ajudasse na entrevista, já que havia apenas muitas fotos conceituais, mas pelo menos me acostumei com seu rosto. Sabe aquela coisa de tentar guardar na memória a aparência de alguém? Aconteceu comigo.

Fátima se vira de costas para nós, e eu também me viro para observar a garota que está comigo.

— E você gosta de trabalhar no projeto? — Tento quebrar o silêncio, mas não espero uma grande revelação.

Quero manter uma conversa para evitar que o nervosismo tome conta de mim. É minha primeira entrevista na vida, não é pouca coisa. O único outro emprego que tive foi com meu pai, então não diria que passei por um processo seletivo muito rigoroso.

Camila gira a cadeira, se voltando para mim, e vejo seus olhos passeando e conferindo cada parte do meu corpo. Ficaria quase lisonjeada se não tivesse visto de relance seu nariz dar uma leve franzida.

— Nossa, eu adoro! — Sua voz soa um pouco esganiçada, mas percebo certa sinceridade na resposta, ainda que eu não esteja confiando muito nos meus instintos hoje. —

Acho que você vai gostar bastante! — exclama ela, como se tivesse certeza de que a vaga vai ser minha.

Mais certeza do que eu esperava, para ser sincera. Talvez eu seja a única pessoa que se candidatou.

— Ah, então não teve mui... — Tento pescar alguma informação sobre o processo seletivo, mas sou interrompida.

— Helena, querida... — Escuto uma voz atrás de mim.

Eu me viro rápido o bastante para receber o abraço da professora Fátima sem me assustar com aquela aproximação.

Diferente das fotos, que escondem alguns detalhes, a pele dela é muito branca e tem algumas marcas, além de várias sardas. O cabelo tem mechas loiras, mas a raiz é de um castanho-escuro puxado para o preto. As pontas estão desiguais, uma lateral maior que a outra.

Chuto que ela tenha por volta de quarenta e cinco, mas parece uns quinze anos mais velha.

— Que bom finalmente conhecer você...

— Finalmente? — Do que ela estava falando? Mas minha pergunta é ignorada.

Seus olhos passeiam pelo meu rosto até chegar à cabeça.

— E que cabelo lindo... — comenta ela.

A forma como a professora morde o lábio inferior parece estranha, mas o sorriso aberto logo volta e, mais uma vez, tento afastar qualquer pensamento receoso sobre essas pessoas que acabei de conhecer.

A mulher levanta o braço e me afasto rápido, mas tento não dar muito na cara. Tenho a sensação de que ela estava prestes a colocar a mão no meu cabelo. Sinto o pânico me dominar por alguns segundos. A expressão de Fátima muda um pouco, mas não consigo identificar os sinais com clareza.

— Obrigada — respondo, meio incerta do rumo da conversa.

— Venha, venha... — indica ela, gesticulando e apontando para sua sala.

Eu vou na frente e entro no escritório. Há uma mesa grande com duas cadeiras. O computador dela é um daqueles de última geração. Do lado direito, tem uma janela como as da outra sala. Do esquerdo, uma estante lotada de livros chama minha atenção.

— Camila, nós vamos bater um papinho aqui, mas qualquer coisa é só me chamar, viu? — avisa ela.

Não consigo ouvir a resposta de Camila, porque a porta se fecha e logo Fátima está diante de mim.

— Por favor, sente-se! — diz ela, e eu me acomodo na cadeira diante da mesa.

Sinto meu estômago se revirar e me seguro para não fazer uma careta. Já conheço aquele sentimento, é o nervosismo tomando conta de mim.

Coloquei muitas esperanças nessa entrevista, mesmo com Amanda me alertando para a possibilidade de talvez não dar certo, afinal é um processo seletivo, então pode haver vários candidatos. Mas ali estava eu, nervosa porque sabia que era minha única chance de conseguir viajar no começo do próximo ano.

A expressão de Fátima não está mais tão simpática, e seus olhos me analisam demoradamente.

— Então... o que você sabe sobre análise de dados?

A pergunta me pega desprevenida. Lembro que meus pais não apoiam meu desejo de fazer algo diferente, deles dizendo que desenhar não é uma profissão. Ou algo assim.

Não sei. Talvez eu devesse mesmo continuar na Administração, assumir logo a empresa da família, seguir o caminho mais fácil e esquecer meu sonho.

— Eu estou brincando, é claro. — Fátima me desperta de volta para a realidade.

Solto uma risada sem graça. Ela continua, a voz alta e aguda demais:

— Bom, Helena, acredito que você tenha lido a descrição da vaga, mas apenas para contextualizar...

Tento me concentrar em suas palavras, ainda que tenha decorado tudo sobre o projeto.

— Nós estudamos inclusão e diversidade em empresas de cosméticos, principalmente de maquiagem — explica a professora. — O objetivo é estudar a presença de grupos minoritários nesses espaços.

— É um assunto incrível — respondo, sincera.

Administração nunca foi a carreira dos meus sonhos, mas não podia negar que o projeto parecia legal.

— Essa vaga foi criada porque sentimos falta de alguém que possa auxiliar a Camila na tabulação dos dados e depois na análise que faremos.

Resolvi não me deixar abalar pelo fato de que ela tinha simplesmente *ignorado* meu comentário. Mais uma vez.

— Você está no segundo período, certo? — pergunta ela.

— Isso.

— Já está sofrendo com Estatística I?

— Não muito. Até que estou gostando, sabia? Assim, ainda não chegamos nas partes mais complicadas, mas estou achando tranquilo.

Fátima parece surpresa, mas a expressão não se mantém por muito tempo. Ela volta os olhos para o computador e noto certa indiferença em seus gestos e sua postura.

— Ótimo! Você vai se sair bem com os dados, então! Entrarei em contato em breve, Helena. Pode ser pelo e-mail que conversamos?

— Com certeza! — respondo rápido.

Fico surpresa pelo fim abrupto da entrevista. Talvez a vaga já esteja preenchida e só me deixaram vir para cumprir tabela.

— Ah, Helena... — chama ela. — Mande um abraço para o seu pai, está bem?

— Meu pai?

Sei que pareço confusa, porque estou mesmo.

— Acho que ele não chegou a falar sobre mim... — Sua expressão está séria, apesar do sorriso contido. — Nós fomos colegas de faculdade.

— Uau, que coincidência...

Não conheço muitos colegas dos meus pais da época da faculdade, mas tenho certeza de que nunca ouvi falar dela.

— Sim, muita. — O sorriso dela vacila, e me atenho às suas palavras. — Vou adorar trabalhar com você.

Fátima volta a encarar a tela do computador e percebo que essa é minha deixa para sair depois que o silêncio toma conta do lugar.

Antes que eu dê por mim, já estou fora do escritório me despedindo de Camila. Não consigo decifrar sua expressão, mas percebo que ela e Fátima trocam olhares rápidos e afiados.

Alguma coisa me diz para ficar bem atenta.

4

Respiro fundo e ando pelos corredores da faculdade. Agora, passada a pressão da minha primeira entrevista e longe de Fátima e Camila, consigo pensar em tudo o que aconteceu antes de entrar na sala.

A cena volta com força total à minha cabeça e meu coração bate forte, porque penso na possibilidade de *ela* também estudar aqui. A garota que escreveu os versos dos livretos que estão na mochila que carrego no ombro. A garota de olhar penetrante e cabelo lindo. *Elza*, o nome ecoa em minha mente.

Eu fico me perguntando o que vou fazer se por acaso a encontrar pelos corredores, mas nenhuma das minhas suposições se torna realidade. Não há sinal dela ali, nem no pátio, nem na tenda.

A imagem de Elza se mistura com a de Fátima e a de Camila. Penso sem parar nas três, no que cada uma delas significa. As duas últimas representam minha única chance de conseguir fazer o curso no começo do ano. Já a primeira... eu não sei. Ainda. No entanto, minha mente insiste em lembrar seu rosto a todo momento. Quero conhecê-la melhor, quero saber tudo sobre ela.

Resolvo checar o celular e vejo as notificações. São todas de Amanda, desesperada para saber sobre a entrevista. Envio uma mensagem para minha amiga.

> Saí agora. Foi… estranho? Não sei explicar. Acho que deu tudo certo, mas tem alguma coisa me dizendo que… não sei. Tomara que dê certo.

> **Amanda**
> Eu já te falei o que acho. E por que mesmo você quer seguir com essa ideia de arranjar um estágio em uma área que nem gosta?

> Não é que eu não goste, eu só gosto mais de outras coisas. É porque eu quero muito fazer o curso, já te falei.

> E eu já disse o que acho. Pede ajuda com todas as letras pros seus pais, cara!

> Você sabe como eles são megarresistentes com tudo isso… só torce por mim.

Amanda responde minha última mensagem com um emoji de coração seguido de um joinha.

Volto para casa com muito em que pensar. Estou preocupada com o desfecho da entrevista e um pouco decepcionada por não ter esbarrado com Elza. Era o momento perfeito para o acaso me ajudar. Que droga, universo!

— Linaaaaaa!

Assim que passo pela porta, eu me preparo para o abraço e sinto um corpo pequeno se chocar com o meu.

Só existe uma pessoa no mundo inteiro capaz de me animar em qualquer situação: Antônio.

Ele me abraça forte e eu me inclino e passo os braços ao redor de sua cintura, erguendo-o no ar.

— Quando foi que você cresceu tanto, garoto? — pergunto, em tom brincalhão.

Antônio faz uma careta.

— E aí, tudo bem? — acrescento.

Então meus olhos finalmente percebem o que há de diferente no rosto dele. Na verdade, não vai levar muito tempo até minha mãe ver também, por isso solto uma gargalhada e o coloco no chão.

— O que você fez com a sua sobrancelha?

Antônio tem os olhos redondos e bem pretos, seus cílios são gigantes e sua carinha de anjo esconde toda a energia que ele tem dentro de si. É por isso que não me surpreendo quando vejo sua sobrancelha com vários buracos.

— Peguei a tesoura e...

— E sapecou a própria sobrancelha — completa minha mãe, vindo da cozinha.

Ela olha por cima do ombro para nós dois, que estamos no meio da sala. Está com o cabelo molhado, e consigo ver de longe suas habituais argolas douradas. Gosto da cor, porque realça sua pele negra retinta. Minha mente inevitavelmente volta para Elza, com sua presilha da mesma cor, mas balanço a cabeça para focar no presente.

Solto uma risada abafada pela travessura do meu irmão, mas fico aliviada de não ter que contar para ela o que seu filhinho querido fez.

Passo a mão pelo cabelo crespo de Antônio, que está um pouco sem forma por não ver um corte há um tempo. Ele sorri com seus dentes um pouquinho tortos à mostra. Sabemos que nossa mãe segue cada passo que damos. Ela nem tenta disfarçar.

— Direto para o banho e depois conversamos sobre a entrevista enquanto lanchamos, ok? — diz ela, abrindo a geladeira.

Gosto muito que a família Almeida carrega uma característica importante em seu DNA: a sede por novidades. Cada detalhe, cada segundo do que aconteceu.

Antônio me segue até meu quarto, falando sem parar. A essa altura, já sei tudo o que aconteceu na vida dele hoje, inclusive quantas vezes arrotou. Digo que isso é nojento e separo minhas roupas; ele solta uma risada estrondosa, ignorando meu apelo para não detalhar nada do tipo.

— O que é isso? — pergunta ele, apontando para os dois livretos na minha mão.

Agradeço pela existência de Elza, pois os livretos distraem Antônio e o impedem de soltar um arroto fedido no meu quarto.

— Uma garota me deu. São bonitos, né? — Fico feliz com minha capacidade de resumir em poucas palavras o que senti ao conhecer Elza.

— Ela te deu dois? Que legal... É sua amiga? — questiona ele, se aproximando e pegando um dos livretos da minha mão.

— Não, é só uma menina da faculdade — respondo, incerta. Não escondo meu desânimo, pois a verdade é que não sei nada sobre ela. — Nem tenho certeza se vou vê-la de novo, Toninho.

Não preciso olhar para o meu irmão para saber que ele fechou a cara. Sorrio, satisfeita. Ele não gosta muito de apelidos, porque *ama* seu nome.

— Como você é boba, Lina. Não acredito que não pensou nisso. Olha só aqui atrás...

Ignoro o tom de superioridade do meu irmão e corro para pegar o livreto da mão dele. E ali estão elas, as redes sociais de Elza.

Antônio ainda está de cara fechada, mas relaxa quando eu dou um beijo rápido na sua bochecha. Ele sai correndo do meu quarto quando ameaço apertar suas bochechas e prendê-lo num abraço interminável.

— Ai, ai, irmãozinho! Você é realmente tudo!

Sei que estou falando sozinha e ele já saiu correndo, porque escuto vozes vindo da cozinha — a do meu irmão soa muito mais alta que a da minha mãe. Mas não me importo. Tudo o que consigo fazer é pegar o celular, abrir o Instagram e digitar o nome de usuário dela.

É difícil segurar o sorriso quando ela aparece. Elza.

Quer dizer, não exatamente *ela*, mas seus escritos. Como Elza mesma disse, seus versos são um pouco sobre o que ela sente, então acho que também devem ser um pouco sobre ela. Passo os olhos por várias publicações, fazendo uma nota mental de que preciso ler tudo o que conseguir ainda hoje, além dos dois livretos que peguei. Me sinto um pouco stalker, mas sei que Amanda vai ficar orgulhosa por eu finalmente estar pesquisando uma garota por quem me interessei. Já caí em muitas ciladas por ter confiado demais nas pessoas.

Não demora muito para que eu chegue até seu perfil pessoal, mas me decepciono quando percebo que é privado. Que droga, só dá para ver a foto da conta. Elza sorri para a câmera, espontânea. Na imagem em preto e branco, seu black power está mais curto, mas ainda assim radiante e emoldurando seu rosto. O pequeno espaço entre os dentes destaca seu sorriso perfeito.

— Lina, vai pro banho AGORA! — grita minha mãe da cozinha, porque sabe que ainda não fui.

Não é como se ela estivesse tão preocupada assim com minha higiene, a verdade é que só quer logo os detalhes do meu dia. Eu ignoro a ordem por mais cinco minutos, olhando bem rápido a timeline do "Escritos da Elza" — esse é o nome da conta.

Resolvo deixar para ver mais postagens com calma depois, antes de dormir.

Agora eu tinha que contar para minha mãe tudo sobre a entrevista de estágio que poderia me dar a chance de viajar para o exterior, fazer o curso dos meus sonhos e não precisar pedir mais nada aos meus pais.

5

— A entrevista foi bem rápida. Eu entrei e quando percebi já estava indo embora.

— Então você deve ter se saído bem, filha.

Aprecio o otimismo do meu pai.

— É, talvez — respondo, terminando de mastigar. — Aí ela mandou um abraço pra você...

Tiro os olhos do prato, direcionando minha atenção para ele.

— Qual o nome dela mesmo? — pergunta meu pai.

Ele parece distraído, como se cada parte do que eu contei não fosse tão interessante.

— Fátima... Fátima Vieira.

— O quê? — A voz da minha mãe sai alta demais.

Os olhos dela exibem surpresa, e agora é *ela* quem encara meu pai com atenção.

— Hum... tem certeza?

— Tenho, pai! — Tento não revirar os olhos com a pergunta boba. — Fuxiquei a vida inteira da mulher. Queria conhecer quem ia me entrevistar... Esse estágio é importante pra mim.

Não sinto vergonha de dizer a verdade. Era uma questão de vida ou morte, então assisti a mil vídeos antes de ir para a entrevista, e a maior parte deles sugeria fazer uma boa pesquisa sobre o local de trabalho. Por conta disso, também resolvi dar uma investigada sobre quem comandava o projeto.

— Ela foi, hum... — A voz dele falha.

Era relativamente fácil saber quando meu pai estava constrangido, porque a reação logo começava a aparecer em sua pele branca. Vergonha, receio e raiva marcam as maçãs do rosto dele em um tom vivo de vermelho.

Exatamente como agora.

— Pelo amor de deus, Roberto!

Minha mãe balança a cabeça com força, incrédula. Ela deixa o garfo de lado.

— Ela foi namorada do seu pai na faculdade — explica.

— Vocês namoraram outras pessoas? Como assim?

Dessa vez, *eu* estava chocada. Eles nunca falaram sobre outros relacionamentos.

— Claro que sim, Lina — responde minha mãe.

Ela parece estar com zero paciência para essa conversa.

— Sua mãe namorou o...

— O assunto agora é a Fátima, Roberto — interrompe ela.

Solto uma risada meio sem querer, porque meu pai está bem perto de virar uma beterraba.

— Quando eu conheci seu pai, ele ainda estava de trelelê com ela...

— Mãe, então quer dizer que você roubou o papai dela?

— Eu NÃO roubei o seu pai! — O protesto dela foi alto o suficiente para eu deduzir que essa afirmação não era uma unanimidade. — Ele terminou com a Fátima *antes* de a gente começar algo.

— Mas ela não acreditou nisso na época. A Fátima foi bem mald...

— Roberto! — repreende minha mãe. Meu pai passa a mão pela boca e faz um gesto imitando um zíper. — E Lina, como ela sabia quem você era?

— Não sei, mãe... — Era uma ótima pergunta. — Talvez ela tenha me visto no Instagram do papai? Não sei mesmo.

Pelo visto, a professora Fátima fez uma investigação bem mais minuciosa do que a minha.

Os dois assentem, mas minha mãe se detém por alguns segundos, fitando meu pai. A situação toda era bem estranha.

— O que foi? — questiono.

— Nada, filha — responde meu pai, no automático.

— Não, não... Eu faço questão de saber de tu...

— Lina, vamos comer? — A voz dele soa firme ao me interromper. Meu pai olha brevemente de mim para minha mãe. —Você não tem que se preocupar com isso.

Reviro os olhos. Quero saber cada detalhe, é quase como um capítulo imperdível de uma novela. Fico imaginando o narrador contando aquela cena, as pessoas prendendo o fôlego diante da expectativa de uma revelação, e quase bufo alto ao perceber que não vou saber o restante da história.

— Mas você gostou de lá, filha? — pergunta minha mãe depois de alguns segundos de silêncio.

Ela me analisa. Não sei se quer saber mais sobre Fátima ou se só está puxando papo.

— Gostei, mas isso não importa muito, né?

— Por que não? — A voz do meu irmão faz com que a gente lembre que tem uma criança de sete anos à mesa.

— Porque eu não preciso gostar, só preciso de um emprego.

É a mais pura verdade, mas me sinto julgada pelos olhares dos meus pais. Dou de ombros.

— O que foi?

— Não é bem assim que a vida funciona, filha — comenta minha mãe.

— Não é isso que vocês acham? Que desenhar é um hobby, que eu tenho que fazer algo sério? Que eu devo trabalhar na empresa do papai assim que me formar?

Eles trocam olhares e eu me calo. Não quero brigar. Hoje, não. Mas é muito difícil segurar as palavras quando me sinto injustiçada.

— A gente só quer que você tenha um bom futuro. — O tom da minha mãe é calmo e acolhedor, mas isso é tudo que *não* sinto.

— E eu vou ter, porque se conseguir o estágio vou poder juntar dinheiro para pagar a viagem e o curso.

— De novo essa história de curso, Helena... — reclama meu pai.

Ele se levanta e começa a tirar os pratos da mesa. Parece impaciente, e percebo que balança a cabeça em negação quando sai a caminho da cozinha.

— Filha, ele só quer o melhor pra você.

— O melhor pra mim seria vocês apoiarem meu sonho...

O olhar da minha mãe é quase de... pena. E não gosto disso. Nem um pouco. A conversa dos dois aos sussurros volta à minha mente. Antônio está com os olhos arregalados e presta atenção em tudo, embora eu tenha certeza de que não está entendendo muita coisa.

Principalmente a tensão no ar.

— Quer saber, deixa pra lá. Em janeiro eu vou pegar o avião e ficar três semanas no Chile. Tenho certeza de que vai dar tudo certo.

É óbvio que estou mentindo. Estou bem longe de ter essa certeza, mas minha mãe não precisa saber disso. Ela baixa os olhos e não fala mais nada, então entendo que é minha deixa para voltar para o quarto, já que hoje arrumar a cozinha é tarefa do meu pai.

— Quer jogar alguma coisa antes de dormir? — convida meu irmão.

Antônio está atrás de mim no corredor e eu nem percebi. A ansiedade está estampada em seus olhos. Ele aguarda com impaciência minha resposta, mas vejo o exato momento em que sua animação some.

— Hoje não vai dar, Toninho. Amanhã, pode ser? — respondo.

Meu irmão dá de ombros e volta correndo para a sala. Me sinto um pouco mal por, mais uma vez, não dar a atenção que ele merece, mas quero ficar no meu quarto repassando o dia de hoje, torcendo para que aquela conversa estranha de pouquíssimos minutos tenha sido o suficiente para garantir o meu estágio.

6

Não sei quando peguei no sono, mas demoro a abrir os olhos. Quando consigo, percebo que meu celular está entre meu ombro e minha cabeça, jogado no travesseiro.

Lembro que fiquei lendo as postagens do projeto da Elza até tarde e sinto meu coração dar um pequeno salto. Ela é talentosa, nunca desconfiei disso, mas é muito diferente quando a gente consegue perceber já nos primeiros versos.

Só consigo pensar na minha caixa de e-mails. Estou ansiosa com a resposta que posso receber — e também com a possível ausência dela.

Decido pular o café da manhã e ir para a faculdade, e pareço um zumbi a caminho do campus. Nem sei como fui parar no ônibus. De repente lembro que, antes de sair, meus pais falaram aleatoriedades comigo, que Antônio pediu para a gente jogar uma partida no Playstation quando eu chegar. Meu Deus! Devo ter prometido várias coisas sem pensar, porque meu corpo é apenas sono. Provavelmente concordei com tudo.

Devo estar parecendo um trapo, porque quando Amanda me encontra na entrada da faculdade suas sobrancelhas automaticamente se erguem, questionando o que aconteceu. Ela vem saltitando em minha direção, o cabelo balançando com o movimento.

Quando se aproxima, ela solta uma risada e suas bochechas arredondadas estão vermelhas, então sei que com certeza ela tem alguma fofoca do mundo pop para me contar.

— Lina, *o que* aconteceu com você? — pergunta ela, com uma careta.

Fico esperando a fofoca, mas ela não vem. Continuo andando em direção ao nosso bloco, fingindo que não tenho nada para contar, mas sinto meu corpo despertar de repente ao ver a tenda ao longe.

— Fui dormir tarde pesquisando uma coisa.

Por um momento esqueço que minha melhor amiga é a pessoa mais curiosa e empolgada do mundo. Essas poucas palavras nunca serão suficientes.

Amanda para na minha frente com um movimento brusco e eu dou um pulo, assustada. Para falar a verdade, eu não deveria ter ficado tão surpresa.

— Que coisa? — pergunta, tranquila.

Eu sei que ela está se controlando. Não quer perder a chance de arrancar de mim todas as informações que puder.

Suspiro. Não tenho como esconder dela por muito tempo o que estou sentindo, então começo a contar.

Falo sobre como fui parar na tenda do nada, como se algo estivesse me chamando. A primeira reação de Amanda é checar se estou com febre. Depois conto do garoto que consegue decifrar a vida da pessoa pelo mapa astral, e ela comenta que isso é uma bobagem, que a vida dela segue exatamente um álbum da Taylor Swift.

Torço o nariz, porque não sou muito fã, mas ela acrescenta "ou da Olivia Rodrigo", o que me deixa mais feliz. Tento ignorar esses arroubos de fã de Amanda, porque ela tende a ficar muito sensível quando falo qualquer coisa sobre seus ídolos. E, sinceramente, não desgosto de nenhum deles.

— Eu segui pelas barraquinhas, fui até uma em especial. E então eu a vi...

Descrevo Elza. Tento não focar muito na beleza dela, que é indiscutível, porque não quero parecer aquele tipo de pessoa que só se importa com isso. Até porque não sou assim. Falo dos livretos, de como são organizados por cor, da explicação de Elza sobre o que eles abordam.

Nós passamos perto da tenda e logo tiro os olhos da minha amiga para procurar a garota que não sai da minha cabeça. Eu não a vejo, então continuamos nosso caminho até o Laranjinha.

— Como é que você foi parar na tenda? Você nem gosta de lá.

— Eu não sei, Amanda. Eu só... sabe quando algo dentro de você diz para seguir uma intuição? — Minha amiga assente. — Então, foi assim. Senti que devia ir até lá.

— E foi amor à primeira vista?

Os olhos dela brilham com expectativa. Ela é realmente muito empolgada.

— Amanda, deixa de ser boba.

— Você está com essa cara aí e eu que sou boba? — provoca ela.

Ignoro a gracinha dela. Pego os livretos na mochila e os entrego para Amanda, que está tão animada que nem percebe que já estamos no andar de Administração.

—Você já leu tudo?

Ela caminha folheando o livreto amarelo com os olhos tão arregalados que quase pergunto se está tudo bem.

— Uhum... — respondo, mordendo os lábios. Não tenho por que esconder a verdade. — Não só li os dois como também devo ter lido umas vinte postagens dela no Instagram — acrescento.

Amanda solta uma risada. Ela me dá dois tapinhas orgulhosos no ombro. Sempre me senti tranquila para falar de garotas com ela.

— Parabéns por finalmente levar em consideração meu conselho sobre dar uma olhadinha nas redes sociais das pessoas.

— Eu sempre faço is… — minto.

—Até parece! — Ela sorri. — E que mais? Já sabe o que ela faz da vida além de ser extremamente talentosa? Você leu esse poema, "Caneta"? — pergunta, gesticulando com os braços.

Ela me mostra os versos, quase enfiando o livreto na minha cara e me fazendo tropeçar. Como se eu já não o tivesse lido e relido ontem à noite…

E ficou para trás
Aquela sua caneta.
Ela tá aqui comigo
Um dia te devolvo
E você me devolve
O que levou de mim.

A saudade no peito
Ainda tem seu nome
Gosto de angústia
Cheiro de ausência.
E com a sua caneta
Reescrevo o tempo.

— Sim, Amanda, eu já li umas mil vezes — confesso, sem pensar.

Cada livreto tem cerca de cinco páginas, com um poema por página, então não é muito difícil relê-los. Não conto para Amanda que fiquei refletindo sobre cada um deles por tanto tempo que parecia que minha cabeça ia explodir.

"Caneta", o poema que ela estava elogiando, era um dos meus preferidos, e eu realmente queria saber um pouco da história por trás dele.

— E você mandou uma mensagem para ela dizendo que são todos maravilhosos, né? — pergunta Amanda sem me dar muita atenção, pois tem certeza de que a resposta é "óbvio".

No entanto, meu silêncio faz com que ela pare de forma abrupta outra vez, e eu tenho que fazer o mesmo para não esbarrar nela com tudo e impedir que a gente caia no chão. Sei que já faz uns minutos que cheguei à faculdade, mas o sono continua dominando meu corpo inteiro.

— Helena Almeida! — exclama ela, com uma falsa expressão de raiva.

Ela tenta me dar um soquinho, mas até parece que tem alguma chance. Amanda consegue ser menor do que eu.

— Pois não, Amanda Lombardi?! — respondo, contendo o riso.

Ela bufa e resolve deixar pra lá. Sei que às vezes é difícil me entender, mas me dou conta de que ela também não insiste no assunto porque estamos a caminho da aula de marketing estratégico. É a matéria de que Amanda mais gosta, então não existe a menor possibilidade de ficarmos conversando. Vai ser bom para ver se consigo parar de pensar na Elza.

No intervalo, vamos até a cantina do primeiro andar e conto detalhes sobre a entrevista para o projeto da professora Fátima. É a vez de Amanda torcer o nariz. Ela tinha conhecido Fátima em uma disciplina optativa que fez no primeiro semestre, indo contra o meu planejamento de que nos três primeiros semestres deveríamos focar no ciclo básico e cursar apenas as matérias obrigatórias.

— Eu estou te dizendo, Lina, ela é uma pessoa ruim. Vai por mim — insiste ela, mesmo depois de eu dizer que tudo tinha corrido bem.

— Só porque ela te deu uma nota baixa não quer dizer que ela é uma pessoa ruim, Amanda!

Não sei por que estou tentando defendê-la. Talvez porque no fim das contas nem considerei aquilo uma entrevista de verdade, ou quem sabe porque os vídeos a que assisti para me preparar diziam que era importante manter o pensamento positivo. Em tese, isso atraía bons resultados. Resolvo guardar para mim, num canto bem escondido do peito, o sentimento de que havia algo estranho acontecendo durante a conversa para a vaga de estágio.

— Não foi apenas uma nota baixa, foi a pior nota da minha vida! — protesta minha amiga, bufando. — E não sou só eu que acho isso, muitos alunos reclamam dela.

— Tá, mas a questão é que provavelmente não vai aparecer outra oportunidade tão boa nesse semestre. E você sabe muito bem que não posso contar com o dinheiro dos meus pais.

— E por que mesmo você não pode pedir dinheiro para eles? — Amanda tem um sorriso maldoso, porque já sabe a resposta.

— Porque eles não gostam nem quando eu *falo* sobre o curso, imagina *pagar* por ele. Quero conseguir isso sozinha. É algo meu.

— Sei, sei. Todo aquele papo de independência, né?

Em qualquer outro momento, eu poderia fazer uma lista de argumentos para Amanda, mas não consigo pensar em nada, porque Elza está passando a poucos metros de nós. Meu coração começa a bater forte, e sinto como se minhas pernas estivessem tremendo. Se bem que pode ser apenas fome. Só tomei um copo de café na cantina.

Apesar de a lanchonete do quarto andar ser perfeita, Amanda prefere a do curso de Letras. Ela diz que é porque o lugar tem um bolo de cenoura com calda de chocolate incrível, mas na verdade é só porque fica mais vazia e podemos conversar sem preocupações. O bolo é bom mesmo, mas o pão de queijo da cantina do quarto andar... Ai, ai.

— O que foi, Lina? — Escuto a voz da minha amiga ao longe, me chamando de volta à realidade.

— É ela... — sussurro, incrédula.

Me sinto muito dispersa. Inclino a cabeça para a direita, na direção em que vi Elza segundos atrás.

Pouco discreta, Amanda move a cabeça rápido demais na direção que tento apontar. Ela logo abre um sorriso enorme. A aprovação da minha amiga está ali, estampada em seu rosto, mas para não deixar dúvida ela completa sua avaliação assentindo com a cabeça.

— Uau, Lina! Ela é linda mesmo. Você está de parabéns! — comenta, um pouco alto demais. Eu dou um tapinha em seu braço. — Ai! Calma! Agora anda, vamos lá falar com ela...

— O quê? Nem pensar, Amanda! Não mesmo! — protesto, mas sou voto vencido.

Ela passa o braço pelo meu ombro e começa a me empurrar de leve em direção a Elza. Eu protesto a cada passo, o coração quase saindo pela boca. Quando nos aproximamos, percebo que Elza não está sozinha.

Um garoto está com um dos braços apoiado no ombro dela, e eles conversam tão próximos que eu murcho um pouco. Ele é mais alto que ela, tem a pele marrom parecida com a minha. O tom é menos quente, brilha menos que a pele retinta de Elza, e consigo ver covinhas em suas bochechas.

O cabelo black power dele é curto, diferente do de Elza, que é bem volumoso. Ele usa uma roupa colorida e uma bolsa a tiracolo. Lado a lado, eles parecem perfeitos.

Paro de modo abrupto, e Amanda me encara sem entender nada. No entanto, quando olha de novo para Elza, a compreensão surge em seu rosto. Sei que na hora minha amiga entende o que estou pensando, porque seu braço se solta do meu e logo estamos dando meia-volta rumo a outro andar.

Eu sabia que era bom demais para ser verdade.

7

— Helena!

Amanda e eu paramos na escada.

— Quer dizer… Lina — corrige Elza, sorrindo.

Eu fico ali, encarando-a sem saber o que dizer. Surpresa é pouco para descrever como estou. Nem consigo colocar em palavras o que sinto. Ela veio *mesmo* atrás de mim? Eu tinha esperança de falar com Elza de novo, mas agora tudo foi substituído por puro nervosismo.

É quando percebo que o garoto ainda está ao lado dela. Ele continua apoiando o braço em seu ombro. Estremeço, mais nervosa. No entanto, meus olhos se fixam no cabelo da garota. É tão bonito… Cada detalhe de seu rosto parece querer contar uma história nova. Estranhamente, olhá-la tão de perto me acalma, faz com que de alguma maneira eu me…

Ai! Sinto um leve beliscão nas costas. Amanda. Ela me desperta para o mundo real outra vez.

— Oi… — cumprimento, fingindo costume. — Oi… é… oi… Elza. Como vai você? — Que pessoa de dezoito anos diz "Como vai você?". Pelo amor de Deus! *O que está acontecendo comigo?*

A sobrancelha direita de Elza, a que tem uma cicatriz, se ergue. É, isso definitivamente foi estranho. Quero me enfiar em um buraco.

— Ei, gente! O que é isso? — pergunta Amanda, animada.

Sorrio em agradecimento por ela estar ao meu lado. Minha amiga é tão despachada que dispensa apresentações.

Amanda aponta para as mãos de Elza, e percebo que ela está segurando um bolo de panfletos. Fui incapaz de perceber isso antes.

— Minha cara, isso é o motivo de estarmos aqui... — responde o garoto, com a voz imponente e um tom solene.

Ele se afasta de Elza e entrega um dos papéis para minha amiga, indicando o que está escrito. Suas sobrancelhas grossas estão franzidas, mas seu sorriso é encantador.

— Não liga pro Tim! Meu amigo gosta de ser engraçadinho. Não é só isso... — diz Elza, empurrando de leve o garoto.

É engraçado olhar para os dois e em seguida pensar em nós duas; a diferença de altura é muito evidente. Tim é um gigante comparado a mim. Quase me perco de novo ao imaginar nós duas lado a lado. Se ela e Tim fossem um casal, seria bem fofo e tudo, mas...

Não consigo conter o sorriso ao notar a forma como eles interagem e até esqueço que senti certa decepção antes por causa de toda aquela proximidade. Eles são só amigos. Toda a minha curiosidade sobre Elza volta com tudo.

Elza fita Amanda por poucos segundos, e logo sua atenção está em mim outra vez. Sei que estou falhando miseravelmente na minha mais nova missão recém-imposta: não ser tão boba na frente dela.

— Eu te vi de longe no andar da Letras e achei que talvez você topasse ir — acrescenta Elza.

Ela me entrega um papel e sinto nossas mãos se esbarrarem.

Tento parar de pensar que estou com um sorrisinho bobo, porque não consigo mais disfarçar. Tem alguma coisa nela que me faz sentir algo forte, faz meu coração acelerar e ter esperança.

— Vai rolar uma passeata em prol da educação, contra os cortes de verba das universidades federais. Os auxílios e as bolsas de pesquisa são muito importantes para alguns alunos — explica ela.

Fico aliviada por Elza ter explicado melhor, senão Amanda com certeza ia começar a fazer um monte de perguntas.

— A nossa faculdade é municipal — continua Elza —, mas achamos que é importante mostrar nosso apoio aos colegas de todas as outras. É uma causa que tem a ver com a gente também.

As faculdades municipais não são gratuitas. Cada aluno paga uma mensalidade, mas não são tão caras como a das particulares. Além disso, nossa faculdade tem quase o status de uma federal por causa da excelência do ensino.

— Uau, que legal! — exclama Amanda, fingindo empolgação.

Ela tenta não deixar muito na cara que esse tipo de coisa é um território completamente novo para nós duas. Nunca fui a uma passeata e tenho quase certeza de que Amanda também não. A gente se conhece há anos, e nossa vida sempre foi muito cheia de... tudo. Nunca faltou nada, nunca tivemos que pensar sobre isso.

Mas ali está Elza, me convidando para alguma coisa. Sei que não é para ir *com* ela, mas mesmo assim. E diante do que ela explicou, entendo que realmente não tem nada a ver comigo. É por algo muito maior.

— Então vocês vão? — pergunta a garota.

— Claro que vamos! — responde Amanda antes que eu consiga pensar em uma resposta.

Nossos olhares se cruzam, e espero que minha amiga entenda como estou agradecida por ela ter conseguido colocar minha vontade em palavras.

— Que ótimo! — diz Elza, me encarando. — A gente se vê por lá!

Tim acena para nós duas com um sorriso que não consigo decifrar. Os dois descem as escadas de volta ao andar da Letras e eu e Amanda continuamos subindo.

— É muito errado querer ir a uma manifestação só porque estou encantada por alguém?

— Eu ia perguntar a mesma coisa — responde Amanda.

Solto uma risada. Ela também começa a rir e continuamos assim por alguns segundos.

— É muito errado, né? — concluo, respirando fundo.

— Muito!

Nós nos olhamos. Mesmo sem saber direito sobre as razões para a manifestação, sinto que há um bom motivo e que eu devo me importar. Mas preciso ser sincera comigo: definitivamente não é por isso que quero ir. E me sinto culpada.

— Talvez a gente devesse assistir mais aos telejornais, dar uma lida nas notícias de veículos confiáveis... Você estava sabendo de algum corte? — pergunto.

Fiquei balançada com o encontro inesperado com Elza.

— Lina, a gente vive em uma bolha. Você sabe, né?

Amanda diz isso com muita naturalidade. Não parece uma crítica à nossa vida, apenas uma constatação. E não é mentira.

Minha família nunca teve problemas de dinheiro. Não somos tipo milionários, mas temos uma renda suficiente para sermos considerados classe média alta. Algumas pessoas diriam que até ricos.

Meu pai é dono de uma corretora de valores e minha mãe é sócia de um escritório de advocacia. Sempre estudei em escola particular e só entrei para a faculdade municipal porque é uma das melhores de Belo Horizonte para o curso de Administração — que, não por acaso, foi quase uma imposição familiar.

Afinal de contas, por que não me formar em Direito ou Administração se era o caminho lógico? Não seria mais fácil seguir os passos deles? Por isso escolhi algo que ainda pudesse me dar certa liberdade. Administração não era o curso dos sonhos, mas acabei gostando de algumas coisas que ele poderia me proporcionar. Pensando que quero ter meu próprio negócio no futuro, ia ser importante.

No entanto, até essa ideia de ter um negócio próprio só existe porque eu sou quem eu sou, com a família que tenho. Mesmo sendo a única menina negra dos meus círculos na escola, minha vida nunca foi tão diferente assim da dos meus colegas. Ainda que eu não goste de lembrar algumas coisas que aconteceram na minha antiga escola...

É muita coisa para assimilar. Acho que vou precisar de um pão de queijo.

— Pelo visto você ficou viajando no que falei, né? — comenta Amanda.

Seguimos em direção à melhor cantina do mundo (e só minha opinião importa).

— Só fiquei pensando um pouco... — minto, porque estou pensando muito. *Muito mesmo.* Depois de um instante de silêncio, acrescento: — Nós vamos, né?

— Na passeata? Lógico!

Quando nos sentamos com nossos pães de queijo, sinto meu celular vibrando e vejo que é uma notificação de e-mail. O nome de Fátima está na tela, então respiro fundo antes de abrir.

— O que foi? — Amanda se mostra preocupada.

— Recebi um e-mail da professora Fátima...

Minha amiga balança a cabeça e faz cara de nojo. Detesto que ela aja como se isso não fosse importante.

— É minha chance, Amanda... E se não der certo?

Ela percebe meu nervosismo e muda de postura. Agora transmite segurança na voz e me dá o empurrãozinho de que preciso.

—Você só vai saber se abrir, Lina.

Então abro o aplicativo.

> *Prezada Helena,*
> *Gostei muito da nossa conversa e queria convidá-la para integrar o projeto "Organizações & Diversidade" como nossa estagiária. Suas atribuições serão passadas na primeira semana, que servirá como um período de adaptação, e você trabalhará ao lado da Camila, nossa estagiária externa que está no quarto ano do curso de Administração em outra instituição.*
> *O início do estágio é na semana que vem.*
> *Aguardo seu retorno.*
> *Atenciosamente,*
> *Fátima Vieira*

—Você não conseguiu? — questiona Amanda.

Pelo tom de voz, ela já está se preparando para me consolar.

— Eu... consegui?!

Não sei como, mas consegui.

— Então por que você está tão estranha?

— É que... não sei. Não foi bem uma entrevista, né?

— E quem se importa com isso, Lina? — Amanda parece mais empolgada do que eu esperava. — Você conseguiu!

É isso. Amanda tem razão. Não vou dar espaço para dúvidas e inseguranças. O universo está me mandando algumas respostas.

— E quais os próximos passos do seu maravilhoso plano?

— Eu já tenho um dinheiro guardado há muito tempo e também uma parte do que ganhei de presente de Natal das minhas tias. Então a passagem acho que está garantida e talvez uma parte da inscrição. Com mais alguns meses da bolsa de estágio, consigo o valor para pagar a hospedagem, as despesas do dia a dia e talvez algum material de que eu precise...

— Uau! Estou tão orgulhosa. Você aprendeu direitinho.

Sorrio porque Amanda é conhecida por ser uma estrategista e planejadora nata, então tentei me espelhar nela ao máximo.

— Eu tenho uma regrinha para cada plano que coloco em prática... — Ela deixa seu pão de queijo de lado e me olha com intensidade. — Sempre lembrar a mim mesma por que quero aquilo.

Respiro fundo e faço exatamente o que ela disse. Listo os motivos de querer tanto essa viagem.

— É um curso de verão em Santiago ministrado pela Paz, uma das ilustradoras mais renomadas da América Latina — recito, como se tivesse decorado o argumento.

— Certo! — Amanda concorda com a cabeça. — E por que você não trabalha na empresa do seu pai, que inclusive é o...

— Sonho da *sua* vida... — completo a frase. Amanda sorri. — Não é o meu. E meus pais não acreditam que ser ilustradora é uma profissão. Então nunca vão me ajudar a investir nisso.

— Tenta pedir pra eles!

— Amanda, de novo isso?

— Mas Lina... Você nem tentou direito! — insiste ela, sem paciência.

— Porque eu já sei o que eles vão dizer e eu não quero que me desmotivem. Além do mais...

— Não consigo nem imaginar o que você vai falar — provoca ela.

— Eu quero ser um pouco mais independente.

Os olhos dela estão atentos a cada palavra que sai da minha boca, e ela franze a testa e revira os olhos. Sei que pareço um disco arranhado, mas dessa vez consigo elaborar um pouco mais.

— Não é só sobre dinheiro. Eu quero ter liberdade para decidir algumas coisas da minha vida, ter espaço pra saber do que realmente gosto, o que quero de verdade, o que é importante pra mim... — explico, sem precisar pensar muito. — E bem, a Paz... ela é uma ilustradora incrível. Eu sei que esse curso vai ser importante não só pra minha técnica, mas também pra quem eu posso ser como artista.

— Faz sentido. Vou buscar um café pra gente — avisa ela.

Pela primeira vez, Amanda parece satisfeita com minha resposta. Sei que ela não entende muito bem o motivo de eu ter odiado tanto trabalhar com meu pai, mesmo depois de eu explicar que era estranho. Ali eu era a filha do chefe. Só isso.

— Bom, acho que vou responder o e-mail... — comento quando ela volta.

— Acho que você devia avisar logo que vai precisar se ausentar em janeiro.

— Eu nem tinha pensado nisso, mas é verdade.

Digito a resposta. Reviso algumas vezes o texto e finalmente clico em "Enviar".

—Você está sorrindo feito uma boba — diz Amanda.

— É que o meu sonho está mais perto do que nunca! Não dá para evitar.

— Então vamos brindar a isso. — Ela levanta o copo pequeno de café.

Eu me surpreendo com o gesto, mas não recuo. Amanda está certa, eu preciso comemorar. Os dois copinhos se aproximam no alto. *Tim-tim!*

Sinto um alívio na mesma hora.

Meu plano não é tão ruim, afinal.

8

Se a Lina do passado soubesse que um dia ia acordar às sete horas da manhã de um sábado para ir a uma manifestação no centro da cidade, ela com certeza não acreditaria. Ali estava eu ao lado de Amanda, saindo da estação Central, bem no centro de Belo Horizonte.

No começo era só por causa de Elza, mas desde que peguei o panfleto passei a pesquisar mais sobre educação, programas sociais e outros assuntos que antes passavam despercebidos por mim. Comecei procurando as notícias recentes, depois mergulhei em materiais mais antigos para tentar entender melhor o contexto.

Era simplesmente um absurdo que o governo diminuísse a verba repassada para as universidades públicas; a educação e as pesquisas científicas já recebiam tão pouco apoio... Era inacreditável a perspectiva de que ainda poderia piorar. Que pesadelo.

Então acho que eu não estava ali apenas para encontrar alguém — mesmo que esse alguém fosse uma garota muito bonita e talentosa. Era também porque eu achava certo. Muita gente dependia das universidades. Também estava ali por mim. Algo me dizia que esse dia seria importante, com ou sem Elza.

— Acho que só a gente veio sem um cartaz — comento com Amanda, passando pela multidão perto da praça.

— Nunca me senti tão peixe fora d'água... — responde ela.

— Nem naquela festa no sítio, no primeiro período? — relembro. Foi uma calourada do curso de Administração de várias faculdades e também a pior decisão que tomamos até hoje na nossa amizade.

— Nossa, não tem nem comparação. Aquilo não era *mesmo* pra mim — diz Amanda. Ela olha ao redor, observando as pessoas. — Mas quem sabe isso aqui é. Estou com uma sensação boa.

Assim como minha amiga, começo a olhar ao redor. Não consigo enxergar muito adiante, mas a praça parece bem cheia.

Amanda e eu estamos praticamente grudadas, segurando a mão uma da outra e meio sem saber o que fazer. Vejo diversos cartazes, pessoas com frases e palavras na testa e camisetas personalizadas. Algumas delas começam a entoar alguns gritos de guerra, mas nenhum deles conquista a multidão.

É como se todo mundo estivesse esperando algo especial acontecer. Então nós esperamos também. A passeata estava marcada para sair em poucos minutos, mas dificilmente isso ia ocorrer. Quando se lida com tanta gente, não dá para seguir planos à risca. Tem uns dez minutos que estamos aqui, e só o que vimos foi mais e mais pessoas chegando. Há muita gente reunida, jovens, pessoas mais velhas, pais com crianças.

— E agora? A gente faz o quê? — pergunta Amanda no meu ouvido.

Eu não faço ideia.

De repente, ouvimos alguns gritos e percebemos uma movimentação mais à frente.

Estamos longe, mas dá para ver um caminhão e algumas pessoas em cima dele. Elas conversam entre si, até que alguém pega o microfone.

— Nós NÃO vamos deixar...

Só consigo ouvir o início da frase, pois uma salva de palmas e gritos encobrem o restante dela. A mulher ao microfone parece ser líder de uma organização, mas não consigo ler o que está escrito em sua camiseta. Com palavras de ordem, ela dita as etapas da manifestação dali em diante.

O centro de Belo Horizonte toma outra proporção para mim. No dia a dia, as ruas ficam lotadas de pessoas andando rápido para o trabalho ou querendo resolver seus problemas, sem se importar com a existência das outras. Agora, o lugar está repleto de todo tipo de gente protestando por algo em comum, compartilhando a mesma expectativa, os mesmos desejos.

Reparo em alguns rostos nas janelas dos prédios antigos, como se estivessem em um camarote. Pessoas passam por nós em direção ao metrô, sem nem olhar em volta. Amanda está ao meu lado, como sempre esteve. Um só lugar e tantos significados. Tento guardar essas imagens na cabeça para desenhar depois.

— Você está conseguindo ouvir alguma coisa? — pergunta ela.

Eu faço que não com a cabeça.

A passeata começa. Depois de um grito conjunto de "Não! Não! Não!", mais duas pessoas vão até o microfone. Na sequência, outros gritos são entoados, e eu e Amanda unimos nossa voz à da multidão. Seguimos com ela, subindo a rua da Bahia em direção à praça da Liberdade. Um caminho bem conhecido do belo-horizontino.

— Ei, você!

A voz não está tão próxima, mas sinto um arrepio inexplicável subir pelo meu corpo. Não a reconheço, então olho diretamente para o lado de onde o som parece ter vindo.

Eu me deparo com uma mulher branca com uniforme marrom e quepe preto. Ela me observa com intensidade e sem qualquer esboço de um sorriso. Parece esperar alguma resposta. Uma resposta que eu não tenho.

Ao seu lado, um rapaz, também branco, de pele mais clara que a dela e com o mesmo uniforme, olha em outra direção, analisando as pessoas. Meus olhos se voltam para a mulher, que ainda espera uma reação minha.

— O que você tem aí? — pergunta ela.

Sigo seu olhar e percebo que ela está encarando meu braço esquerdo.

Pouco antes do início da manifestação, coloquei a mão dentro do bolso da frente da calça para segurar meu celular. É um lugar cheio de gente, então não podia dar chance para o azar. Eu me pergunto por que ela olha os meus movimentos com tanta atenção.

—Vem, Lina! — diz Amanda, alguns passos à frente.

Desvio a atenção para minha amiga, que vem ao meu encontro. Tento não perder a mulher de vista. Assim que vê minha amiga, sua postura muda. Apesar dos ombros tensos, sua expressão automaticamente se suaviza, e eu acompanho cada ação dela.

Amanda segura minha mão e eu a sigo, dessa vez sem olhar para trás. Os pelos da minha nuca estão arrepiados.

—Você viu o que aconteceu? — pergunto para Amanda assim que as pessoas param de caminhar.

Ela balança a cabeça e seus olhos estão arregalados de surpresa.

— Não. O quê? Era a Elza? — responde ela, se virando para olhar por cima do ombro.

— Não... Nada, não foi nada.

Nem eu mesma sei muito bem o que aconteceu. Só foi estranho e... inesperado.

Olho para os lados e não vejo mais a dupla de policiais, mas há outros rondando, montados a cavalo. O arrepio se transforma em angústia, uma sensação esquisita de impotência. Mesmo com o clima quente do dia, na hora meu corpo clama por um moletom. Por aconchego.

Quando vejo um novo grupo de pessoas com o mesmo uniforme vindo na nossa direção, paro na hora. Fico imóvel. *Será que estão vindo por minha causa? Será que aquela mulher disse alguma coisa e agora eles estão me procurando?*

Deixo minhas mãos ao lado do corpo, bem visíveis para qualquer um que passe ao meu lado. Não fiz nada de diferente de todas as pessoas ali, mas meu medo só me diz para continuar parada, em silêncio e com as mãos à mostra.

O grupo se aproxima. Quero gritar, mas não posso. E então ele passa por nós sem olhar para os lados, sem me notar. Lembro que o rapaz com a policial também não ligou para mim. Mas a mulher reparou. Reparou *mesmo*. Talvez fosse coisa de uma única pessoa, talvez fosse só ela.

Mas a angústia não me deixa e o arrepio volta a percorrer meu corpo.

— Está tudo bem, Lina? — questiona Amanda.

Ela fixa os olhos em meu rosto e tento relaxar os ombros. Mexo as mãos para aliviar a tensão, mas algo ainda não me deixa baixar a guarda.

— Sim, sim... tudo bem — minto.

Está tudo bem, não aconteceu nada. Está tudo bem, não aconteceu nada. Está tudo bem, não aconteceu nada. Repito a frase na mente sem parar. Não sei quantas vezes ainda vou ter que repeti-la até que se torne verdade.

Não consigo apagar da cabeça a forma como a mulher me olhou, como parecia ler meus movimentos, julgar minha roupa, meu cabelo volumoso preso em um rabo de cavalo. Minha mão no bolso não era apenas uma mão no bolso na visão dela. E a mulher mudou completamente ao ver minha amiga, tão diferente de mim.

Meu corpo não consegue esquecer como senti medo. Amanda tem razão sobre vivermos em uma bolha. Ficamos tempo demais alheias ao mundo. Mas não sei se concordamos com isso pelo mesmo motivo.

9

— O que é isso?

Dou um salto da cadeira e solto o lápis na escrivaninha.

A voz sussurrada me causa calafrios. Meu irmão está com as mãos na barriga, gargalhando alto. Ele para por alguns segundos, me olha e volta a rir, sem falar mais nada.

— Antônio! — quase berro. — Não sei por que você está rindo tanto, viu? Me deu um susto do ca... — Me contenho antes de terminar a frase. — O que foi, garoto?

— Naaaada... — responde ele.

Antônio respira fundo e coloca as mãos para trás.

Estreito os olhos e evito fitar sua sobrancelha esburacada, o que é muito difícil, porque ela parece atrair toda a atenção do universo. Tento focar na expressão dele.

Meu irmão balança o corpo para a frente e para trás, seus lábios estão contraídos.

—Você quer alguma coisa. Fala logo! — exclamo.

Ele abre um grande sorriso e pisca mais rápido do que o normal.

— É que eu estava lá na sala, jogando sozinho... — Ele começa a gesticular muito. — E aí... Sei lá, me deu uma vontade gigante de comer brigadeiro.

Nossos pais saíram para almoçar com um colega de trabalho da minha mãe, então fiquei responsável pela casa. Fiz um espaguete rápido para nós dois e vim para o quarto em seguida.

Os acontecimentos dessa semana me deram inspiração para alguns desenhos.

—Vim pedir pra você fazer o brigadeiro e te vi grudada nesse negócio aí!

Antônio indica a escrivaninha com a cabeça.

O desenho — se é que dá para chamar assim — ainda não passa de alguns rabiscos sem tanta forma, exceto por algo mais elaborado no canto da folha.

— Tá bem, vamos lá! — cedo, revirando os olhos.

Meu irmão comemora com os braços para o alto e eu me levanto.

— Mas Lina... o que você estava fazendo? — questiona Antônio.

Ele observa as folhas em cima da mesa.

— Só alguns desenhos, Toninho.

— Sei... — Ele ignora o apelido que detesta e se aproxima da escrivaninha.

— Ainda não estão prontos. — Corro para cobrir os papéis, mas não dá tempo de impedir que ele veja.

— Quem é essa? — Antônio pega a folha e a aproxima de seu rosto.

Seus olhos atentos parecem buscar cada detalhe em um desenho que ainda se resume a traços pretos finos.

— Uma garota...

Mordo os lábios, ansiosa. Elza não é *só* uma garota, mas não consigo contar para o meu irmão tudo o que tenho sentido. A verdade é que mal a conheço, e tudo isso parece um pouco esquisito, principalmente quando digo em voz alta.

— Hum... e esse? — Ele pega outra folha, inclinando a cabeça para observar melhor.

— É uma pessoa...

— Eu sei que é uma pessoa, né, Lina? Mas *quem* é?

Esse está ainda menos avançado que o outro. Há uma praça ao fundo. É o começo de uma tentativa de retratar aquela mulher que me chamou no meio da multidão. A mulher que me viu quando tudo o que eu queria era ser como as outras pessoas e passar despercebida. Ela me viu, mas viu pelos motivos errados.

Eu me lembro de seus olhos de um jeito tão nítido que isso fica evidente no desenho. Me surpreende que apenas a lembrança consiga me deixar paralisada outra vez.

Cada detalhe daquela cena fica repassando na minha cabeça.

— É uma pessoa que conheci na manifestação.

— Manifestação? É aquilo que fez o papai ficar preocupado ontem?

— É, isso mesmo... — Sorrio, porque além de espevitado e tagarela, Antônio é mesmo muito atento.

Quando cheguei, meus pais quiseram saber tudo sobre a passeata. Meu pai parecia muito preocupado comigo. Perguntou com insistência se eu estava bem. Já minha mãe ficou tentando disfarçar um sorriso orgulhoso, acho.

— O primeiro eu comecei semana passada. Esse outro eu comecei hoje, mas deixei de lado.

As lembranças voltam a martelar minha cabeça. São desenhos com significados totalmente diferentes.

Antônio olha de novo o esboço que retrata Elza e sorri.

—Tá bom, então.

Ele dá de ombros e se afasta da escrivaninha. De repente para na porta do meu quarto e me encara.

—Você vem, né? — pergunta.

Acho fofo que ele queira passar um tempo comigo. Paro para pensar como é inusitado que ele esteja tão desinteressado no desenho da mulher quando eu estava tão focada em terminá-lo primeiro, como se fosse mais importante. Ele com certeza gostou mais do rascunho de Elza.

Decido que vou terminar o que comecei, porque preciso, é o que meu corpo pede. Minha cabeça não consegue esquecer, mesmo que eu tente. Sinto o coração apertado, mas a conversa com meu irmão me deixou um pouco mais tranquila.

Está tudo bem, não aconteceu nada. Está tudo bem, não aconteceu nada. Está tudo bem, não aconteceu nada.

Talvez eu não precise pensar tanto nisso.

Talvez ele esteja certo, mesmo que não tenha dito com todas as palavras. O primeiro desenho é muito mais interessante, e eu deveria concentrar meus esforços nele.

10

Infelizmente passei o restante do domingo pensando na manifestação. Não só em como foi importante participar, mas também na mulher que me abordou.

Quando esbarro com Amanda na segunda-feira de manhã, decido que é melhor não insistir nisso. Ainda não consigo entender direito o incômodo que estou sentindo. É como se o desenho tivesse me dado certo alívio, mas não o suficiente para falar sobre o assunto com alguém.

— Mas você ficou de boa por não ter visto ela? — pergunta Amanda, ajustando a mochila rosa nos ombros.

Sei que está se referindo a Elza.

— Fiquei, acho... Sei lá, me senti bem de fazer parte daquilo.

— É. Foi bem legal... — O tom de voz dela parece meio hesitante, e isso me deixa alerta.

— Tá tudo bem?

Amanda respira fundo e olha para os lados, checando se não tem ninguém conhecido por perto.

— Meu pai ficou uma fera quando descobriu pra onde eu tinha ido... — conta ela em voz baixa, mas agitada. Seu rosto assume um tom rosado. — Ele falou que essas manifestações são coisa de gente baderneira e pau-mandado dos sindicatos.

— Uau... — Finjo surpresa.

Os pais de Amanda não são as pessoas mais agradáveis do mundo. Não gosto muito de estar com eles, mas nunca contei isso para ela. Toda vez que vou à casa dela me sinto um pouco intrusa, por isso Amanda sempre acaba indo mais lá em casa.

— E o que você respondeu? Acha que ele tem razão? — Disfarço meu incômodo.

— Não consegui responder à altura, mas acho que eles estão errados. Sei lá, foi incrível ver aquele monte de gente reunido por uma causa em comum, uma *boa* causa. Eu sei que é uma boa causa.

Dou uma batidinha de leve no seu ombro, na tentativa de consolá-la pela decepção com o pai, e, com a cabeça, indico a saída do nosso bloco da faculdade.

— Preparada? — pergunta Amanda.

Nós seguimos até a área comum do campus, Amanda em direção ao ponto de ônibus e eu, ao restaurante principal.

É meu primeiro dia de estágio, e decido que economizar com o bandejão é melhor do que comer um hambúrguer de almoço, até porque os dali não são exatamente aqueles enormes vendidos nos padrões, que a gente come depois de um show e se empanturra; estão mais para aqueles caros, meio gourmetizados.

— Zero preparada... — respondo, um pouco insegura.

—Você não gosta da professora Fátima, minha mãe ficou estranha quando contei...

— Mas tem o fato de que ela pegou seu pai, né?

— Amanda! — Faço uma cara de nojo. A frase foi gráfica demais.

— O que foi, Lina? Deixa de ser boba, você acha que veio de onde?

— Ai, nossa... — Viro o rosto. — Para, por favor! Não quero imaginar essas coisas.

Minha melhor amiga solta uma risada alta e coloca a mão no meu ombro. Nós paramos no cruzamento de onde ela tomaria o rumo de casa e eu do restaurante.

— Às vezes eu só tive uma má impressão. E sua mãe só deve ter ciúmes, porque ela teve algo com seu pai, sei lá...

— É, talvez.

— O que pode acontecer de ruim? É só um estágio!

—Você nunca fez estágio, Amanda!

— Ai, não fala assim... — Ela leva a mão direita ao peito e finge uma expressão de tristeza.

— Amanda! — repreendo.

Ela desfaz a expressão e um sorriso surge em seus lábios. Suas sardas estão mais evidentes por causa do sol. Sua aparência é quase infantil, apesar dos dezenove anos.

—Vai dar tudo certo, Lina. Arrasa! — incentiva ela, me dando um abraço apertado e um beijo na bochecha. — Esquece tudo e foca no seu plano!

Lembro da viagem para o Chile, do dinheiro que falta para o curso. Me candidatei a uma bolsa, já que os detalhes foram divulgados no segundo anúncio sobre o curso da Paz, então se tudo der certo pelo menos não vou precisar juntar tanto dinheiro para essa parte.

—Você vai ficar bem? Porque eu preciso... — diz minha amiga.

— Eu sei, eu sei. Você precisa correr — completo, já acenando.

O ônibus de Amanda passa quase sempre na hora em que a aula acaba. Se ela perdesse esse, seria mais uma hora de espera. Me divirto ao vê-la correndo com as perninhas curtas. É assim todos os dias.

Ela mora na região da Pampulha, e eu na região Centro-Sul. Apesar de a faculdade ficar a uma distância parecida das duas regiões, eu tenho mais opções de ônibus do que minha amiga. Poderíamos até ir em um carro de aplicativo, mas por algum motivo Amanda decidiu no primeiro período que pegar ônibus era uma experiência "mais real". E acabou que eu embarquei nisso.

O campus fica no bairro Sagrada Família, na região Leste, e há muitas formas de chegar lá — inclusive andando da estação do metrô e subindo uma ladeira —, mas Amanda prefere o ônibus que tem os piores horários.

Pensando bem, a única semelhança entre nossos bairros é que ficam em áreas nobres.

— Já te falaram que usar a mochila assim faz mal para as costas?

Elza se aproximou sem que eu notasse, e dou um pequeno salto. De forma instintiva, levo a mão ao peito com o susto.

— Eita, desculpa... Tá tudo bem? — Ela parece me analisar e seguir meus movimentos.

— Está, sim — respondo. Respiro fundo e sorrio. — Eu estava distraída vendo minha amiga ir embora.

— Ah, então ela é sua amiga? — pergunta Elza, olhando por cima do meu ombro.

Amanda está quase chegando ao portão da faculdade.

Acho difícil decifrar Elza, seus gestos são contidos e sua expressão nunca é muito fácil de ler. É quase como se ela fosse um mistério ambulante.

— Desde o ensino fundamental.

— Ah, entendi... Interessante... — comenta Elza. Seu tom é bem mais baixo agora. — Você está indo pra lá? — Ela indica a tenda com a cabeça.

O que é interessante? Isso é tudo que quero gritar, mas fiquei distraída entre olhar para o rosto dela e na direção que ela apontou. Então vai ser meio estranho perguntar isso agora.

— Não, estou indo para o restaurante!

Ela me encara, atenta. E eu, que já observava cada detalhe de seu rosto, continuo olhando, diferente do que faria em outra situação. Não há constrangimento. É outra coisa. Sustento seu olhar e ficamos nos encarando por mais alguns segundos. Eu achava que os olhos dela eram pretos ou castanhos, mas agora, com um feixe de luz batendo em sua pele, percebo que são puxados para o mel.

— Posso ir com você? — pergunta ela.

— Pode, uai — respondo, incerta.

Será que Elza entendeu o que eu disse como um convite? Foi mais uma resposta nervosa, uma resposta de uma pessoa ansiosa por tê-la tão perto e que não sabe como agir quando tudo que mais quer é... bem...

Elza sorri. Percebo que, apesar da minha total falta de traquejo social, a mensagem chegou ao destino final. É isso que importa.

Nós vamos até o restaurante lado a lado e logo estamos enfrentando a fila juntas. Tento puxar algum assunto.

— Eu não te vi na manifestação — comento, com um tom despretensioso.

Pego um prato e começo a me servir.

— Eu te vi passando, mas estava muito cheio, né? — responde ela, colocando uma pitada de sal na batata frita.

Eu acredito que a forma como uma pessoa monta um prato no self-service diz muito sobre ela. Conheço bem pouco de Elza, mas já gosto muito dela. E não me decepciono: batata frita, arroz, feijão e frango frito. Ela coloca também uma salada de tomate que, particularmente, dispenso, mas entendo o apelo. Dá para relevar.

Meu prato é muito parecido, mas sem a salada.

— Foi minha primeira manifestação... — conto quase num sussurro, como se fosse um grande segredo.

Espero por uma reação de Elza, mas ela apenas me ouve com atenção.

— É errado dizer que eu achei bem legal? Sei lá, me senti bem — completo.

Ela solta uma risada, baixa como sua voz, mas cativante.

— Acho que não é errado. Só não dá pra ser do tipo que acha que a passeata é um tipo de pré pra depois ir pra uma balada qualquer. É meio esquisito.

— As pessoas fazem isso?

— Você ficaria surpresa com o que as pessoas fazem...

Elza não explica mais nada. Não é como se fosse totalmente indecifrável, mas há sempre esse ar de mistério. Consigo algumas pistas ao observar sua mochila.

Reconheço alguns dos bótons de cara, e isso me dá um conforto. A bandeira bissexual está em tamanho maior e mais evidente. Fico feliz por termos algo em comum.

Depois noto o bóton de um punho preto erguido no ar. E mais outros, mas um em específico chama minha atenção.

— Você tem mais algum desse? — pergunto, indicando o bóton bem no centro, em que está escrito E L Z A.

Ela está distraída tomando um gole do seu suco de laranja, mas parece feliz quando percebe para qual dos bótons eu aponto. Elza balança a cabeça, mas tira o bóton da mochila e o coloca em cima da mesa.

— Não se preocupa, eu tenho mais em casa — responde ela, como se lesse a pergunta em minha mente. Eu seguro o bóton e nossos dedos se tocam. —Você conseguiu ler algum dos livretos? — acrescenta.

Até esse momento, ela vinha parecendo muito segura, mas agora seu tom é quase... temeroso. Percebo que Elza realmente quer saber minha opinião, mas ao mesmo tempo seu olhar desvia do meu como se estivesse tentando evitar uma decepção.

— Mais de uma vez — respondo mais rápido do que gostaria. — Nossa, você é muito talentosa!!! E os seus posts no Instagram? Eu amei tudo e...

—Você olhou meu Instagram? — Os olhos dela brilham, e um pequeno sorriso se abre até iluminar seu rosto.

Tento ignorar como esse sorriso mexe comigo. Está cada vez mais difícil me segurar. Aquele magnetismo surgiu outra vez, uma força inexplicável que quer me puxar para ela.

— Sim! E real, eu amei tudo — consigo responder. — Queria ter tido tempo de ler mais, mas fiquei o final de semana todo pensando num trem que aconteceu na manifestação e não fiz nada de produtivo para esse país.

Solto uma risada com minha piada, mas Elza não ri.

— O que aconteceu lá? Você se machucou?

Seu tom lembra o da minha família quando algo ruim acontece. Seu olhar suplica uma explicação, para ter certeza de que estou bem. Não costumo receber esse cuidado. Para a maioria das pessoas, sinto que é como se eu estivesse pronta para todas as adversidades do mundo.

Percebo que ao longo dos anos fui me moldando assim: por fora, sou forte demais, segura demais e ninguém precisa se preocupar com o que acontece comigo. Mas, sei lá, talvez seja só um personagem. Por dentro, carrego algo que só agora está começando a vir à tona. Ver alguém que mal me conhece demonstrar essa preocupação é algo diferente. E totalmente novo.

— Nada de mais... — respondo.

Dou de ombros.

Nunca fui uma boa mentirosa. Era isso que todo mundo gostava de me dizer, mas ninguém costumava insistir quando eu me esquivava da verdade.

No entanto, Elza continua me olhando com uma expressão séria. Não sei por que, mas de repente sinto vontade de baixar a guarda, de falar com ela o que não consegui falar com Amanda.

— Foi uma mulher que me chamou uma hora no meio da multidão, uma policial... Mas Amanda me puxou e não aconteceu nada... Só foi...

— Estranho? Constrangedor? Desconfortável? — responde ela. Seu tom sugere que poderia elencar centenas de palavras.

Tudo o que consigo fazer é concordar com cada uma delas.

O sorriso de Elza é de empatia, mas há algo em seu olhar. Não é raiva, mas alguma coisa bem parecida.

— A gente pode conversar mais sobre isso, se você quiser. — Apesar da postura firme, ela soa quase tímida.

— Eu gostaria muito — confesso.

Meu coração acelera, mas não temos muito tempo. Só vou conseguir escovar os dentes antes de ir correndo para o estágio. Além disso, Elza precisa organizar sua mesa na tenda. Então trocamos nossos números de telefone para conversar melhor depois.

Nós nos despedimos com um quase abraço e saímos para lados opostos. Estou dividida entre o nervosismo do primeiro dia de estágio e a expectativa de quando vou falar com ela de novo. Mal posso esperar.

11

— A primeira etapa do trabalho é trazer os dados desses formulários para essa tabela — explica Camila, apontando os dois programas abertos na tela do computador.

Consegui chegar no horário no primeiro dia de estágio, mas, para minha surpresa, Fátima não está no laboratório e Camila é a responsável por elencar minhas atribuições. No começo, vou ficar com tarefas mais básicas, e ela vai repassar os dados comigo no final do dia.

Anotei cada uma das tarefas em um caderno pequeno, que estava sobrando em casa.

— Vocês já conseguiram resultados interessantes? — pergunto.

Camila faz que não com a cabeça. Seu cabelo está preso em um coque com uma caneta, e ela parece cansada demais para uma segunda-feira.

— É que algumas empresas demoram muito a nos passar os dados. Como há muita burocracia até obtermos as informações, estamos basicamente na primeira etapa — responde, tomando um gole de água de sua garrafa cor-de--rosa. — A ideia é disponibilizarmos resultados parciais em um site e produzir artigos, mas também fazer uma cartilha ao final, consolidando tudo.

Sorrio com a proposta, que é muito legal. Pelo jeito, o projeto vai trazer algum resultado relevante.

—Tomara que a gente consiga bons resultados. Seria legal sentir que podemos fazer alguma diferença, né? — comento.

— Sim, sim. Com certeza — responde Camila.

—Você soube que sábado teve uma manifestação? — pergunto como quem não quer nada, mas na verdade quero conhecer melhor a garota com quem vou dividir o laboratório nos próximos meses.

—Você foi? — diz ela, surpresa. — Tava lotada, né? Mas não deu para ficar muito. Fui com meus amigos da UFMG para um barzinho, emendamos numa festinha e depois na feira hippie.

Seguro uma risada ao perceber que demorei menos de duas horas de estágio para encontrar uma pessoa como as que Elza descreveu. Mas faço uma nota mental de que pelo menos Camila tem bom gosto, porque a feira hippie é uma das melhores coisas de Belo Horizonte.

— Foi a primeira vez que fui a uma manifestação — comento, tentando focar nos formulários na minha tela.

— Sério? — Ela me olha rápido. —Você parece do tipo que não perde uma manifestação.

Não sei o que ela quer dizer com isso. Como se parece alguém que vai a todas as manifestações? Existe um tipo de pessoa assim?

— Eu já fui a algumas, mas dessas mais tranquilas, sabe? — acrescenta, sem perceber minha confusão.

— Como assim?

— Ah, essas com pautas mais amplas. Esse negócio de ir pra rua por causa da morte de alguém… não curto.

Tem algo na fala de Camila que aciona um alerta na minha cabeça. Por isso, resolvo ignorar a última frase, respondo algo como "Ah, a gente vai no que se sente bem, né?" e volto meus olhos para o computador.

Começo a tabular as respostas dos formulários e pouco converso com Camila depois disso. Fátima faz questão de se mostrar presente mandando quatro e-mails durante a tarde. Todos direcionados a Camila, que me repassa cada um deles com muitos detalhes e explicando três vezes a mesma coisa, a pedido de Fátima.

Me pergunto por que as mensagens não foram enviadas direto para mim e por que eu precisaria escutar a explicação três vezes, mas deixo pra lá. Afinal, Camila está no projeto há mais tempo, é só meu primeiro dia, então é mais fácil ela me explicar as atividades mesmo.

O tempo até que passou bem rápido.

> **Elza**
> Ei, tudo bem por aí?

Vejo a mensagem assim que entro no ônibus. Não nego que meus olhos passearam pela área comum da faculdade com atenção, à procura de Elza, e que fiquei um pouco decepcionada de não vê-la por ali. Então a mensagem me deixa com um sorriso no rosto.

> Tudo! :)

Envio rápido e logo começo a digitar uma nova mensagem. Elza deu o primeiro passo e eu não ia perder aquela oportunidade nem a pau.

> Acabei de sair lá da FM... e com você? Tudo certo?

Quero perguntar que horas ela foi embora, se muita gente tinha pegado seus livretos, se ela está cursando Letras (foi o que deduzi depois que nos encontramos) e qual o período, se a gente pode se ver todos os dias... Enfim! Respiro fundo. As coisas vão acontecer na hora certa, e se tiverem que acontecer.

> Acabei de chegar em casa. Foi legal hoje!
> Meus livretos roxos acabaram, acredita? :)

Tenho plena consciência de que estou com cara de boba. Tento me manter em pé com apenas uma mão na barra do ônibus, a outra segurando o celular. Quase caio com o sacolejar do ônibus, mas não ligo. Estou digitando uma resposta quando vejo uma nova mensagem dela chegando.

> E como foi o primeiro dia lá no estágio?

> Aliás... eu não sei qual curso você faz. É Letras ou será que você é minha caloura e eu não tô sabendo?

E então o que eram mensagens espaçadas por minutos passam a ser mensagens com diferença de segundos. Respondo o mais rápido que posso a tudo que Elza manda, não porque é uma obrigação, mas porque meu coração pede.

É como se fosse impossível parar de conversar com ela. No caminho da faculdade até em casa, descubro algumas coisas que eu vinha me perguntando há dias.

Elza cursa mesmo Letras. Está no terceiro período e fez dezenove anos mês passado, o que a torna um pouco mais velha do que eu. E o mais importante: ela também acha que a melhor lanchonete do campus é a do quarto andar.

—Você tá esquisita — diz meu irmão enquanto assistimos à TV antes de jantar.

— Não estou, não — protesto, mas não tiro os olhos da tela do celular.

Elza está me contando sobre suas aulas e de como tem tentado ler todos os textos que os professores passaram, desde os obrigatórios até os complementares. Não é um objetivo muito realista, acho, porque todo mundo diz que a carga de leitura do curso de Letras é absurda.

Só consigo sorrir, porque é quase como se pudesse vê-la nesse momento, tentando organizar com atenção todas as leituras e preencher cada minutinho livre. E eu aqui roubando vários deles.

A verdade é que ninguém dá conta de tudo. Tomara que ela descubra isso logo, para se cobrar menos.

— Com quem você tá falando? — questiona meu irmão, franzindo a testa e estreitando os olhos.

Antônio só não é mais curioso do que Amanda. Talvez seja algo típico de pessoas com nomes que começam com a letra A.

Sorrio e deixo o celular um pouco de lado. Coloco as mãos na lateral do rosto dele e aperto de leve.

— Aiiiii, Linaaa! — protesta Antônio, chegando para trás e fazendo com que eu o solte depressa.

—Você é a melhor pessoa do mundo todinho, sabia?

Pego meu celular e volto a conversar com Elza, ignorando a expressão de revolta dele.

Antônio bufa, mas não diz mais nada e encara a televisão. Está passando outro episódio do seu desenho animado favorito, *Steven Universo*. Nós sempre assistimos juntos, mas confesso que não estou com muita vontade de manter essa tradição de família nesse momento, e talvez por isso Antônio esteja me olhando meio atravessado.

> Você já foi ao Flor de Lis?

Não faço ideia do que seja.

> Não, é legal?

Jogo o nome no Google. É claro que só encontro a música. Ainda acho um pouco estranha essa minha vontade de sair pesquisando tudo relacionado a Elza. Acrescento "lugar" e "Belo Horizonte" na busca, então descubro que é um galpão cultural no centro de BH, que também funciona como bar, mas ainda não sei muito bem por que ela me perguntou isso.

> Eu adoro! As pessoas são massa e toda quarta tem a noite do microfone aberto, que eu gosto de chamar de noite da palavra.

Começo a procurar imagens do local. É um pouco difícil encontrar a rede social certa porque, pelo jeito, Flor de Lis não é um nome incomum para bares.

As fotos não me dão muitos detalhes, mas dá para ver uma parede preta com várias coisas escritas e desenhos, que parece separar a área externa da interna. As imagens da parte de dentro mostram um galpão mediano. Não tem muito mais do que o bar, um palco e muita gente.

Para ser sincera, não consigo entender por que é tão incrível assim... e começo a duvidar um pouquinho do gosto de Elza.

> E o que é isso?

> É um dia em que qualquer pessoa pode ir até o microfone falar o que quiser, é aberto. É tipo um sarau.

Elza deve estar muito animada, pois manda várias mensagens na sequência.

> É muito legal porque a maior parte das pessoas que frequenta o Flor de Lis é negra.

> E preciso confessar uma coisa.

> O bar cultural é quase a extensão da minha casa. hahaha.

> Além disso, os donos do lugar são pessoas maravilhosas, são um casal.

Sorrio com as mensagens. Agora o termo "bar cultural" faz bastante sentido. Me pergunto se Elza alguma vez já declamou seus poemas lá. Daria tudo para ser uma mosquinha e presenciar esse momento.

> Nossa, Elza! Parece incrível! Quero muito ir lá um dia...

Estou sendo sincera, mesmo que as fotos não tenham me empolgado tanto. Talvez eu deva dar uma chance para o lugar, já que Elza gosta tanto. Com certeza é bem diferente das festas a que Amanda costuma me levar.

> O que você acha desse sábado? Não é noite da palavra, mas vai ser bem legal. O Tim, aquele meu amigo, vai tocar!

Não penso duas vezes antes de responder um "sim" seguido de umas dez exclamações. Apesar de ter sido digitado, com certeza ele foi ouvido do outro lado da cidade.

12

A semana até que passou rápido, mas senti falta de olhar nos olhos de Elza. Entre os primeiros dias cheios no estágio, tentando entender melhor a pesquisa e as tarefas novas, e a carga de leitura que eu recebia nas aulas, acabamos nem nos esbarrando na faculdade. Ela também me explicou que precisava entregar um trabalho imenso de literatura brasileira na sexta-feira, então virou praticamente uma refém da biblioteca. E eu fiquei mais do que aliviada quando o sábado à noite chegou.

Pela minha agitação, parecia que eu estava a caminho de um grande prêmio e seria a homenageada da noite. Quando Amanda e eu saímos do meu apartamento para ir ao Flor de Lis, eu não poderia estar mais radiante.

— Uau! O que uma crush gatíssima não faz com alguém, hein?! — provoca minha amiga ao atravessarmos a avenida.

Pegamos um carro de aplicativo até o bar. A calçada já estava tão cheia que desistimos de pedir ao motorista para fazer o retorno. Seria bem mais fácil descer do outro lado da rua e atravessar.

— O que foi? Estou produzida demais?

Não consigo evitar o medo de ter exagerado. Passo as mãos rápido pelo cabelo solto, receosa de que tenha algo fora do lugar. Usei um creme que o deixa mais volumoso e com movimento, e estou muito orgulhosa do resultado.

Estou usando um short preto de cintura alta, de um tecido mais leve que jeans, e um body rosa com um pequeno decote arredondado. Para os pés, apostei em um tênis também preto, porque sou totalmente contra o uso de salto alto para qualquer coisa na vida. Amanda, agora uns cinco centímetros mais alta que eu, claramente discorda.

— Não, você está arrasando! — Um sorriso enorme ilumina seu rosto. — É só porque nunca te vi tão animada para uma baladinha antes... Lembra da última vez que eu quase precisei te arrastar?

Solto uma risada com a lembrança. Em minha defesa, Amanda sempre escolhe as piores baladas da cidade. Todas com muita música eletrônica, pessoas megaparecidas que frequentam os mesmos lugares e o mais importante: nunca tem comida. Repito: *nunca tem comida*.

— É porque seu gosto é horrível, amiga — respondo.

Quando chegamos à porta do Flor de Lis, Amanda só tem tempo de me dar um tapinha no braço antes que a bolha do agito nos absorva. Os frequentadores estão divididos em duplas e trios com estilos próprios, há muitas conversas paralelas, cada pessoa com seu copo na mão.

Me sinto muito melhor do que em qualquer festa a que fui no período anterior. Talvez porque vejo cabelos que lembram o meu, pessoas que não são tão diferentes de mim. Lembro do que Elza contou sobre o bar e não consigo conter um sorriso, porque ali parece quase uma extensão da minha família materna também.

— Até que lá dentro não parece tão cheio. Aposto que as pessoas estão aqui fora esperando ficar mais tarde para entrar — comenta Amanda, se esticando na ponta dos pés e inclinando a cabeça.

Dá para ver que seu olhar está vasculhando o interior do galpão. Caminhamos em direção à entrada e algumas coisas que eu vi nas fotos começam a tomar forma bem diante de mim.

O Flor de Lis fica no centro de Belo Horizonte, na área baixa. Frequento pouco essa região, mas lembro que a maior parte dos meus colegas de faculdade dizem que aqui é "feio".

— Nossa! São três ambientes? — falo enquanto entramos no galpão.

Amanda concorda com a cabeça, observando tudo com atenção, assim como eu.

O primeiro lembra um bar. Há várias mesas espalhadas, um palco redondo ao fundo e uma parte na lateral onde ficam as bebidas e a cozinha. O segundo parece outro andar, de tão diferente. Fica bem mais ao fundo do galpão e, de longe, consigo ver uma mesa de sinuca e muito movimento.

— Olha! — Amanda move a cabeça, indicando o terceiro ambiente, do lado contrário.

Lá fica a parede desenhada. Dá para ver que é quase uma parte externa ao galpão, mas que ainda faz parte do espaço, com placas de madeira que dividem a rua e o bar.

— Uau! — exclama Amanda.

A música começa a tomar conta do ambiente. Nas primeiras batidas, sinto que já a ouvi antes, e não demora para o refrão de "Killing Me Softly" preencher meus ouvidos. Inacreditavelmente descobri essa música há pouco tempo, quando vi por acaso o videoclipe na internet. Na sequência, quando começa a tocar "No One", da Alicia Keys, tenho certeza de que vim parar em um dos melhores lugares da cidade.

Sigo o olhar de Amanda e tenho quase a mesma reação que ela ao ver que todas as paredes internas do bar têm grafites de flores, cada uma em um estilo. Não preciso chegar perto para saber que cada um pertence a um artista diferente. Cada ilustração tem um traço, uma visão de mundo. É bonito demais, e, com as luzes do bar se alternando ao iluminar os grafites, tudo fica ainda mais incrível.

— Meu De… — murmuro.

Tenho certeza de que estou de queixo caído.

— Um dia um dos seus desenhos pode estar aqui! Já pensou? — comenta minha amiga.

Geralmente Amanda acredita mais em mim do que eu mesma.

— É, quem sabe…

Essas ilustrações são tão incríveis, tão cheias de vida… Não sei se sou capaz de fazer algo assim. É por isso que o curso de verão é tão importante. Paz é reconhecida por sua capacidade de expressar emoções através da arte, e é exatamente disso que eu preciso. É isso que as cores fortes e os traços marcantes dela vão me ensinar.

Amanda e Antônio gostam muito de tudo o que faço, mas ainda me faltam muitas técnicas e… algo a mais.

— Parece que alguém gostou muito dos grafites. — A voz de Elza toma meus ouvidos e faz com que todos os pelos da minha nuca se arrepiem.

Sei que ela está perto porque não precisou gritar no meio de tanto barulho para ser ouvida.

— A Lina é ilustradora, aí ama ficar olhando essas coisas por horas — conta Amanda.

Em seguida, ela desata a explicar para Elza como eu adoro visitar museus na internet, como eu amo pesquisar sobre artistas em geral no Google e no Instagram.

Agradeço mentalmente por ela perceber que não estou em condições de responder com o mínimo de coerência.

Respiro fundo e me viro. Elza está com um sorriso convidativo, os dentes separados à mostra, e parece me observar. Seu cabelo está lindo e volumoso, e ela veste uma saia comprida em tom laranja terroso e um cropped marrom.

— É mesmo? Depois vou te apresentar pra Ayana. A gente pode ver de colocar um desenho seu aqui!

— Foi exatamente isso que falei pra ela! — Minha amiga bate palmas, empolgada.

— Não te vejo há um tempão... — digo, mudando de assunto.

Ignoro o sorriso ridículo que Amanda lança em minha direção. Sei que ela quer fazer alguma piada, tipo pedir para eu dar um jeito na minha cara de boba, então é melhor puxar um assunto para evitar que ela fale demais.

— Ah, é que eu tinha aquele trabalho pra fazer. E acabou que surgiu também um frila de revisão. Não tive como ficar na faculdade nenhum dia depois das aulas...

— Não se preoc...

— Olha só! Bom ver a famosa Lina de novo! — Outra voz soa alto perto de nós.

Percebo rápido que é Tim, o amigo de Elza que conheci naquele dia na faculdade e que entregou o panfleto da passeata para mim e Amanda. Dessa vez, com mais controle sobre os meus sentidos, confirmo que é bem provável que ele seja um dos caras mais lindos que já pisou na Terra.

— Digo o mesmo sobre o famoso Tim! — respondo com um sorriso cordial.

Ele faz uma reverência quase teatral.

Elza me contou sobre seu amigo nas nossas trocas de mensagem. Eles se conhecem desde pequenos, porque moram na mesma rua. O nome dele é Sebastião, mas a família dela começou a chamá-lo de Tim assim que o conheceu.

Como Tim Maia. Pensando bem, Elza e Tim parecem de fato uma dupla perfeita.

— Essa é minha amiga Amanda, que vocês conheceram lá na faculdade. — Finalmente apresento a garota ansiosa ao meu lado.

Os dois se cumprimentam com um beijo em cada bochecha.

— Eu vou ali começar os trabalhos, mas fiquem à vontade — diz Tim com um sorriso de canto.

Ele lança uma piscadinha para Elza, mas não sou rápida o bastante para ver sua reação.

— Não liga pra ele. E aí, vocês querem beber alguma coisa? Querem sentar? Querem andar por aí? — Cada palavra sai rápido demais, como se ela estivesse ansiosa.

Olho em volta, mas não consigo decifrar o que pode ser.

— Não se preocupa, eu vou pegar umas bebidas. O que você quer, Lina? — Amanda coloca a mão na minha cintura, outra na de Elza e dá um leve empurrão em nossas costas. —Vocês duas podem ir até lá segurar uma mesa pra gente.

Reviro os olhos, porque sei o verdadeiro motivo de ela querer ir ao bar.

— Uma cerveja para você, amiga? E Elza...?

— Uma pra mim também! E uma água! — Ela tira uma nota de vinte reais do bolso da saia e entrega para Amanda.

—Valeu! Pode comprar tudo aqui!

Amanda e eu trocamos olhares confusos. Sei exatamente o que ela está pensando.

— O que foi? Na próxima rodada vocês pagam!

— Não é isso... — Fico sem saber como colocar nosso espanto em palavras.

—Vinte reais dá pra comprar três cervejas e uma água? — berra Amanda, agora que o som começou a ficar mais alto.

— Que lugar é esse que vocês andam frequentando?
— Meu Deus! Eu já *amo* esse lugar. — Minha amiga lança as mãos para o alto e faz uma dancinha em comemoração.

Vejo Amanda se afastar apressada na direção do balcão do bar e percebo que Elza está sorrindo ao meu lado.

Sinto a mão dela encostar no meu braço e me xingo mentalmente por me sentir tão sem controle por causa de um mísero toque. Ela está tão perto de mim que é difícil ter qualquer reação. Só consigo balançar a cabeça para qualquer coisa que ela fala, concordando.

Não sei até quando vai ser possível esconder meu nervosismo.

—Vamos? — chama ela.

Eu seguro sua mão, mesmo sem saber direito para onde estou indo.

13

Amanda dá um gole rápido na cerveja. Sei que ela ficou de olho em nós duas desde o segundo em que nos deixou sozinhas.

— E seu amigo é solteiro, Elza? — pergunta Amanda.

Estou com cerveja na boca quando sua voz estridente questiona a vida amorosa de Tim. Tenho que me esforçar para não cuspir tudo na mesa.

— Amanda, pelo amor de Deus! — Estreito meus olhos na direção dela.

Elza solta uma gargalhada, o que me deixa com menos vergonha pela situação.

— O Tim é solteiro, mas ele é de fases… — responde Elza, sincera. — Agora ele resolveu focar na faculdade e buscar um bom estágio, além de investir em ser DJ.

— Hum… E o que isso quer dizer? — Amanda parece confusa.

— Acho que ele não está muito interessado em beijar na boca e você não tem chance com ele, amiga — respondo e arranco uma risada baixa de Elza.

A expressão de Amanda é de completa surpresa. Sei que ela não costuma receber um "não" de alguém, mesmo que indiretamente. A verdade é que eu beijei pouco na vida, e minha melhor amiga sempre esteve no lado oposto dessa escala.

— Entendi... Então tá... — Ela faz um bico, mas logo dá de ombros.

Depois que terminou um rolo meio sério com um veterano nosso, Amanda mergulhou de cabeça nos estudos. O plano dela é ficar o mais preparada possível para entrar no mercado de trabalho, mas é claro que isso nunca a impediu de encontrar algumas bocas por aí. Deve ser por isso que ela não consegue entender o Tim.

— Bem, então eu vou deixar as duas pombinhas e ir pegar uma bebida mais forte — diz ela depois de observar a multidão por alguns segundos, dando um último gole na cerveja.

— Amanda! — Pelo jeito, vou me cansar de repetir o nome dela esta noite.

Ela se levanta da mesa e se afasta.

Sigo minha amiga com o olhar até seu cabelo desaparecer entre as pessoas. Não sei se Elza está olhando para mim, mas evito encará-la. Tenho medo que ela descubra, se é que já não sabe, que não consigo esconder como me sinto quando estou ao seu lado.

— E essa história de que você desenha? Você não me contou que também é artista.

Fico nervosa. Nem sei se o que faço pode ser considerado arte de verdade. Amanda devia ter ficado de boca fechada.

— Não é pra tanto... — Disfarço e balanço a cabeça. — Eu gosto muito de desenhar, sabe? É só isso.

— Mas não é algo que você quer pra vida?

— Na verdade, é exatamente o que eu quero. Mas não sei se sou boa o suficiente pra isso.

Reparo que Elza concorda com a cabeça e morde de leve o lábio.

— Sei bem o que você quer dizer.
— Por causa dos seus poemas?
— É, eu escrevo, faço os livretos, mas fico muito ansiosa por saber que todo mundo pode ler os poemas.
— E como foi que você decidiu criar os livretos e a página no Instagram?
— Foi ideia do Tim e da minha tia. Os dois são meio que meus... fãs?! — Seu sorriso ilumina o lugar. — Mas não tenho certeza de nada, pra falar a verdade.
— Mas seus poemas são incríveis! E falo isso como alguém que genuinamente amou todos e não como alguém que quer te... — Me calo de repente. *O que eu estou dizendo?*
— E não como alguém que quer me...?
Mordo um pouco a parte interna da bochecha. Sinto a expectativa de Elza.
Olho para o lado e vejo Tim subir no palco. Ele ergue as mãos e bate palmas, mesmo que eu não consiga ouvi-las. Percebo as mãos dele sobre a pickup de DJ e escuto um estrondo, como se alguém tivesse dado um soco em um tambor. E então uma batida forte começa.
— Como alguém que quer te levar para a pista de dança. — Sorrio com esperança de que ela não perceba que estou mentindo.
Os olhos de Elza se iluminam ainda mais quando as luzes do bar batem em seu rosto. Tento decifrá-los, mas ela baixa o olhar para a mesa.
—Vamos perder a... — Ela faz um biquinho, indicando a mesa, e é impossível não me derreter.
— A gente acha outra!
Eu não poderia me importar menos com a mesa e percebo que ela também não liga muito, porque sua mão já está me convidando para nos levantarmos.

Seus olhos me encaram com uma aparente expectativa, e coloco minha mão sobre a dela em resposta. Um grande sorriso toma conta de seu rosto.

— Pronta? — pergunta ela.

Concordo com a cabeça e sinto a mão de Elza me puxar para a pista de dança, que já está tomada de gente. Ela começa a remexer o corpo e fico aliviada por não ser a única a sentir como se tivesse uma energia dentro de mim prestes a explodir em movimentos.

Me pego sorrindo ao notar que a música que Tim escolheu para começar a noite é justamente um remix da clássica "Sossego", de Tim Maia.

—Vem! — Elza me chama com a mão livre enquanto a outra percorre demoradamente os meus dedos. Um calor percorre todo o meu corpo.

A garota se movimenta rápido, seus quadris sincronizados com os braços. Resolvo observá-la. Primeiro os pés, depois a cintura e em seguida a cabeça. Aos poucos, parece que eu e Elza estamos no mesmo ritmo, ainda que a três passos de distância. Pela primeira vez, meus pés não parecem tão descoordenados. Quero encurtar essa distância o mais rápido possível e aproveitar o momento.

A voz de Tim, o Maia, entra na minha cabeça e sou tomada pelas batidas fortes do remix de Tim, o amigo de Elza. Começo a imaginar que estou sozinha com ela. Somos só nós duas, dançando juntas, de olhos fechados. Dou um passo para a frente, torcendo para não esbarrar em ninguém, e quando nada acontece me sinto mais perto dela.

Meu coração bate acelerado. Não tenho certeza se é pela música, pelo agito da dança ou por saber que, pelo menos na minha imaginação, o mundo é todo nosso.

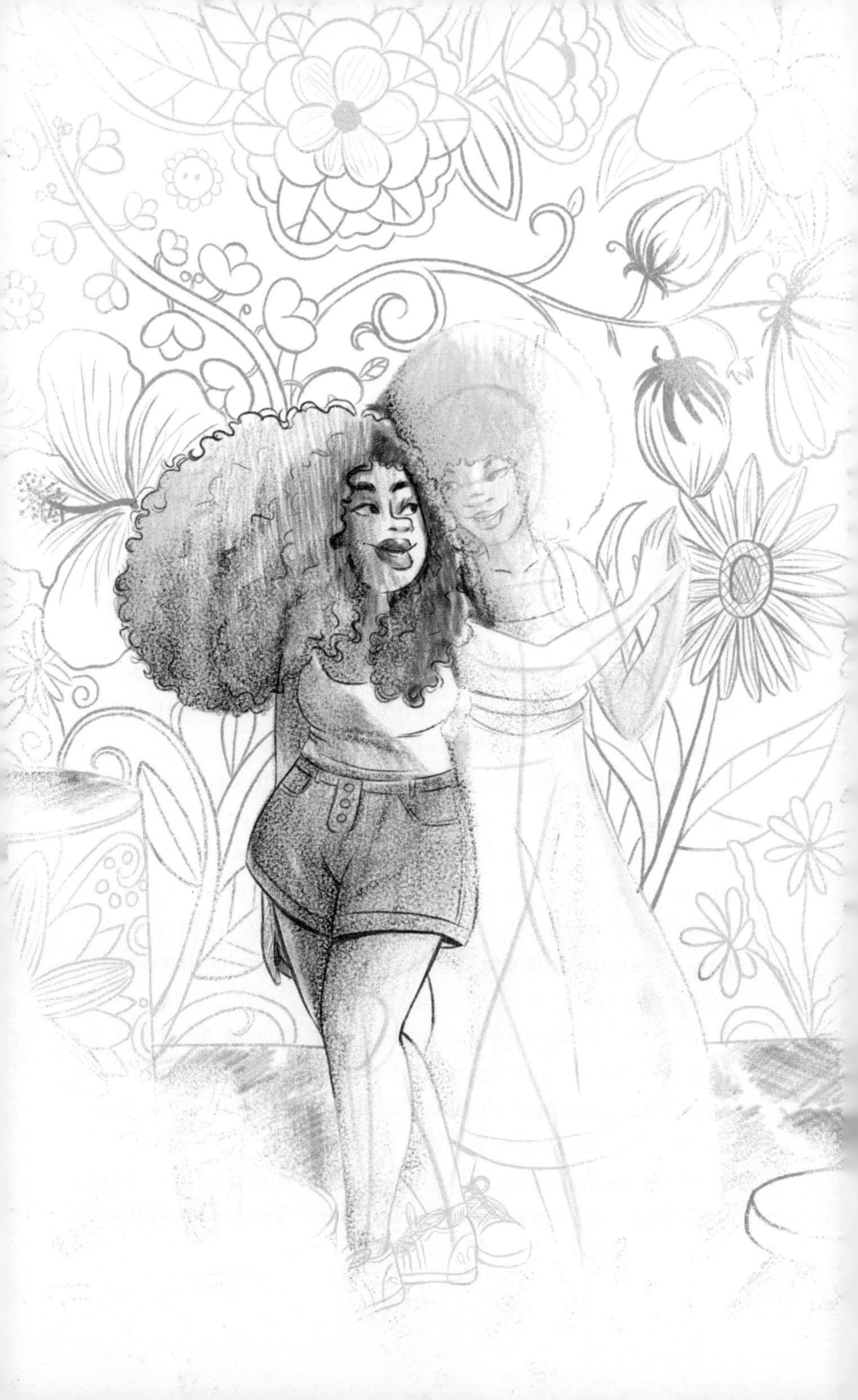

14

— E tem algum grafite seu aqui? — pergunto para a garota ao meu lado.

De repente me passa pela cabeça que Elza pode ter outros talentos além da escrita. Agora estamos em um canto do galpão mais afastado do palco, conversando.

— Não, não. Só escrevo mesmo — responde ela, balançando a cabeça.

Já passa de uma da manhã, mas não quero ir embora. Nós duas não nos largamos a noite toda, mas também tivemos tempo para curtir com nossos amigos.

Vimos Amanda na pista de dança ao lado de um garoto com quem, segundo eu soube depois, ela tinha esbarrado no balcão de bebidas. Tim se juntou a nós no primeiro intervalo e depois nós quatro fomos para a pista de dança quando começou a tocar a playlist que ele havia preparado para os momentos em que não estivesse no comando da pickup de DJ.

Depois de dançarmos muito, Tim voltou ao palco e Amanda sumiu outra vez com o garoto misterioso. Então eu e Elza aproveitamos para dar uma volta pelo bar e acabamos passando pelos grafites de flores.

— E como começou isso? — retomo o assunto e Elza me olha com uma expressão confusa. —Você e a escrita…
— explico.

— Eu não sei... Não me lembro de algum momento em que não escrevi — responde ela.

Sinto que tem mais história por trás disso e fico atenta a tudo que ela fala.

Decidimos ir até o lado de fora, onde não precisamos gritar. A área externa tem alguns bancos compridos perto do muro. Elza encosta na parede e eu paro a seu lado, analisando-a.

— Mas acho que quando meu pai morreu as coisas ficaram mais intensas. E aí eu não parei nunca mais — continua ela.

Dois sentimentos tomam conta de mim. Fico surpresa, já que não é um assunto que a gente espera ouvir. Mas também sinto tristeza por ela, mesmo que não tenha conhecido seu pai. Não deve ser fácil lidar com algo assim.

— Eu sinto muito — digo, com toda sinceridade.

— Está tudo bem, foi há dez anos.

Suas palavras não parecem esconder nada, mas o meio sorriso toma conta dos seus olhos. Ela parece triste ao lembrar do pai. Não é tão inesperado, e por meio segundo imagino como seria o mundo sem os meus pais. Meu coração quase para e sinto um nó na garganta.

Mesmo com as nossas diferenças, dói só de imaginar a minha vida sem eles. Meus pais não apoiam meu maior sonho, mas a verdade é que isso não diminui meu amor por eles. Sinto raiva, angústia e vira e mexe vontade de fugir, mas ainda assim eu os amo.

— A relação de vocês era legal?

— Nossa, ninguém nunca me perguntou isso! — exclama Elza, surpresa.

— Desculpa, eu não...

— Está tudo bem! É só que ninguém acha muito interessante como a gente lidava um com o outro. Todo mundo sempre assume que estava tudo às mil maravilhas e ponto-final. — É minha vez de ficar surpresa. — Bem, meu pai não foi exatamente um bom marido, mas era um excelente pai. Nossa relação era ótima, sério. Mas quando me lembro dele não é só isso que vem à minha cabeça. Eu me lembro das brigas dele com a minha mãe, dele chegando tarde mesmo quando já não estava mais viajando a trabalho... Eu morro de saudade, mas sei que para minha mãe tudo era bem difícil.

— E vocês duas já conversaram sobre isso?

— Não muito, mas ela sempre falou bastante com minha avó e minha tia. Acho que no fundo ela não queria estragar a imagem que eu tinha do meu pai, sabe? — Elza dá de ombros.

Eu faço que sim com a cabeça.

— Deve ter sido muito difícil pra você.

— É, foi mesmo, mas eu tentei colocar isso nos meus poemas. Eles não são *só* sobre minhas experiências, mas muitas vezes elas estão ali de alguma forma.

Gosto de como Elza fala com tanta paixão sobre o que escreve, há certa confiança mesmo nos momentos em que ela parece duvidar do próprio talento. Eu adoraria aprender um pouco disso com ela.

— Posso te perguntar uma coisa, então? — Resolvo seguir por outro caminho, mas o objetivo ainda é o mesmo: quero conhecê-la melhor. — Entendi que muitos dos seus poemas têm uma história por trás, então tipo... aquele "Caneta", que é lindo! Ele seria um deles?

Elza suspira e solta uma risada. Seus olhos me analisam e ela balança a cabeça. Não percebo julgamento em sua reação, mas ainda assim não consigo evitar ficar curiosa com o que ela está pensando.

— O que foi?

— A gente se conhece há tão pouco tempo, e de tudo o que você leu o que mais te chamou atenção foi justamente o poema mais pessoal que eu escrevi até hoje?

— Desculpa, Elza. Acho que eu aprendi a ser curiosa com a Amanda. — Gesticulo na frente do rosto, escondendo minha expressão. — Eu e minha boca grande. Vou parar de perguntar, prometo.

Sinto as mãos de Elza me tocarem. Ela afasta minhas mãos do meu rosto, mas não as solta. Respiro fundo por causa do seu gesto e da proximidade. Quando ela começa a falar, sinto sua respiração em minha pele.

— Está tudo bem, só foi estranho. Não um estranho ruim, só uma coincidência.

Acredito nela, porque seu tom é muito sincero. E fico aliviada por não ter ultrapassado nenhum limite.

— Meu pai trabalhava no interior como representante comercial de uma empresa de cosméticos bem pequena. Aí ele viajava muito. Basicamente fazia essa ponte entre a empresa e os lojistas — conta Elza. — Quando eu tinha nove anos, ele me deu uma caneta ao se despedir para mais uma viagem. Era a preferida dele, porque minha mãe tinha mandado gravar o nome dele. É meio bobo porque é algo simples, mas, apesar de tudo, eles eram românticos incuráveis na época, sabe?

Analiso seu rosto à procura de qualquer vestígio de que contar aquela história fosse demais para ela, mas Elza parece tranquila. Sua cabeça se move rápido à medida que as palavras vêm à tona, e sinto suas mãos fazerem carinho de leve nas minhas.

Não sei se ela tem ideia do que causa em mim, ou se nem sequer percebe seu gesto. Me sinto eletrizada.

— A caneta era para eu escrever minhas ideias — continua ela —, só que acabou sendo a última vez que a gente se viu, porque na estrada um caminhão que vinha no sentido oposto invadiu a pista em que ele estava e os veículos colidiram. — Agora ela está com aquele meio sorriso no rosto de novo. — Eu fiz esse poema especialmente para ele anos depois. Não foi a primeira coisa que eu escrevi, mas acho que foi o que fiz que mais me deu conforto após a sua partida. Não sei... quando terminei, senti que ele tinha recebido aquelas palavras e que estava tudo bem.

De todos os cenários que eu imaginei para aquele poema, esse com certeza não era um deles. Mas a história verdadeira é muito sensível, e essa sensibilidade reverberava claramente nos versos. Ainda assim acho difícil responder ao que Elza acabou de contar.

— E eu sendo uma boba achando que você tinha escrito o poema para alguém com quem tinha namorado e tal — brinco, tentando descontrair.

— Ah, eu nunca namorei de verdade. Tipo, relacionamento sério mesmo... — As mãos de Elza ainda seguram as minhas.

De alguma forma, sinto que as palavras dela me atingiram em cheio.

— Sério? E você é tão... incrível! — falo, escolhendo a palavra que mais se aproxima do que vejo.

— Eu tive uns três relacionamentos da escola até a faculdade, mas nenhum que eu considere namoro.

— Meninos, meninas...?

Me lembro do bóton da bandeira bissexual em sua mochila, mas isso não quer dizer que ela necessariamente tenha que se envolver com diversos gêneros. Minha curiosidade acabou sendo maior que minha discrição. Estou morrendo de vergonha.

Elza solta uma risada e inclina a cabeça um pouco de lado.

— Se a curiosidade matasse o gato, né? Quer dizer... A gata.

Reviro os olhos com a brincadeira, mas logo nos juntamos em uma risada. Ela parece ter lido meus pensamentos.

— Mas falando sério... — continua ela. — Teve Juliana, Diego e Patrícia. — Os dedos dela se erguem em uma contagem. Elza me explica que se identificavam respectivamente como uma garota, um garoto e uma pessoa não binária.

— Interessante...

Finjo não me importar, mas tudo o que consigo pensar é que quero entrar nessa lista em breve. *Por favor, Beyoncé. Faça acontecer!*

— Mas e a senhorita? Alguma ex-namorada? — A pergunta dela tem o mesmo tom desinteressado e casual da minha última resposta, então quero acreditar que Elza também tem certo interesse por trás da curiosidade.

Fico em silêncio por alguns segundos, e só é possível ouvir a música do bar perto de nós. Por mais que seja agradável, o som da voz de Elza é muito melhor. Penso em deixá-la na expectativa, mas quando reparo no seu olhar ansioso, desisto do meu plano.

— Olha... Eu só beijei duas pessoas na vida. E nenhuma delas foi uma mulher... — Dou de ombros, mantendo nosso tom de brincadeira.

— Sério?! E você se arrepende disso? — pergunta Elza.

— Bem, sim, em um cenário hipotético em que teria surgido alguma oportunidade de eu ficar com uma garota... — Elza faz uma careta na mesma hora, e eu solto uma risada baixa. — Não sei... — continuo, sincera. — Acho que, na verdade, me arrependo de ter fugido da minha bissexualidade.

— Como assim? — Elza parece ainda mais curiosa.

— Eu tive um namorado até pouco antes de entrar na faculdade — conto. — Durou mais de um ano, e no começo isso me fez achar que eu era heterossexual. Aquela coisa de acreditar que um relacionamento dita a nossa vida, quem a gente é, sabe? — Elza assente, em silêncio. — Eu acreditei muito nisso até entender que não é assim. E ele não reagiu nada bem quando me entendi bissexual, do meio para o fim do namoro. Foi quando as coisas começaram a ficar insuportáveis e eu terminei.

— Parabéns, garota! — Seu tom é firme, e ela solta uma mão da minha e a ergue no ar.

Faço o mesmo gesto e trocamos um toca-aqui, mas nossas mãos se afastam lentamente. Fico feliz quando ela abaixa a mão e rapidamente a coloca sobre a minha de novo. Torço para que ela não me solte. Sei que estou sorrindo e, dessa vez, não tento fingir o contrário.

— O Henrique foi meu primeiro tudo, sabe? — continuo. — Foi com ele que tive até o primeiro porre. — Quase três anos depois desse evento, entendo que isso não é tão legal. — Foi com ele que também tive brigas intensas e pesadas, com quem aprendi que nem sempre quem a gente gosta é a pessoa certa.

Não conto para ela que quando comecei a me entender bissexual, ele foi a primeira pessoa para quem contei. E deu tudo errado porque o Henrique achou que existiam apenas duas opções para o relacionamento: ou eu precisava transar com ele e outra garota, ou eu era lésbica e devíamos terminar.

Amanda o odiava, e olha que ela é que tinha me incentivado a ficar com ele havia alguns anos. E nossa amizade ficou bastante balançada quando contei algumas das brigas que tive com o Henrique, mas também deixei Amanda muito feliz quando o namoro finalmente foi por água abaixo.

— Entendi... Que bom que você saiu dessa — comenta Elza. Seu tom é preocupado e seus olhos cor de mel me encaram com intensidade.

— Pois é, não quero passar por isso nunca mais.

— Se depender de mim...

Ela disse mesmo isso?

Abro a boca uma, duas, três vezes, mas não consigo dizer nada. Ela sorri, e me sinto iluminada.

Então dou um passo para a frente.

Elza percebe meu movimento e faz o mesmo.

Agora nós estamos a pouco centímetros. Posso sentir sua respiração tocar minha pele e também uma fragrância. Deve ser seu perfume. Não é doce nem pungente. Um meio-termo, equilibrado, o equilíbrio de que eu preciso para a minha vida.

Não quero mais adiar isso.

— Posso? — Ela ergue a mão na minha direção.

Eu concordo com a cabeça. Elza entrelaça os dedos nos meus.

Agora estamos ainda mais perto. Esperei tanto por isso que não sei como agir. Meu coração bate tão acelerado que por um segundo acho que não estou mais respirando.

E se der tudo errado? E se ela não gostar do meu beijo?

— Lina, respira — diz Elza, passando o indicador pelos meus lábios.

Faço o que ela diz, inspiro devagar e sinto o ar me preencher. As dúvidas, o nervosismo e a ansiedade se desfazem segundo a segundo. Ela está tão perto que quero pedir que nossas bocas se encontrem logo.

— Posso? — pergunta ela outra vez.
— Pode — respondo em alto e bom som, para não restar dúvidas.
Quero ser beijada no mesmo nível em que quero beijá-la. E isso significa *muito*, muito *mesmo*.
Sinto sua mão em minha bochecha esquerda, o roçar dos lábios dela de leve nos meus. Depois sua mão toca minha nuca e meus olhos se fecham. Elza pressiona os lábios nos meus por alguns segundos antes que minha boca se abra, nossas línguas se toquem e tudo que eu queira é ficar ali com ela para sempre.
Quando se afasta, ela fica observando meu sorriso. Definitivamente não consigo mais escondê-lo. E ele não dura muito, porque logo a boca dela está na minha de novo.

15

— Helena, querida... — Ouço Fátima me chamar da sua sala.

Levanto e deixo alguns arquivos abertos no computador. O processo para organizar as planilhas estava levando mais tempo do que eu imaginava. Camila tinha ido buscar algo para comer e Fátima chegou há pouco.

A professora afasta um pouco o celular do ouvido e vira o rosto na minha direção, assentindo. Seus olhos se fixam em mim por alguns segundos, como se ela buscasse algo. Tento acompanhar seu olhar, mas ele vai de baixo para cima, da esquerda para a direita.

— Sente-se, por favor — pede.

Sinto que ela fica alguns segundos a mais olhando o topo da minha cabeça e me pergunto se por acaso alguma folha ficou presa nos meus cachos ou algo assim. Me sento e, do modo mais discreto que consigo, passo a mão pelos meus fios grossos.

— Ok, combinado. — Sua voz fina domina toda a sala.
— Sim, sim. Tchau!

Fátima respira fundo e coloca o celular em cima da mesa. Ela fecha os olhos e leva os dedos até a lateral da cabeça com uma expressão que parece de dor. Em seguida, começa a massagear o rosto. Seu cabelo se movimenta com o vento que entra pela fresta da janela.

— Essas ligações demoradas de trabalho... — Não sei se ela está dizendo isso para mim ou para si mesma. — Às vezes eu só queria que todo mundo explodisse. Principalmente esses homens que acham que somos empregadas deles.

— É... — falo baixo, porque não tenho certeza se ela está me escutando, mas também não quero ser mal-educada.

Fátima sobe os dedos para o topo da cabeça e os passa de forma delicada e demorada sobre a testa. Aos poucos, as linhas de expressão em seu rosto vão se amenizando, assim como sua expressão de dor.

— Bom, vamos lá!

Ela coloca as mãos em cima da mesa, entrelaçando os dedos, e seus olhos se abrem rápido. Achei que fossem castanhos, mas estavam mais próximos do verde.

Fátima está com um sorriso um pouco debochado, mas logo contrai o lábio superior e o morde um pouco.

— Como foram suas primeiras semanas aqui, querida?

— Foram ótimas! — respondo, com sinceridade.

Abro um sorriso enorme e repasso os últimos dias na minha cabeça. Não encontro nada específico para reclamar. Camila não é exatamente uma colega que fala muito, e não vejo muita abertura para nos tornarmos amigas, mas isso não faz muita diferença.

— Estou gostando bastante de organizar as planilhas e de pensar no desenvolvimento dos novos formulários.

Fátima ergue a sobrancelha esquerda e, mais uma vez, contrai o lábio superior. Mas dessa vez não o morde, só fica me olhando como se procurasse uma resposta. Ela apoia o queixo nos dedos entrelaçados.

Percebo que algumas mechas do seu cabelo claro caem sobre o rosto, mas ela não parece se importar.

— Certo.

A professora desfaz a pose e abre a tela de seu notebook caríssimo. Por que começo a me sentir nervosa com essa situação?

Repasso outra vez o que aconteceu nas primeiras semanas de estágio. Eu fiz tudo que Camila pediu, desde transcrever as longas entrevistas em áudio até organizar a pasta com os formulários, categorizando tudo de acordo com a faixa etária da pessoa que respondeu ao questionário.

Fátima começa a digitar alguma coisa, seus olhos atentos ao que está na tela do computador. O que ela está procurando ali? Suas sobrancelhas se franzem e seus lábios finos formam um bico.

— Eu te chamei porque quero conversar com você rapidinho sobre uma coisa.

Ela continua digitando e não me olha nos olhos. Sua voz soa cada vez mais estridente. Ela não está gritando, mas começo a sentir que vou ser repreendida por alguma coisa.

Sinto que tenho dez anos de novo e que estou sentada na poltrona da casa da minha avó ouvindo-a brigar comigo por pegar todas as colheres da cozinha para fazer bolo de terra (ou melhor, de barro) no quintal. A diferença é que Fátima não é nem de longe tão afetuosa quanto minha avó.

— Tudo bem. Sou toda ouvidos.

Sorrio, tentando ser simpática.

Ela levanta o olhar na minha direção. Seus olhos verdes estão mais cristalinos e de uma intensidade que não consigo compreender. Fátima se ajeita no encosto da cadeira e para de digitar. Sei que agora toda a sua atenção está em mim, porque seus olhos se estreitam na minha direção.

— Eu dei uma olhadinha nas novas transcrições que você fez...

Sei que fiz um bom trabalho, mas a expressão de Fátima não parece concordar com isso. Na verdade, diz o contrário. E ela parece tão certa disso que começo a me questionar.

A mulher está séria, olhando da tela do computador para mim. Tenho vontade de me encolher um pouco na cadeira, porque toda aquela atenção começa a fazer meu corpo se contrair e até tremer um pouco.

— Foi um trabalho que você gostou de fazer? — pergunta Fátima.

— Sim, bastante! — respondo, tentando transmitir confiança e falhando miseravelmente. — Deu um pouco de trabalho transcrever algumas falas, porque em alguns momentos os áudios falhavam um pouco, mas eu gostei bastante da tarefa.

— Tem certeza, Helena, querida? — Um sorriso sombrio acompanha sua fala, e a forma como ela diz "querida" não me tranquiliza nem um pouco.

— Sim, claro! Mas por quê? Aconteceu alguma coisa com as transcrições?

— Não, nada sério. Só reparei em alguns pequenos detalhes...

— Quais? — Me remexo na cadeira, sentando mais para a beirada de modo que meus pés toquem o chão com firmeza.

Não sei se o que ela tanto olha na tela do computador tem a ver com as transcrições, mas sinto uma vontade enorme de bisbilhotar.

— Alguns erros ortográficos, sabe? Mas só demandam um pouco mais de atenção. Não é nada grave, mas fica um pouco ruim de ler. Com certeza você entende e concorda comigo.

Murcho com as palavras de Fátima, mas sobretudo com o tom condescendente. Repassei as transcrições no Word no mínimo umas três vezes e não me lembro de ter visto nada tão gritante a ponto de ela me chamar na sua sala. Eu tinha tanta certeza de que havia feito um bom trabalho... A forma como ela me olha não me deixa só desconfortável, me deixa triste.

— Um pouco mais de dedicação e *estudo* e com certeza o trabalho ficará perfeito, Helena, querida. — Ela me encara à procura de uma resposta, mas tudo o que faço é concordar com a cabeça. — De agora em diante, nós vamos precisar que a Camila volte a dar uma conferida atenta nas suas tarefas antes de elas chegarem até mim. Mas, enfim... nada sério.

— Ah... — É tudo que consigo dizer.

— Então, toda vez que você terminar alguma coisa, volte a passar para ela, está bem? Mas não sem dar uma caprichada antes. Certo, querida? — Seus dentes estão à mostra. Sei que é uma tentativa de sorriso, mas seus olhos semicerrados não transmitem qualquer sinal de simpatia.

— Certo — digo, porque não sei se tem outra resposta possível.

Ela baixa os olhos para a tela do computador e fica calada. Espero alguns segundos, e então Fátima olha de mim para a porta com desdém. Sei que é a deixa para que eu saia dali.

— Ah, só mais uma coisa, Helena. Traz um cafézinho pra mim? Estou com uma dor de cabeça que não passa. Deve ser sono.

Seu sorriso parece mais gélido, mas também mais satisfeito. Ela não espera pela minha resposta e volta a encarar o computador. Fico sem reação. E em seguida me vejo atendendo a sua ordem.

Me sinto estranha com aquilo. Não se trata do café em si, mas da forma como ela pediu... como se eu não fizesse mais do que minha obrigação. Deixo uma xícara em sua mesa. Torno a trabalhar nas minhas tarefas e envio uma nova transcrição para que Camila verifique.

Uma hora depois da conversa, ainda sinto algo no estômago que não consigo decifrar, mas finjo estar bem. Decido ir até o banheiro passar uma água no rosto.

— Helena, dá uma chegadinha aqui, por favor! — chama Fátima assim que volto para a sala. — Queria que você conhecesse a Karina!

Não é difícil ficar impressionada com a mulher sentada na cadeira que eu tinha ocupado pouco tempo antes. Ela usa um penteado com tranças nagô bem rentes à cabeça e um coque grande na parte de trás, veste um blazer cinza-escuro lindo e uma camisa amarela por baixo. Sua beleza me lembra, de relance, a da diretora estadunidense Ava DuVernay.

— Olá! Fátima estava me contando do projeto, e eu perguntei se havia pessoas negras trabalhando nele. Ela logo falou mil maravilhas sobre você, Helena! — Karina se levanta rápido e estende a mão na minha direção, supersimpática.

Reajo de forma instintiva, cumprimentando-a com firmeza. Ela tem o sorriso mais carismático do mundo, e relaxo um pouco os ombros apesar da aproximação repentina de Fátima.

— Eu contei para a Karina do ganho enorme que você trouxe para a equipe, que ainda é pequena, mas vai longe se continuarmos a encontrar talentos como você! — Sinto a mão de Fátima fazer uma leve pressão nas minhas costas. — A Karina é nossa parceira no Rio de Janeiro. Ela tem um grupo de pesquisa superconceituado que também trabalha com diversidade nas empresas, além de ser ativista social.

Essas palavras me acertam com a força de um furacão. Nada disso combina com a conversa que tivemos há tão pouco tempo, a sós. Fátima foi cruel comigo, mas agora estava me elogiando na frente de uma estranha. Uma estranha que obviamente tinha prestígio.

— Fico muito feliz em saber disso, Helena — comenta Karina. — Boa sorte na pesquisa de vocês!

Forço um sorriso em resposta. Estou sem palavras.

Mais uma vez, finjo que não há uma pontada dolorosa bem no meio da minha barriga me dizendo que tem algo muito errado naquilo tudo. Uma dor que começa a se espalhar também pelo meu peito.

16

Encontro Elza me esperando entre o arco de entrada e uma árvore grande e robusta. Ela veste um short jeans de cintura alta e uma blusa soltinha amarela de manga curta. Seu cabelo está preso em um afropuff maravilhoso.

— Eu não sabia se você já conhecia a feirinha, então achei melhor te encontrar aqui do que na pracinha. — Sua voz melodiosa entra em meus ouvidos e sinto um alívio imediato pela primeira vez na semana.

Ela abre bem os braços e nos cumprimentamos com um abraço demorado e um selinho. Percebo que Elza se abaixa um pouco para ficar quase da minha altura, então apoio meu queixo em seu ombro por alguns segundos. Seu perfume invade minhas narinas. Tem paz e aconchego ali.

Percebo que ao lado dela não sinto medo de qualquer reação negativa que alguém possa ter ao ver duas mulheres demonstrando afeto.

— Acho que mesmo se conhecesse, com a semana que eu tive, ia acabar me perdendo.

— Foi difícil, né? — Elza parece preocupada, e seus olhos buscam os meus com rapidez.

— Sim, mas vai ficar tudo bem.

Não quero pensar no estágio. Não agora.

Fátima esteve presente no laboratório apenas no dia em que me chamou em sua sala, mas foi como se sua voz ficasse martelando em minha cabeça em tudo o que eu fiz depois disso. Todas as minhas tarefas levaram o dobro do tempo para serem concluídas, porque me tornei a pessoa mais insegura do mundo. E conhecer Karina não me deixou nem um pouco mais tranquila.

Ainda havia Camila, que verificava o que eu estava fazendo a cada dez minutos, como se eu fosse uma criancinha que precisava de babá.

— Mas você está bem mesmo? — insiste Elza.

Olho para ela, seus olhos cor de mel brilhando ainda mais do que da última vez que nos encontramos, tão bonitos e tão sinceros. Resolvo não estragar nosso dia, nosso primeiro encontro oficial após a noite no Flor de Lis. Concordo com a cabeça e ela sorri, o batom rosa-claro perfeito em seus lábios.

— Show! Então... essa é a entrada. — Ela ri e eu solto uma risada também, mesmo não achando graça. Acho sua animação muito fofa. — Eu venho aqui desde criança, minha avó adora passear aqui de manhã e comer salada de frutas naquela barraquinha ali.

Olho na direção que ela está apontando e vejo uma barraca. Não é tão "inha" assim. Há muitas frutas espalhadas em caixotes de madeira e um grupo considerável ao redor, então imagino que tudo vendido ali seja bom demais.

— E minha tia *adora*... — Ela frisa a palavra "adora" ao apontar para o outro lado. — Aquela ali, a barraca do acarajé. Ela gosta de vir aqui mais pro fim da tarde comer um acarajé e beber uma cervejinha.

A barraca é bem menor que a de frutas, e duas mulheres negras dentro dela se movimentam em sincronia. Percebo que há uma distância considerável entre cada barraca, e me pergunto se a feira fica muito cheia no final do dia.

Ao longe, tem uma pequena mata. A feira acontece em um parque fechado perto da casa de Elza todos os sábados. Lembra um pouco a feira hippie, com sua diversidade de barraquinhas, mas é bem menor.

— Você também tem uma barraquinha favorita? — pergunto a Elza.

Caminhamos devagar, atentas a cada uma das barracas. Tem de tudo, mas é inevitável que meus olhos se encantem mais por aquelas que vendem pinturas ou até artigos de papelaria feitos à mão.

— Eu gosto daquela ali — indica ela.

Seus olhos fitam uma barraca mais à frente, com uma senhora sentada. Ela parece estar costurando algo, e sigo Elza até lá.

Assim que nos aproximamos, percebo que a senhora é bastante idosa, com seus cabelos brancos, rugas pelo rosto e mãos marcadas pelo tempo. Sua pele escura reflete a luz do sol e seus olhos estão atentos ao que ela tem nas mãos.

— Ei, dona Dandara. Qual é a de hoje?

— Oi, minha filha.

O rosto dela se ilumina com um sorriso ao ver Elza. Percebo que não sou a única no mundo encantada por essa garota.

— Essa eu tô fazendo pra minha bisneta. Ainda não sei que nome dar. Você acha que ela vai gostar?

Dona Dandara levanta a boneca e nos mostra. É uma menininha negra, de tranças grossas, boca pequena de lábios grossos e olhos pretos. Ela veste uma camiseta branca e sua saia amarela está quase finalizada.

— Eu acho que ela vai amar! — exclamo antes mesmo de perceber.

— Eu também acho — concorda Elza.

Dandara nos olha com atenção. Ela não diz nada, mas seu olhar me percorre e então segue para Elza. Depois de alguns segundos, ela assente com a cabeça. O sorriso permanece no rosto.

—Vem, Lina. Vou te mostrar o restante.

Acompanho Elza, que caminha para perto da mata. Dá para ver que tem uma pequena praça ali.

— Eu amo aquela mulher. Ela preencheu a minha infância com as bonecas mais lindas — conta ela.

— Será que a gente pode passar lá antes de ir embora? Acho que vou levar uma pro meu irmão.

— Lógico!

Elza aponta para a praça e abre um sorriso. Parece tão feliz que eu começo a guardar cada detalhe da paisagem. Há árvores grandes ao fundo e uma mureta circular no meio, onde alguns casais estão sentados, e vejo também um parquinho infantil mais afastado.

Nenhuma dessas coisas consegue chamar mais minha atenção do que Elza. E sei que não consigo disfarçar isso, porque ela está me encarando.

—Você é perfeita — comento.

— Eu não sou...

Interrompo Elza com um beijo. Não guardo suas palavras dentro de mim, porque discordo totalmente dela. Já amo cada detalhe do que vejo e sinto. Estamos próximas da lateral da praça, com algumas pessoas perto de nós, mas não me importo. Quero guardar esse momento como só nosso.

O beijo começa devagar; não quero que seja corrido. Quero que hoje seja só o início de muitos outros. Mesmo em um ritmo mais lento, é intenso. Com a mão livre, levo os dedos até o braço de Elza e faço um carinho demorado.

Perco a noção do tempo em seus braços e, quando nos afastamos, imediatamente sinto sua falta. Mas me sinto recompensada ao me deparar com seus olhos. Posso até estar imaginando coisas, mas percebo um brilho diferente ali. Um brilho que talvez não seja causado pela luminosidade, que talvez tenha um pedacinho de mim.

— Uau! Eu queria estar com meus lápis pra desenhar uma lembrança desse momento — digo.

As palavras saem sem que eu perceba. Sinto certa vergonha, uma vontade de colocá-las imediatamente de volta dentro de mim. Elza me olha com expectativa, então sinto que não preciso me conter, que posso ser quem eu quero ser, amar quem eu quero amar.

— Isso me lembra que você prometeu que ia me mostrar algum desenho seu — comenta Elza.

Faço uma careta. Ela não está mentindo, mas achei que teria tempo de fazer algo melhor para impressioná-la. Elza agora me olha com tanta empolgação que minha única alternativa é pegar o celular e procurar alguma foto recente que eu tenha mandado para Amanda.

Minha melhor amiga é a única pessoa que eu deixo ver meus desenhos novos, tirando Antônio, quando invade meu quarto. Mas aí é sem permissão mesmo.

— Antes de tudo e em minha defesa, eu gostaria de dizer que não me considero uma profissional. É só meu sonho, e é exatamente por isso que quero muito fazer o curso no Chile pra aprender a me expressar melhor. Meus desenhos sempre foram meio intuitivos. O pouco de técnica que eu tenho veio diretamente do YouTube.

Em nossas primeiras conversas mais longas por mensagem, depois que ficamos, contei tudo sobre a viagem, e me senti muito apoiada e acolhida. Ela parecia tão empolgada quanto eu com essa oportunidade, e eu não imaginava que isso fosse possível.

— Então você nunca fez um curso?

— Não, meus pais até me deram uma mesa digitalizadora, mas nunca bancaram um curso pra mim. E com a mesada que eu recebo só deu pra fazer alguns cursinhos básicos on-line.

— Mesada?

Eu reviro os olhos, porque o sorriso de Elza agora é debochado.

— Aqui... — Viro o celular para ela, ignorando sua expressão.

Elza pega o aparelho da minha mão mais rápido do que o personagem do filme *Carros*, que por sinal meu irmão adora. Deixo ela analisar a imagem, mas sinto algo dentro de mim doer um pouco. Amanda e Antônio terem acesso aos meus desenhos é uma coisa, com Elza é totalmente diferente.

É complexo. Quero que ela goste, mas também quero que seja sincera, e, na minha cabeça, as duas coisas parecem impossíveis de coexistir em um cenário positivo.

—Vem cá — chama ela.

Sinto sua mão na minha e me deixo ser levada até um banco próximo de onde estamos. Dali, dá para ver melhor a feira e o parque, porque o banco fica em um lugar um pouco mais alto.

— Por que parece que você tá com uma dor muito forte na barriga? — questiona Elza.

Ela me encara estreitando os olhos e sorri. Mas não consigo fazer o mesmo. Quero saber o que ela acha, apesar do medo de perguntar. Deve ser por isso que não consigo esconder minha careta de preocupação que, aparentemente, dá a entender que estou com dor de barriga.

Desenhar sempre foi um sonho tão distante... Comecei o curso de Administração porque quis acalmar logo o coração dos meus pais. Mas prometi a mim mesma que um dia também teria um espaço para expor o trabalho de jovens artistas, sejam eles de literatura, música, teatro ou artes plásticas. Espero que os anos de trabalho me tragam dinheiro para investir nisso.

— Eu quero muito ser boa, mas eu ainda não sou.

— E quem te falou isso, Lina?

Dou de ombros, porque a resposta seria "ninguém". Só que meus pais duvidam tanto que desenhar e ilustrar possam ser uma possível profissão que também passei a duvidar de mim. Eles devem estar certos. Não sou uma artista, só faço uns rabiscos.

— Lina, está incrível! Não sou uma entendedora, mas acho que só precisa de uns retoques. Está lindo! Juro!

—Você acha mesmo?

— E pelo que estou vendo aqui... — Seus olhos se voltam para a tela. — Isso foi na passeata, né?

Concordo com a cabeça. É um desenho ainda em finalização, mas no centro está uma pessoa que observa algo na esquerda, com olhos estreitos e as mãos em punho, como se fosse atacar alguém. Desse lado, desenhei várias pessoas negras de costas, caminhando, com diversos tipos de cabelo e estilos de penteado.

— Você não me contou direito como foi isso — diz Elza, indicando o desenho.

— Eu não sei explicar. Foi estranho.

—Você já tinha sido abordada por policiais antes?

Balanço a cabeça. Repasso vários momentos e chego à conclusão de que até então nem sequer tinha me aproximado o suficiente de um policial.

—Você já? — pergunto.
— Algumas vezes, mas não tanto quanto o Tim. Ele tem umas histórias horríveis. — Ela move a cabeça como se estivesse tentando apagar as imagens dali. — Mas a primeira aconteceu quando eu tinha doze anos. Eu havia acabado de descer do ônibus e dois homens uniformizados me abordaram porque uma padaria tinha sido furtada. Eu estava com uniforme escolar, sabe? Quando cheguei em casa, minha mãe, minha tia e minha avó sentaram comigo e finalmente tiveram *a conversa*.
— Como assim? — Sei que é uma pergunta inesperada, porque Elza arregala os olhos.
— Nunca tiveram *a conversa* com você?
Não respondo porque acho que não preciso. Vejo a boca de Elza se mover em um "uau" silencioso.
— Não sabia que isso era possível, sempre achei que todas as pessoas negras passassem por isso — responde ela. — É quase um ritual de passagem para o mundo real. O do Tim aconteceu quando ele tinha só sete anos.
Aquilo me atinge em cheio. Tim tinha a idade do meu irmão quando precisou encarar isso. Sinto um nó se formar na minha garganta.
— Elas conversaram comigo sobre como eu deveria me portar na frente de policiais, seguranças de shopping, gerentes de loja e todo tipo de pessoa que de alguma forma trabalha fiscalizando algo ou impedindo roubos e furtos. Lembro como se fosse ontem. Minha mãe colocou as mãos no meu ombro e disse... — Elza leva uma mão à boca e dá uma leve tossida rápida. Sei que ela está ajustando o tom de voz. — "Sempre saia com sua carteira de identidade, nunca corra, não ande com as mãos enfiadas na bolsa ou no bolso da calça. Deixe as mãos *sempre* à

mostra. E se comprar algo em uma loja, guarde o cupom fiscal até chegar em casa."

— Eu... eu não fazia ideia disso — digo, me dando conta de que tinha seguido essas instruções instintivamente, depois que a mulher me chamou na manifestação.

— Agora que você falou, não sei se é mesmo comum... mas onde eu moro é. Seus pais nunca falaram com você sobre nada disso? Sobre como as pessoas ficam seguindo a gente em lojas de departamento, por exemplo?

— Não, nunca.

Penso em meus pais: minha mãe preta e meu pai branco, com seus dois filhos pretos. Me pergunto como é possível que isso nunca tenha sido uma pauta lá em casa.

— Eu não sei se eu já sofri racismo, Elza — confesso. — Sei lá... eu tenho dinheiro, acho que as pessoas percebem isso.

Ela solta uma risada. Não é deboche, mas há algo agridoce. Não sei se está achando graça do que eu falei, me achando ingênua ou talvez só esteja reafirmando para si mesma como a vida é ácida para quem não tem dinheiro.

— Lina, sério, não existe isso. Preto é preto. Você vai ver... Quando menos esperar, uma lembrança vai surgir e você vai perceber que a situação só aconteceu porque você é preta.

A manifestação. Lembro de como me senti, de como a mulher nem sequer olhou direito para Amanda, mas ficou muito tempo me encarando. Lembro dos pais da minha melhor amiga, da primeira vez que fui à casa dela e de como eles pareciam incomodados com minha presença. Penso em Fátima. Afasto os pensamentos. Estou caminhando para algo que talvez não consiga suportar. Cada vez mais perto.

— Acho que na real você já sabe como é — diz Elza. — Olha esse desenho! Eu consigo sentir tudo o que você sentiu naquele dia. Você é talentosa, Lina. E já consegue mostrar isso na sua arte. Eu entendo que queira melhorar, mas... — Elza deixa o celular no colo e segura minha outra mão. — Você quer se expressar além de lápis e canetas. É isso?

— Sim, eu quero muito pintar um dia — respondo com firmeza.

Na minha cabeça, algumas imagens se confundem, e as palavras de Elza ecoam como uma trilha sonora. Não sei se boa... ou ruim.

— E eu tenho certeza de que você vai conseguir! — afirma ela.

— Meus pais não acham isso.

Elza dá um sorriso simpático e sua boca vai até minha bochecha. Ela deixa um beijo demorado ali, que procura o canto da minha boca com delicadeza. Ao mesmo tempo, sinto sua mão fazer carinho nos meus dedos. Fico toda arrepiada.

— Será que não é o caso só de você mostrar pra eles que é isso mesmo que você quer? Você já pensou em fazer uma conta em alguma rede social pra divulgar seus desenhos?

— Não, nem pensar.

Afasto essa ideia o mais rápido que consigo.

— Tá bem... quem sabe um dia?!

Finjo concordar só para não decepcioná-la, mas tenho certeza de que esse dia nunca vai chegar. Ainda não estou pronta para ouvir o mundo me dizer que não sou boa o bastante.

Mas talvez Elza tenha razão. Pode ser que meus pais duvidem tanto do meu futuro como artista porque eu mesma não boto fé que vou ser bem-sucedida. Eu mesma não acredito em mim, e nem sei se um dia vou acreditar.

— Mas e você... O que te inspira? — Preciso mudar de assunto, ignorar as lembranças da manifestação e meus medos.
— Na escrita? — questiona Elza.
Assinto com a cabeça.
Elza endireita o corpo no banco e olha para a frente. Sei que está encarando algo, mesmo que eu não saiba exatamente o quê, porque seu olhar está fixo. Não consigo tirar os olhos de seu rosto.
— Tudo.
É um pouco como eu me sinto com os desenhos. Lembro no mesmo instante de quando ela contou que algumas situações pessoais estão em seus versos. Elza é ainda mais interessante do que deixa transparecer.
— Está vendo aquela menina brincando com o balão colorido?
Demoro uns segundos para localizar a garotinha. Ela deve ter uns cinco anos, e seus pais — um homem e uma mulher — estão a seu lado. Ela empurra o balão para cima e em seguida puxa para baixo com a cordinha amarrada na ponta.
— Eu poderia escrever um poema sobre essa cena. Sobre como ela tem um sorriso tão lindo fazendo algo tão simples. Sobre como o pai está achando graça de tudo, embora fique rodeando a menina como um segurança, tentando protegê-la de qualquer fatalidade. Sobre como a mãe está segurando tantas coisas que mal consegue prestar atenção nos dois, completamente alheia a um momento que também deveria ser dela. — Elza respira fundo e seu olhar se volta para mim. — Eu consigo escrever sobre cada coisinha do mundo. Só preciso sentir, entende? Preciso sentir que alguma coisa naquele momento importa, e não só para mim, para qualquer pessoa.

— Acho que entendo.

— Aquele casal ali... — Elza indica com a cabeça um casal de idosos sentados a alguns metros de nós. — Não é a primeira vez que os vejo aqui — sussurra ela, como se não quisesse incomodá-los, apesar da distância. — Sempre juntos, de mãos dadas. Eles se sentam nesse banco e ficam olhando a feira. É lindo, mas fico me perguntando se também não é solitário. Se estão aqui porque não há mais nada na vida deles, ou se estão aqui porque é a melhor coisa do mundo. Me pergunto se são casados, se têm uma família juntos. Será que se amam? Acho que...

— O quê?

Sem perceber, já estou criando uma história para os dois na minha cabeça. Reparo no casal. Ambos têm cabelo branco, ela com seus óculos de grau de armação vermelha, ele com um chapéu de palha na cabeça. Suas peles são marrom-claras com marcas de sol visíveis, talvez do trabalho ao longo dos anos, talvez de ficarem sentados por tantas horas ali. Eles não conversam, mas parecem atentos aos movimentos um do outro, ao que acontece na praça. Mesmo sem conhecê-los, fico triste com a possibilidade de não serem completamente apaixonados e suas vindas à praça não serem uma tradição.

— Acho que o mundo é uma grande inspiração, no final das contas. Nem tudo precisa ser um grande ato, às vezes a felicidade está nas deixas, nas falas improvisadas, nas sutilezas do cenário, sabe? — comenta ela.

Quero gritar o quanto acho Elza encantadora, mas guardo isso para mim. É o meu quase segredo.

— E lógico, como já comentei, às vezes o que acontece comigo também vira poema — continua ela. — Tipo isso... — Sua mão faz um gesto, indicando nós duas. — Com certeza isso aqui vai virar um poema. E um dos bons.

— Sério?
— Sério.
E então sinto seus lábios se aproximarem dos meus de novo. Um pequeno gesto que faz todo o meu mundo girar e girar.

17

Quando todo mundo diz que os primeiros períodos da faculdade são insanos, esquecem de contar que você também pode ter a sorte de encontrar o amor da sua vida. Pelo menos é assim que eu me sinto em relação à Elza.

Passamos os últimos dias nos encontrando pela faculdade e no galpão cultural, e arranjamos tempo até para um cineminha. Entre os encontros rápidos nas escadas da universidade e os quase amassos nos cantos do Flor de Lis, me senti tão empolgada que o estágio passou voando.

Conseguimos avançar um pouco na pesquisa. Os resultados preliminares indicam poucos marcadores de diversidade quando o cargo é de alto nível hierárquico. E agora estamos tentando lançar esses dados no site do projeto Organizações & Diversidade.

Ainda fico incomodada com Camila vigiando os meus passos, mas em algumas tarefas voltei a me sentir confiante e a focar no fato de que estou entregando o melhor que posso.

—Você não para de sorrir para o celular, né? — comenta Camila, sem olhar na minha direção.

Tento não encarar como uma crítica, mesmo que haja algo afiado em seu tom.

Não posso negar a verdade: o que mais fiz nas últimas semanas foi sorrir. Um sorriso de verdade, do tipo que a gente não consegue conter.

— Pois é — respondo, evasiva.

Não quero ser grossa, mas não me sinto mesmo à vontade para conversar com Camila sobre... qualquer coisa. Isso não mudou.

No entanto, é difícil esconder minha felicidade. Mesmo uma conversa normal com Elza consegue melhorar meu dia duzentos por cento. Dou uma conferida nas mensagens. Ela está contando que conseguiu escrever versos novos ontem à noite e que em vez de divulgar no Instagram está pensando em fazer um livreto.

— Namorado novo? — A pergunta surge acompanhada de um giro na cadeira, e agora toda a atenção de Camila está voltada para mim.

Nós ficamos lado a lado nas mesas que dispõem de computadores, e há mais duas livres. A sala também é usada por um grupo de estudos da pós-graduação, por isso é bem equipada.

— Mais ou menos isso.

Não sei o que Elza e eu somos exatamente. A gente passa muito tempo juntas, contamos várias coisas uma para a outra, mas não há um rótulo para a relação. Por enquanto, ela é a garota de quem eu gosto, a pessoa que quero ver a todo momento.

— Entendi... — responde ela com um meio sorriso.

O clima é tão esquisito no laboratório que no geral tento falar o mínimo possível de mim para que as conversas sejam apenas sobre trabalho. Isso me lembra de uma ideia que tive há poucos dias, mas ainda preciso desenvolver melhor. Quero fazer meu tempo ali ser proveitoso. E quem sabe não consigo renovar o contrato de estágio na volta da viagem para ir juntando uma graninha para trocar minha mesa digitalizadora por uma mais moderna?

— Camila, eu andei pesquisando alguns sites de outros projetos de pesquisa...
— Humm?! — murmura ela, sem olhar para mim.
— Então... São todos muito parecidos. Daí tive a ideia de convidarmos um acadêmico de destaque ou uma pessoa mais conhecida para fazer um texto de apresentação sobre o projeto. O que você acha?

A postura de Camila muda. Seus braços, antes rígidos na cadeira, se movem até as laterais do corpo e sua cabeça se inclina em minha direção. A sobrancelha direita está erguida, sua atenção toda em mim.

— Pode explicar melhor — diz ela, tentando esconder o que parece ser um pouco de empolgação.

Não era a resposta que eu estava esperando, mas detalho tudo o que consegui planejar.

— A gente reúne em um arquivo algumas informações sobre o projeto e os resultados preliminares, escolhe uma pessoa em conjunto com a Fátima e ela faz o convite. Pensei que essa pessoa pode fazer a apresentação tanto para o site, como para a cartilha que a gente pretende desenvolver quando tiver uma análise mais bem-estruturada dos dados — explico, gesticulando rápido.

Vejo um sorriso surgir. Camila leva a caneta até a boca e começa a mordê-la de leve.

— Temos dois caminhos — continuo. — Ou convidamos alguém da área e aí nossa pesquisa vai ficar bem conhecida no meio acadêmico, ou chamamos algum influencer que trabalhe com a questão da diversidade.

Fiz uma lista de influencers que seriam perfeitos, mas do mundo acadêmico conheço poucas pessoas. Na minha cabeça, o ideal é propor a ideia para Fátima e, se ela topar, escolhemos a pessoa juntas.

— Ou talvez até mesmo duas pessoas, uma para o site e outra para a cartilha que vamos produzir. — Minha fala é seguida por uma respiração profunda, porque perdi o fôlego de tanto falar. — Então... O que você acha? — pergunto, diante do silêncio.

— Eu acho sensacional! — exclama ela. O cabelo liso está preso em um coque, e alguns fios caem em seu rosto branco. — Quer dizer... *Acho* que vai dar certo. Vou tentar pensar em algumas coisas para dar mais fundamento a essa proposta. Seria incrível se um influencer marcasse a gente nos stories, né? Imagina só! — Ela abre um sorriso enorme.

— É, é... — respondo.

Não me atenho tanto a isso, já que não é o objetivo principal. Só consigo pensar que o projeto vai ter mais visibilidade e que seria muito legal que algumas das informações que estamos reunindo alcançassem as pessoas e fossem o início de alguma mudança social efetiva.

— Da próxima vez que eu vir a Fátima, repasso a ideia pra ela — comento, sem esconder minha animação.

Camila concorda com a cabeça. Seu sorriso agora está mais contido.

Passo o restante da tarde fazendo pesquisas que podem enriquecer minha proposta, depois finalizo mais uma transcrição. Quero levar o máximo de informações para Fátima e estar preparada caso ela tenha alguma pergunta.

Mando uma mensagem para Elza:

> A Camila gostou bastante da ideia. Vou conversar com a Fátima assim que encontrar com ela.

> **Elza**
> Porque é uma ideia incrível. Feliz demais por você.

Quando termina meu horário no estágio, saio do laboratório e caminho em direção ao ponto de ônibus. Tomo cuidado para não chamar a atenção para o celular. Espero até estar dentro do ônibus para responder à mensagem.

> E eu tô muito feliz que você anda conseguindo escrever. Amo suas palavras, você sabe disso.

Elza tinha me contado que de vez em quando a dificuldade de escrever batia à sua porta. Acho que é tipo uma espécie de bloqueio criativo, um fantasma que aparece quando você menos espera. Por isso faço questão de apoiá-la, já que a maré parece estar melhorando. Mesmo que ela sinta que são poucas palavras, não importa. Insisto para que ela não fique se cobrando por achar que deveria produzir mais.

> E o que você acha de comemorarmos esse bom momento com um churrasco??? ;)

A carinha piscando dá um tom irresistível à mensagem. Sou fã de carteirinha dos momentos em que ela dá em cima de mim. Solto uma risada baixa, tentando não chamar a atenção das pessoas no ônibus.

> Aqui em casa, no sábado.

Ela já quer marcar o dia, e meu coração bate mais forte. Sábado. Também conhecido como *amanhã*.

Elza está me convidando para ir à casa dela, conhecer a *família* dela. A avó, a mãe e a tia. Como se estivesse lendo meus pensamentos, ela manda uma nova mensagem para quebrar meu silêncio:

> Não precisa ficar nervosa. Está tudo bem.

Tento me acalmar, porque o convite parece uma prova de que sou importante para ela, assim como ela é para mim. É uma coisa boa, mas já sinto as mãos suando um pouco com o nervosismo.

Conhecer os pais de quem estou beijando é uma experiência relativamente nova, porque não tive esse momento com o Henrique. Nós estudamos na mesma escola durante anos, e eu já conhecia toda a família dele e até sua casa antes de ficarmos juntos.

Tomo coragem e respondo, respirando fundo:

> Eu adoraria...

Mordo o lábio de expectativa. Já sei que quando chegar em casa vou correr para fazer uma chamada de vídeo com a Amanda e escolher minha roupa mais bonita.

18

— Ok, estou aqui e não vou voltar atrás — falo para mim mesma, olhando o portão cinza desgastado pelo tempo.

A casa de Elza fica um pouco longe da minha, na região Nordeste da cidade. Resolvi pegar um carro de aplicativo que me deixou na porta em cerca de trinta minutos. Espero algum sinal divino que me faça ter coragem de apertar a campainha.

— Eu realmente estou aqui... — sussurro.

— Sim, está. — Levo um susto ao ouvir a voz de Tim atrás de mim. Ele dá uma risada —Você vai entrar ou não?

O garoto para ao meu lado e reparo que ele está achando graça da cena.

— Eu... vou?! — respondo.

Deveria ser uma afirmação, mas soou como uma pergunta, já que não tenho certeza alguma.

Elza já tinha me garantido milhares de vezes que eu não precisava ficar nervosa, que sua família é tranquila, ótima, perfeita, cheia de mulheres incríveis... Mas aconteceu justamente o esperado: estou nervosa pra caramba. Tento me agarrar ao fato de que Amanda disse que isso era bem compreensível, tudo dentro da normalidade.

— Espero que sim, porque a dona Diva me pergunta sobre você quase todos os dias.

— O quê?

Minhas pernas estremecem, e um calor absurdo começa a subir e tomar conta do meu corpo. Sei que Diva é a avó de Elza. Dentre as três mulheres da família, era ela quem eu mais fazia questão de agradar.

Avós são praticamente entidades. Em muitas famílias brasileiras, são elas as grandes matriarcas, aquelas que comandam tudo, principalmente quando se trata da avó materna. Então possivelmente dona Diva seria a responsável pela minha sentença. "A Helena está aprovada", "A Helena parece uma péssima pessoa". Peço desculpas mentalmente para minha mãe. Eu a amo, mas sempre soube que minhas avós teriam a palavra final em praticamente qualquer assunto na família.

E então Tim começa a rir outra vez; sua risada é alta e forte.

— Sério... Você tinha... que ver... a sua... cara... — Ele tenta dizer, tomando fôlego.

— Seu... seu... Arg! — Não consigo achar a palavra, porque as risadas de Tim ficam ecoando na minha cabeça.

— Ai, ai! Sério! — Tim passa o dorso da mão nos olhos, secando as lágrimas. Ele está literalmente chorando de tanto rir. — Deixa de ser boba, Lina! A família da Elza é super de boa.

Dou um sorriso hesitante e bufo com a falta de compreensão dele. Tim vai até o portão e toca a campainha. Estreito os olhos com força e torço para que dê tudo certo, porque não quero pensar em como vai ser se a família dela não gostar de mim.

— "E eeeu... parapáparáááá... gostava tanto de vocêêêê!" — Uma voz feminina ecoa enquanto o portão se abre.

Na minha frente, vejo uma mulher negra de pele marrom-clara cantando com os braços erguidos para Tim. Suas tranças castanho-escuras se movem um pouco abaixo dos ombros no mesmo ritmo de seu corpo.

Vejo Tim sorrir com os dentes à mostra, e os dois se abraçam forte.

— Tim-tim, que saudade!

— A gente se viu ontem, Alcione — responde ele.

Os dois riem juntos.

— E essa deve ser a garota de quem minha sobrinha não para de falar — comenta Alcione, ao me notar ao lado de Tim.

Ela se aproxima. Não sei se ao menos está tentando disfarçar, mas consigo seguir seus olhos me analisando dos pés à cabeça.

— Vocês fazem um casal bonito. Nem preciso ver as duas lado a lado pra ter certeza.

E a sentença veio mais rápido do que eu imaginava. Pelo menos foi positiva. E direta.

Não chego a responder, porque ela logo coloca um braço nas minhas costas e o outro nas costas de Tim, nos empurrando com jeitinho para entrarmos pelo portão da garagem.

Uma música alta toca ao fundo, me distraindo um pouco. Me forço a voltar a atenção para onde estou e tento registrar o máximo de informações do lugar.

É um terreno grande com duas casas, uma de frente para a outra. No centro, há duas mesas de plástico posicionadas juntas e algumas cadeiras em um grande espaço com piso de cimento. No fundo, bem colado ao muro, tem uma mesa retangular ao lado de uma churrasqueira, e do lado direito vejo algumas árvores baixas.

— Empacou de novo? — sussurra Tim no meu ouvido.

Dou de ombros e, inesperadamente, ele segura minha mão e me leva até a mesa retangular. Agora consigo ver

Elza comandando a churrasqueira, seu corpo se movendo ao som do samba alto.

— Encontrei sua namorada perdida por aí. Está entregue. — Tim dá um beijo rápido na bochecha de Elza, entrega minha mão para ela e segue na direção oposta. Ele parece muito à vontade na casa dela. Queria me sentir assim. — Estou esperando meu pratinho de legumes em retribuição, viu?

Elza sorri e segura minha mão. Sigo com o olhar o garoto se afastando. Ao vê-lo se aproximar de duas mulheres negras bem parecidas com Elza, percebo que a música não é de uma playlist, mas sim de um karaokê. Tim se junta a elas. Ele é realmente o quinto membro da família Nascimento.

— Está tudo bem? — pergunta Elza, me dando um selinho.

— Eita, Elza — sussurro, dando um passo para trás.

— Relaxa, Lina — diz ela, me puxando de volta. — Todo mundo sabe. Você não está aqui como minha amiga. Que ideia!

Essas palavras não me deixam mais tranquila, porque agora eu quero perguntar *o quê* ela disse para a família. Elza torna a se concentrar na missão de cuidar da churrasqueira.

— Precisa de ajuda? — ofereço.

— Não, não! Estou quase acabando. — Ela volta com um dos espetos para o fogo e segura dois pratinhos.

— Vem, vou te apresentar para as outras mulheres da minha vida.

— Tá bom... — respondo, tentando fingir naturalidade. Meu coração bate tão forte que fico com medo de que Elza consiga ouvi-lo.

Ela coloca a língua entre os dentes e sorri. É o rosto mais lindo do mundo, e está a poucos centímetros do meu.

Me seguro para não beijá-la e a sigo. Ela deixa um prato na mesa de plástico e se aproxima do trio que está terminando de cantar.

— Tim, aqui o seu pratinho — diz ela, estendendo a mão para o garoto.

Ele bate palmas, animado. Elza tinha comentado comigo que Tim é vegetariano.

— Essas são minha mãe e minha avó, Tereza e Diva — apresenta Elza, como se não fosse um dos momentos mais importantes desde que a conheci.

Não quero parecer dramática, mas eu gosto *tanto* da Elza que conhecer sua família é um grande passo para mim. De repente, meus pensamentos são interrompidos por um abraço apertado. É a avó de Elza. Seus braços me rodeiam, e eu me sinto protegida.

— Ah, minha querida... — começa ela.

Sinto o alívio causado pelo afeto dominar meu corpo. E algumas lágrimas se formam em meus olhos. Não esperava mesmo essa recepção. Sempre tive muito medo de como as pessoas fora da minha família mais próxima reagiriam quando eu contasse que sou bissexual. Meus tios, por exemplo, têm opiniões bem problemáticas. E muitas vezes a rejeição é um fardo pesado demais para se carregar.

— Nunca vi essa menina tão feliz como agora, e acho que você tem uma grande participação nisso. — Sua voz soa baixa, e tenho quase certeza de que só eu consigo ouvi-la.

Diva me solta. E eu, ainda sem palavras, vejo Tereza se aproximar. De perto, percebo que Elza é uma versão mais nova da mãe. Os mesmos traços, o mesmo sorriso, e até o jeito de inclinar um pouco a cabeça quando está falando é parecido.

—Você é linda! Elzinha estava certa.

— Obrigada... Uau! Vocês são incríveis! — respondo, sem conseguir conter a surpresa.

— Agora elas vão ficar se achando até o ano que vem. — Elza balança a cabeça, e sua mãe faz uma careta. — E essa é minha tia Alcione.

Elza aponta para a tia, que caminha até Tim.

— A gente já se conheceu! — berra ela de onde está, fingindo não prestar muita atenção na nossa conversa.

— Não liga, não! Ela e o Tim não podem se encontrar que ficam grudados falando da vida — explica Elza. — É engraçado como eles são tão parecidos e ao mesmo tempo completamente diferentes. Ah, minha tia tem trinta anos e é lésbica — completa, de forma pausada.

Ouço as risadas de Tereza e Diva enquanto olham a lista de músicas do karaokê. Então Tereza solta um gritinho e escuto Elza grunhir ao meu lado.

— Alcioneee! — chama Tereza quando a música seguinte começa.

A tia de Elza se levanta correndo da cadeira e em segundos está ao lado de Tereza, segurando um dos microfones.

Elza levanta quatro dedos em minha direção.

— Não que seja uma grande surpresa, mas acho que esqueci de te contar que minha família é apaixonada pela Elza Soares... — diz ela, deslizando uma das mãos pela lateral do meu corpo e apertando minha cintura. — Pela Alcione... — acrescenta, indicando a tia com a cabeça.

Eu sorrio e ela abaixa dois dedos.

— Pelo Tim Maia... — Ela abaixa mais um, olhando na direção do amigo. — E pelo Djavan... — encerra a contagem, fechando a mão e me lançando um olhar divertido.

Respiro fundo. Nunca achei que observar alguém explicando alguma coisa ia me deixar praticamente sem fôlego.

Diva, Tereza e Alcione ficam lado a lado, sorrindo para a TV e uma para a outra.

— "Pra essa moça me fazer feliz, e o destino não quis me ver como raiz de uma flor de lis" — cantam, animadas.

— E... Flor de lis é o nome do...

— Coincidências da vida — responde Elza, com um sorriso enorme.

Ela me puxa mais para perto. Seu corpo balança para os lados, e eu também entro no ritmo. Quando percebo, minha voz se junta à da família Nascimento. Tim não demora muito para se aproximar e nos acompanhar na cantoria.

Não acho que seja possível ser mais feliz do que agora.

19

— Posso te perguntar uma coisa? — digo.
— Por que essa pergunta não me parece uma novidade?
Solto uma risada com a brincadeira, mas não tenho como dizer que ela está errada. Eu sempre quero saber mais sobre Elza.
—Você pode me perguntar tudo — continua ela, sem saber do perigo daquela resposta.
Levo a mão ao queixo e finjo que estou formulando algo bem constrangedor.
— Lina! — exclama ela, apertando minha bochecha com delicadeza.
— Estou brincando. Queria saber se você já se apresentou na noite da palavra, lá no Flor de Lis.
Depois que cantamos a música do Djavan e mais outras, todo mundo se sentou e ficamos comendo e conversando. A família de Elza é incrível, e a cada minuto quero, sim, saber mais e mais sobre a garota ao meu lado. Saber sobre cada coisinha que ela escreve, sobre o seu passado, entender seus gostos. Quero mergulhar de vez na vida dela.
— Não. Nunca li em público nada do que escrevi — responde Elza.
Ela dá um gole rápido no copo de cerveja, e seu olhar me deixa para buscar sua família. Tim conversa com Alcione, enquanto Tereza e Diva sambam no meio do terreno, felizes.

A avó de Elza segura a barra do vestido comprido, a mão livre se movendo no ritmo das palavras que deixam sua boca.

— Mas por que não? São tão maravilhosos! — questiono.

— Eu não gosto da ideia de falar em público e…

— E?

Elza respira fundo e se ajeita na cadeira. Escuto a risada alta de Tim seguida da voz e de um grito animado de Alcione. Vejo Tereza passar com a mãe para dentro da casa, ainda cantando um samba.

— Eu não sei, Lina… Sei lá.

— Não sabe mesmo?

Elza suspira, toma outro gole, mas logo bufa quando percebe que bebeu todo o líquido de uma vez. Ela balança a cabeça.

— Eu tenho medo de decepcionar as pessoas, acho — responde ela. — Minha família, o Tim… Enquanto as palavras estão escritas, não parecem tão reais. Mas acho que se eu declamar, se cantar… não sei. Tenho medo de decepcionar até a mim mesma.

E isso faz todo o sentido. Penso que também não gosto de mostrar o que desenho para ninguém, que me sinto muito insegura com isso. Me pergunto se é o nosso talento que é questionável ou se o mundo fez a gente achar que não somos suficientes.

— Acho que eu nunca falei essas coisas pra ninguém, sabia? — confessa Elza. Nossos olhares se encontram. — Mas tem algo em você que me faz querer contar tudo.

O que ela diz aquece meu coração, porque sinto o mesmo. Recordo nossa conversa no parque, de quando me abri para ela como nunca tinha feito com ninguém, de como me senti acolhida.

—Vou te lembrar todos os dias de que tudo o que você escreve é arte. Até você acreditar.

— Não é para tanto. Você espera muito de mim.

— Não, Elza. É que eu consigo ver como você é talentosa. Ela segura minha mão e a leva até sua boca. Suspiro quando sinto seus lábios deixarem uma trilha pelos meus dedos. Seu gesto faz com que todos os pelos do meu corpo fiquem arrepiados, e meu coração acelera. Quero beijá-la, quero senti-la mais e mais.

— Elzaaa! — grita Alcione, e voltamos nossa atenção para ela. — O Tim disse que vai me ajudar a fazer mais umas artes para o consultório.

A voz arrastada da tia de Elza sugere que a cerveja já começou a fazer efeito. Olho para os dois sem entender muito bem do que ela está falando, mas sorrio.

— Por que você está sorrindo tanto? — pergunta Elza, erguendo as sobrancelhas.

— Porque ela parece feliz mesmo que eu não saiba exatamente por quê — respondo.

Elza solta uma risada, e os dois fazem o mesmo. Cada dupla está na ponta de uma mesa, perto o suficiente para nos escutarmos quando o tom é normal, mas longe o bastante para mantermos nossos segredos quando falamos baixo.

— Eu gostei dela, viu?! — berra Alcione.

Ela aponta para mim, dando uma piscadinha para nós.

Tento não deixar minha confiança inflar com o comentário, mas o sorriso continua estampado no meu rosto.

— Eu trabalho há cinco anos em um consultório de odontologia na região Centro-Sul, mas tem uns dois meses que resolvi abrir um aqui na do São Gabriel. Faço atendimentos sociais também. Ainda é pouco, mas sempre quis retribuir de alguma forma tudo que conquistei até hoje.

— Eu tentei ajudar organizando a agenda dela do consultório daqui — diz Elza —, mas sou mais desorganizada que minha tia.

Tim concorda com a cabeça, e Alcione solta um "uhum" em alto e bom som.

— Tem sido meio corrido, com a faculdade e as festas em que toco como DJ, mas estou tentando ajudar a Alcione com as redes sociais do consultório — explica ele.

— A ideia é que eu consiga alcançar mais gente das redondezas, porque sei que muitas pessoas nem sabem que podem cuidar de si mesmas pagando um valor simbólico.

— Ou de graça... — murmura Elza. — Ela fica falando de valores simbólicos, mas na hora não cobra nada.

— Eu faço o que posso, mas preciso contratar alguém para me ajudar. Não confio nesses dois para isso.

Elza e Tim levam as mãos ao peito e fazem uma pose, fingindo estar muito ofendidos com a crítica. Sorrio com a cena.

— Não me entendam mal — prossegue Alcione —, mas a Elza conseguiu marcar três consultas no mesmo dia e horário.

— Não tenho culpa se as pessoas entram em contato tão cedo!

— E o Tim... — Alcione ignora a sobrinha e gesticula para me explicar. — O que posso pagar não cobre o que ele ganha tocando nas festas. E não é como se ele conseguisse lidar com planilhas também... Enfim! Chega de falar. E sua família, Lina?

— Hummm... Acho que é uma família... normal? — respondo, incerta.

Ao contrário do que eu pretendia, aquela frase não os deixa desinteressados. Os três me encaram com expectativa, e já me sinto mal por saber que posso frustrá-los.

— Minha mãe é advogada. E meu pai tem uma empresa que atua no mercado financeiro. — Tento não elaborar muito, mas eles sorriem. — Ah, e meu irmão mais novo está tentando bater o recorde de quem fica mais tempo jogando videogame direto — completo, tentando não soar tão séria.

— Sério? Qual empresa? — indaga Tim.

—Vocês fazem churrascos como os nossos? — pergunta Alcione, ao mesmo tempo.

Elza revira os olhos.

—Vou lá ajudar minha mãe e minha avó. Você vai ficar bem com todo esse interrogatório? — diz Elza.

Assinto com a cabeça, e ela se afasta com seu copinho vazio na mão.

Reparo que Alcione e Tim ainda esperam respostas. Os dois me olham com certa ansiedade, e não sei por onde começar, mas definitivamente não estou tão animada quanto eles. Minha família é bem diferente dos Nascimento.

Não de um jeito ruim, só que eles enxergam o mundo de outra forma.

— Chama NTN Investimentos. Quer dizer, a empresa… — completo, porque não tenho certeza se eles lembram das próprias perguntas. — O nome é uma homenagem ao meu irmão, Antônio. Tirando as vogais, NTN.

— Calma aí! Seu pai é dono da corretora de valores mais conceituada de Belo Horizonte? — pergunta Tim, a voz esganiçada de tanta empolgação.

— Não sabia que você era tão antenado em mercado financeiro, Sebastião… — comenta Alcione.

— Mais ou menos, mas acompanho a NTN tem um tempo. O marketing deles é incrível.

— Ah, não! Você também é um fã? Você e a Amanda podem dar as mãos e se abraçar.

Sinto muito orgulho da minha família, principalmente do meu pai, que tem uma origem bem pobre. No entanto, o sucesso dele é um lembrete constante de que seguir seus passos é o caminho mais fácil.

— Minha vez agora! — A voz potente de Alcione abafa os resmungos de Tim, que parecia querer saber mais. — Vocês fazem festinhas? Churrascos? São uma família próxima? Amorosa?

— Lá em casa a gente não costuma fazer muito, mas quando nos reunimos com a família da minha mãe... Aí sim.

Apesar de bem grande, a família do meu pai nunca foi muito unida. Só se encontra nos feriados tradicionais: Dia das Mães, Natal, essas coisas. A da minha mãe é bem mais conectada e, assim como eu, o Antônio passa muito tempo com a nossa avó.

Penso em como seria o encontro dela com Elza. Torço para que isso aconteça em breve. Acho que minha avó ia gostar de saber como estou feliz, mas primeiro tenho que apresentar Elza para os meus pais. Não quero me apressar.

— Aposto que são pretinhos — diz Alcione.

Concordo e solto uma risada. Eu me pergunto pela primeira vez se isso tem a ver com o fato de minhas famílias materna e paterna serem tão diferentes uma da outra.

— Sebastião, tem aquela maionese que você gosta. Lina, querida, o almoço tá servido! — Diva sorri para mim.

As três vêm da cozinha e se aproximam da mesa com um sorriso no rosto.

— Então eu sou "Sebastião", assim todo formal... Mas ela é a *Lina* — murmura Tim para si mesmo, indo até a mesa.

Elza dá um tapa de leve na nuca dele.

Diva, Alcione e Tereza se distraem conversando sobre como Tim cresceu muito mais do que elas esperavam, e fico surpresa quando reparo que Elza está me encarando.

— O que foi?

— Eu disse que ia dar tudo certo — responde ela.

— É a primeira vez que conheço a família de alguém que estou...

— Que está...?

— Enfim! — disfarço, porque não vou ser a responsável por oficializar essa definição. Elza parece se divertir. — Você não pode me culpar por ficar nervosa.

— Não culpo, mas sabia que você ia se encaixar direitinho aqui.

Ela entrelaça a mão direita na minha e aperta de leve. Parece tudo tão certo... estar ali de mãos dadas com ela... Acho que finalmente sei definir o que é felicidade.

— Não acredito! — exclama Tim, perto de nós.

Ele encara o celular com espanto, mas também há outra coisa ali. Raiva.

Elza e eu nos entreolhamos, preocupadas. Tereza, Diva e Alcione interrompem a conversa para prestar atenção nele.

— Aconteceu de novo gente. De novo!

— O que foi? — pergunta Elza, seu tom agora parecido com o de Tim.

Raiva. Raiva e angústia.

Ela parece já saber a resposta, assim como o restante da família. Eu me sinto perdida.

— Um garoto foi espancado por dois seguranças de um supermercado lá na região Centro-Sul. Acusaram ele de roubo.

— Meu Deus! E como ele está? — pergunta Tereza, seu rosto inexpressivo.

Fica evidente que esse tipo de situação não é novidade.

— Parece que foi levado para o hospital, mas está mal. Ele só tinha ido comprar pão pra mãe, sabe? Quinze anos...

— Tim parece desolado.

A expressão de Elza é de tristeza. Tereza agora parece preocupada, Diva está de olhos fechados e, quando olho para Alcione, só vejo raiva. Uma raiva capaz de incendiar tudo.

A tela do celular de Tim exibe a foto do garoto antes de tudo acontecer, a mesma que está circulando nas redes sociais. Não sei descrever o que sinto. Na imagem, ele olha para a câmera com um sorriso tímido, usa uma camisa branca que parece uniforme escolar e segura um controle de videogame. O sol bate no seu rosto e sua pele preta reluz.

Ele se parece tanto com meu irmão que tenho que me concentrar muito para não vomitar todo o churrasco.

De repente, a voz de Tim soa mais alta do que o normal:

Deixei crescer essa dor
Me consumiu, revirou.
Eu mudei e aprendi
Não vou baixar a cabeça.
Não vou.
Vocês podem tentar
Tentar e tentar
Mas somos um só
Uma dor, um povo, um grito.

Antes que ele termine de declamar, eu já sei de quem são esses versos.

20

Pela reação de Elza, Tim com certeza não perguntou se podia declamar um de seus poemas. Por mais que eu também ache que o mundo precisa conhecer as palavras de Elza e goste do Tim, sei o quanto esses versos eram um pedaço dela. Um pedaço que ela tinha escolhido manter em segredo.

Tim tentou conversar com Elza ontem, mas ela deu um jeito de escapar dele.

Percebo que ele continua se esforçando para resolver a situação, porque a vejo guardar o celular a cada nova notificação. Pelo menos Tim parece saber que fez besteira. Vou torcer para que eles se entendam e que fique tudo bem. É o que me resta fazer.

Andamos um pouco pelo meu bairro, porque queria que ela conhecesse um pouquinho as ruas que fazem parte do meu dia a dia. A ideia de levar Elza para conhecer meus pais foi meio repentina, mas fiquei tão feliz com a família dela que achei que fazia sentido. Foi tão bom, quer dizer... bom até sabermos de tudo que aconteceu com o garoto no mercado.

— Então é aqui que a princesa mora! — brinca ela.

Reviro os olhos, mas sei que ela está brincando. Uso a tag para abrir o portão, que começa a apitar. A gente tem alguns segundos para passar pelas duas portas de vidro que separam o portão e o saguão do prédio.

— Quando o Tim me disse que a empresa do seu pai era famosa, eu duvidei porque nunca tinha ouvido falar, mas... Uau! — Ela assovia.
— Para, vai — peço, apertando o botão do elevador.
Elza aproveita meu movimento e segura minha mão. Ela aproxima o corpo do meu e cola a testa na minha.
— Lá em cima, talvez a gente fique um tempo sem... você sabe. — Sua respiração quente acaricia minha pele. Fico toda arrepiada. — O que você acha de...
— Sim! Por favor!
Ela aperta minha mão de leve e, com a outra, segura minha nuca. Fecho os olhos, mas ainda consigo vê-la dar uma mordidinha nos lábios antes de encontrar os meus. Nosso beijo tem gosto de desejo e de afeto. Nossas línguas se procuram e se acham; o momento é tão breve que bufo quando a porta do elevador se abre no terceiro andar. Elza me dá um selinho antes de sairmos. O beijo já tem gosto de saudade.
Elza solta minha mão e se afasta de mim.
— O que foi?
— Sei lá, seus pais.
— Meus pais sabem sobre você, sabem que sou bi e sabem exatamente aonde eu tenho ido. Agora é você que tá nervosa! Ah, tem o meu irmão. Com certeza ele vai querer saber *tudo* sobre os Nascimento.
Há dois apartamentos por andar. No terceiro, é o nosso e o da sra. Garcia. Parando para pensar, nunca gostei da forma como ela olha para a gente. Quando dividimos o elevador, está sempre de cara amarrada ou torcendo o nariz. Acho que sempre ignorei isso simplesmente porque era mais fácil, menos doloroso.
Encaro a porta da casa dela e me pergunto se a mulher está escondida atrás de sua muralha de madeira, me obser-

vando de mãos dadas com Elza. Se está, seu nariz deve estar ainda mais franzido. Sinto algo esquisito, e sei que é meu corpo reagindo a algo que eu escondi por muito tempo. Até de mim mesma.

Acho que no fundo eu sempre soube por que ela não gosta da gente. Só não queria dizer em voz alta. Tornar isso real. E agora estou levando mais um de nós para esse prédio de gente branca rica. Quase torço para que ela realmente esteja nos assistindo pela câmera em frente à porta.

— Por que você está com essa cara? — quer saber Elza.

— Pensando numas bobagens. Está pronta?

Elza respira fundo, e faço um carinho leve em sua mão. Estou tranquila e quero que ela também se sinta assim. Sei que, apesar dos nossos desentendimentos, meus pais não são babacas a ponto de ferrarem a melhor possibilidade de relacionamento que eu já tive. Na verdade, eles não são babacas de jeito nenhum.

Entramos em casa, e logo alguns passos nos alcançam.

—Você demorou! Podia ter mandado uma mensagem.

— O tom da minha mãe é de preocupação.

Me sinto mal, porque definitivamente não foi um ato de rebeldia. Só perdi a hora caminhando com Elza.

— É a Lina? Lina, você podia ter nos avisado!

De bermuda, chinelo e óculos claramente sujos, meu pai para ao lado da minha mãe. Ela tem um pano de prato pendurado no ombro e parece cansada.

— Por que vocês tão parados aí? — Meu irmão se junta a nós e olha dos dois para nós duas.

Seguro uma risada e vejo Elza relaxar, porque meus pais também estão sorrindo. Antônio corre na nossa direção, segura a mão livre de Elza e a puxa para a sala.

— A Lina me disse que você não gosta de videogame, mas você nunca jogou isso. Tenho certeza.

Vejo Elza soltar minha mão e ser abduzida pelas frases velozes de Antônio. Nem tive tempo de apresentá-la oficialmente. Meus pais observam a cena, e minha mãe faz um gesto com a cabeça, me chamando até a cozinha.

— Ela é muito bonita! — Apesar de a visita não ter sido exatamente planejada, seu sorriso é tão sincero que me tranquiliza.

Eu contei a eles sobre a Elza depois do nosso encontro na feirinha. Naquele dia, foi difícil esconder o jogo, porque cheguei em casa praticamente saltitando. Eu fiquei feliz no dia do nosso primeiro beijo, mas na feirinha algo a mais começou a ser construído. Meus pais reagiram numa boa. Ser bissexual nunca foi uma questão para eles, mas tenho certeza de que desde então estavam mega-ansiosos para conhecê-la. Só queria ter planejado melhor esse momento. Mas às vezes a vida é assim mesmo.

Minha mãe enxuga as mãos no pano de prato e o coloca em cima do balcão. Meu pai tira os óculos e os limpa na barra da camiseta. Sei que estão praticamente me dando um aviso silencioso de que não tem como fugir dessa conversa, e vou levar um puxão de orelha.

— Não me interessa o quão bonita, inteligente e incrível seja qualquer pessoa com quem você está. Você não pode ficar por aí sem dar sinal de vida pra gente — repreende minha mãe.

— Mas...

— Lina, sua mãe está certa. — Ele apela para o poder da autoridade das mães. — Hoje teve uma manifestação enorme na cidade. Tudo estava caótico, e ficamos preocupados com você. E se acontecesse alguma coisa? Como íamos saber?

— Manda *agora* o telefone da Elza e da família dela no grupo da família. — O pedido da minha mãe está longe de ser amigável, está mais para uma ordem muito bem dada.

Me controlo para não protestar ou erguer a voz. Não quero que Elza ouça lá da sala o que está acontecendo. Acho desnecessário, mas logo faço o que ela mandou. Me recuso a mandar os contatos da família dela — até porque nem tenho todos —, então envio apenas o de Elza e o de Tim.

— Quem é Tim? — pergunta meu pai, com súbitos interesse e curiosidade.

— Roberto, pelo amor de Deus! — protesta minha mãe.

Sei que ela está irritada com a grande dificuldade do meu pai de manter o foco, principalmente em conversas sérias.

— Eu acho que ela já entendeu, Lélia.

Minha mãe resmunga alguma coisa, mas dá de ombros e volta a atenção para as panelas no fogão. Sinto que o assunto ainda não morreu, está só respirando por aparelhos.

Ouço passos se aproximando, e agora preciso fingir que nada aconteceu e apresentar Elza para a minha família.

— Oi! — cumprimenta ela.

Elza para ao meu lado e faz um aceno rápido com a mão.

— Família Almeida, essa é a Elza.

Juro que se Elza pudesse cavar um buraco no chão e se enfiar lá, estaria fazendo isso agora que todos a observam.

Minha mãe salva a situação e se move com maestria, passando os braços ao redor dela. Meu pai, bem mais desengonçado, oferece a mão em um comprimento quando elas terminam o abraço e se afastam.

— Seja bem-vinda! — diz ele, cordial como sempre.

— Elza, que prazer! Você é realmente muito linda. A Lina tem razão. — Agora sou eu que quero cavar um buraco, mas Elza me encara com um sorrisinho. — Espero que você goste de costelinha com quiabo — comenta minha mãe, já voltando a cozinhar.

— Hoje foi escolha do Antônio — explica meu pai.

Sei que isso pode ser parcialmente mentira, porque também é o prato preferido dele.

— Cada domingo uma pessoa escolhe o prato principal, e essa é a especialidade da minha mãe — contextualizo.

— Eu amo! Ótima escolha, Antônio.

Meu irmão sorri, envergonhado.

Quero rir da reação dele, mas guardo para implicar com ele no futuro. Vai ser minha carta na manga.

Seguro a mão de Elza, dizendo um "vou mostrar a casa pra você". Com isso, nos tiro desse turbilhão de emoções e constrangimento. Depois da sala, mostro onde fica o banheiro que divido com Antônio, o quarto dos meus pais e o quarto do meu irmão, e então chegamos ao meu. No final do corredor, há outro cômodo com uma minibiblioteca e o escritório dos meus pais.

— Não repara na bagunça — falo por força do hábito.

Ela concorda com a cabeça, mas sei que é bem provável que esteja reparando em tudo. Muito em breve ela vai descobrir que um dos meus maiores defeitos é a total incapacidade de arrumar meu quarto.

— Você falou com eles que eu vou dormir aqui? — pergunta ela.

Elza agora olha cada detalhe sem disfarçar. Minha estante de livros, minha escrivaninha com o notebook, minha janela que permite ver as luzes da cidade, minha cama de casal no centro do quarto.

— Ainda não, mas acho que minha mãe entendeu, já que houve uma conversinha particular entre mãe e filha… — respondo.

Enquanto tentávamos descobrir se Elza comia costelinha ou não, minha mãe e eu trocamos olhares, e o silêncio disse tudo. Só torço para que o recado tenha chegado certinho.

Elza caminha pelo quarto com um sorriso. Ela para ao lado da cama de casal. Seus olhos encontram os meus, e não consigo não sorrir. *Finalmente* estamos sozinhas.

Ela se senta na cama e levanta a cabeça. Seus lábios se entreabrem, e seu rosto tem uma expressão cheia de segundas intenções. Fui totalmente derrotada nessa guerra. Se continuar olhando, vai ser impossível resistir, então desvio o olhar. Ela solta um risinho, pisca pra mim e sua língua umedece os lábios.

Está cada vez mais difícil respirar.

— Está pronto, gente! — chama meu pai a alguns cômodos de distância.

Ao menos é o que eu espero.

Elza se levanta e passa por mim, roçando seu braço no meu casualmente. Sei que ela está brincando comigo, mas meu corpo está falando muito sério quando sinto um arrepio em cada poro da minha pele.

21

Ninguém conversa à mesa, mas não vejo nada de errado nisso, porque basta reparar na expressão feliz de todo mundo. Sei que há um motivo para o silêncio: a comida está boa demais e a atenção está toda no prato.

Mas quando meu pai coça o pescoço, me preocupo na mesma hora. Alguma bomba está a caminho. Eles não têm o costume de colocar as pessoas em situações constrangedoras, só que quero tanto que dê tudo certo com Elza que minha vontade é sair correndo dali para evitar qualquer problema que possa surgir. Estava tudo indo tão bem...

— A Lina comentou que você é bastante envolvida com movimentos sociais. — Meu pai olha de mim para a garota ao meu lado.

Bem, pelo menos não é nada sobre como a gente se conheceu nem o fatídico questionamento sobre as intenções dela comigo.

— É, eu acho importante. Essas lutas sempre fizeram parte da minha vida — responde Elza, um pouco sem jeito. — Mas acho que eu poderia ser mais engajada. Acabo só indo às manifestações quando a causa mexe comigo, e sempre avalio se vou ficar relativamente bem depois. Não que deva ser algo confortável, mas porque pode acabar sendo pesado demais. No geral, divulgo as ações, participo de vaquinhas na internet, essas coisas. Meu melhor amigo está sempre bem mais por dentro do que eu, é da linha de frente mesmo.

— Entendi. A gente precisa prestar atenção nessas coisas — comenta meu pai.

—Vocês viram que fizeram uma manifestação para protestar contra o que aconteceu com aquele menino, o Gabriel? Sabem como o garotinho está? — pergunta minha mãe.

Meu irmão está distraído com sua comida, mas é atento demais para não saber o que está acontecendo. E não sei se esconder certas situações dele é a melhor escolha.

—Vai ficar uns dias no hospital, mas está bem na medida do possível — respondo, tentando encerrar o assunto.

Caso Antônio esteja escutando, não quero que saiba tantos detalhes de tudo isso.

— E você faz faculdade, Elza? — A voz da minha mãe exala curiosidade.

Repasso mentalmente as informações que dei para eles e tenho quase certeza de que esse tópico já foi abordado.

— Letras com licenciatura em Português.

Não sei em que momento entre as perguntas ela está conseguindo comer, mas percebo que seu prato já está quase vazio. Fico feliz, porque ela parece um pouco mais à vontade, mesmo que às vezes eu veja um sorriso quase envergonhado.

— E você gosta? — pergunta Antônio, sua voz se sobrepondo ao som dos talheres.

— Eu gosto bastante. Só não tem tantos empregos na área, mas eu gosto mesmo assim.

— Ela escreve poemas lindos — falo sem pensar.

Elza me encara, e seus olhos parecem quase magoados. Não era minha intenção falar algo tão pessoal dela para a minha família, mas sinto tanto orgulho do que ela escreve que apenas saiu. "Me desculpa", é isso que meu olhar tenta dizer. Acho que agora sei como Tim se sentiu.

— É mesmo, Elza? Que legal! E onde a gente pode ler? Dessa vez consigo me controlar.

— Publico alguns na internet, mas a Lina está exagerando. Não são tão bons assim.

— Tenho certeza de que são ótimos. — Meu pai sorri, levantando o garfo na minha direção.

— Quando a Elza falou de emprego, lembrei que abriu uma vaga de estágio lá na empresa. Você tem alguém da faculdade para indicar? Pelo que sei é para o marketing, mas também pode ser alguém que curse Administração, não teria problema.

— Uai, tenho! A Amanda, pai. É o sonho dela.

Lembro que minha amiga passou os últimos seis meses fazendo mil cursos complementares que a ajudassem caso surgisse uma vaga na NTN Investimentos. Ela está mais do que preparada.

— Eu posso indicar alguém também? — Elza me encara. Concordo com a cabeça e vejo meu pai fazer o mesmo. Seu sorriso é encorajador. — Meu amigo, aquele de quem falei. O Tim cursa Publicidade e é muito bom.

— Ótimo! Deixa o e-mail dele com a Lina. Vou passar para o RH, eles devem entrar em contato. Não quero um processo seletivo muito longo, porque a vaga é urgente, estão me cobrando outra pessoa no setor há meses, por isso não vamos divulgá-la.

Faço um joinha para o meu pai e olho para Elza, que parece empolgada. Seus olhos encontram os meus e há algo neles que parece querer me dizer alguma coisa, mesmo que seus lábios mantenham um enorme sorriso no rosto.

—Você sabe o e-mail dele de cabeça? — pergunto, baixinho.

Ela assente e me passa, parecendo aliviada por eu ter entendido. Anoto em uma mensagem e envio para o meu pai junto com o e-mail da Amanda.

— Pronto, já pode contar pra ele — digo.

Ela pega o celular e digita rápido, e eu faço o mesmo para mandar uma mensagem para Amanda. Na tela, aparece "digitando...", e, quando a resposta vem, sou obrigada a segurar uma gargalhada.

Amanda tentou não parecer muito empolgada, mas falhou ao multiplicar os pontos de exclamação. Na sequência, não conseguiu se segurar e mandou várias letras sem sentido. Eu *sabia* que ela ia ficar feliz.

— Que foi? — sussurra Elza.

Meus pais e Antônio estão travando uma batalha para decidir a qual animação vão assistir após o jantar, então não parecem prestar atenção em nós duas.

— A Amanda está respondendo sobre a vaga. Ela é engraçada demais. Nunca vi tanto palavrão em uma mensagem só.

— O Tim ainda não viu a minha, mas acho que vai ficar felizão com a chance. Se ele conseguir chegar na etapa da entrevista, vai ser uma vitória.

— Uai, como assim?

Elza dá de ombros e faz uma careta.

—Toda vez que ele envia um currículo, não avança para as outras etapas. Sei lá... Eu tenho a teoria de que as pessoas pesquisam o nome dele, veem a foto e simplesmente decidem que ele não se encaixa no perfil da vaga.

Sinto uma dor que me dilacera por dentro. As palavras de Elza me atingem com força. E as peças vão se encaixando na minha cabeça. O que ela quer dizer com "não se encaixa no perfil da vaga" não diz respeito ao talento ou às habilidades de Tim, mas única e exclusivamente a quem ele é: um homem preto.

Me sinto angustiada. Estou dividida entre torcer para minha melhor amiga e para o melhor amigo da garota de que gosto. Só espero que os responsáveis pelo processo seletivo julguem apenas se a pessoa é capaz de realizar um bom trabalho; nada mais do que isso.

22

— Posso te perguntar uma coisa? — solto, e damos uma risada. Essa frase já virou praticamente nosso bordão. Elza assente com a cabeça. — Quanto você está chateada com o Tim? E *comigo*?

— Foram duas coisas — responde ela.

Mesmo com a escuridão, as luzes da cidade refletem na cortina e consigo ver os movimentos do corpo de Elza.

— Estou falando sério...

— Eu sei. Não estou chateada com nenhum dos dois. O Tim precisa aprender a me pedir as coisas antes de fazer, mas ele é meu melhor amigo e logo, logo vai estar tudo bem. Tanto que até esqueci da situação e mandei a mensagem sobre a vaga na empresa do seu pai pra ele. Já você... Bem, você não falou por mal, e além disso é minha...

Elza para de repente. Eu vivo me perguntando o que somos, mas não tenho coragem de pedir que ela continue a frase. Só sei que quero ser ainda mais do que somos. Mas acho que não é o momento certo de falar sobre isso.

— Agora *eu* posso te perguntar uma coisa? — diz ela.

— Sempre.

— Como foi esse final de semana pra você?

Penso sobre a pergunta. Repasso tudo que fizemos juntas. Foram tantos sentimentos... Mas tem um que se destaca: felicidade. Estar com ela me faz bem. E essa é uma das maiores certezas que tenho na vida atualmente.

— Eu fiquei feliz de conhecer sua casa, Elza. Sua família é incrível, me fez sentir muito bem-vinda, e depois acho que eu me senti... impotente. — Elza se move na cama e sua mão encontra a minha. Entrelaçamos nossos dedos. — O menino que foi vítima de violência, o Gabriel, me lembrou muito o meu irmão. Acho que mesmo se não fossem parecidos eu me sentiria mal, porque a sensação de não poder fazer nada é péssima. E fico feliz que houve uma manifestação depois do ocorrido, porque às vezes o silêncio é bom, mas em certas ocasiões só atesta certa passividade, e fica parecendo que estamos concordando com as maiores atrocidades. Deveríamos ter ido.

— Para ser sincera, eu acho que o silêncio nunca é bom — responde Elza. — Mas, de alguma forma, ele também é uma resposta. — Sinto seus dedos deslizando sobre os meus. — O Gabriel me lembra o Tim quando era pequeno. E olha que eles nem se parecem fisicamente, sabe? Acho que é porque o Gabriel podia ser seu irmão, o Tim, meus primos.

— Poderia ser a gente também — comento.

— Poderia. O que aconteceu com você na manifestação não foi por acaso.

— Mas até que foi pouco, né? Quer dizer, perto do que poderia acontecer.

— Sim, mas não sei... Acho que o parâmetro não é bem esse — rebate Elza. — É pouco pelas consequências físicas, as mais visíveis, mas sempre fica algo, uma marca dentro da gente. Pelo menos quando aconteceu comigo foi assim. Fiquei revivendo aquilo por muito, muito tempo. Mas eu estava fazendo terapia na época, o que me ajudou muito com isso. Também me ajudou com o luto por causa da morte do meu pai.

Caímos no silêncio, mas não é desconfortável.

— E... seus pais deixam pessoas dormirem no seu quarto com a porta fechada? — diz Elza, mudando totalmente de assunto.

Fico surpresa com a pergunta tão direta. Não sei se ela consegue ler isso na minha expressão, mas acho que sim, porque solta uma risadinha.

—Você é a primeira pessoa que vai dormir aqui comigo... Quer dizer, tirando a Amanda. Mas não é a mesma coisa.

Elza aproxima o rosto do meu, seus olhos me procurando, sua mão soltando a minha para percorrer meu braço.

— E você tem certeza de que eles sabem que não somos só amigas? — pergunta ela.

— Uai, não é isso que nós somos? — Finjo espanto.

Ela está tão perto que consigo sentir seu cheiro, ver cada detalhe de seu rosto. E seu jeito de morder os lábios faz com que uma eletricidade percorra todo o meu corpo.

— E o que eles achariam se eu te beijasse agora? — provoca ela.

— Eles eu não sei, mas eu gostaria. Muito — respondo, sendo tomada por uma força que me impede de ficar um segundo sequer longe dela.

Elza escapou da minha pergunta, mas talvez a resposta já esteja na forma como ela me deixa desnorteada com um simples toque, em como sua respiração arde em minha pele.

Ela sobe a mão devagar até meu pescoço, e minhas pernas estremecem. Ela vira todo o corpo para mim, pressionando o meu, e coloca a mão na minha cintura. Um toque quente que faz meu coração disparar. Definitivamente essa garota sabe como deixar uma pessoa bem acordada.

— Se você não me beijar agora, eu juro por...

Ela me interrompe da forma que mais gosto: sua boca cheia de saudade da minha. Todos os nossos beijos se encaixam, me deixam ainda mais envolvida, e nesse tem algo a mais. É de virar o mundo de ponta-cabeça, de fazer a gente se esquecer de respirar sem sufocar, de dar vontade de gritar da varanda que estou apaixonada.

Elza aperta minha cintura, e então minha coxa. Coloco a mão no seu rosto e a puxo ainda mais para perto. Sinto seu corpo, somos quase uma só. São tantos sentimentos que repenso se rótulos são de fato importantes, porque tenho minha resposta, e ela é cristalina.

Os pequenos gestos são importantes, dizem muito.

— Nuuu! — Elza também está sem fôlego.

Gosto da gente desse jeito, tão perto uma da outra. Sei que não vamos passar dos beijos hoje, com os meus pais por perto. Mas temos todo o tempo do mundo. E mal posso esperar para viver cada segundo com ela.

— Boa noite, Lina.

— Boa noite, Elza.

Mesmo na escuridão, sei que ela também está sorrindo.

23

Estávamos tão cansadas que acabamos acordando tarde. Tivemos que pular o café da manhã com a minha família e sair rápido para chegar a tempo na faculdade.

Nós nos despedimos assim que chegamos ao andar de Elza. Combinamos de tentar almoçar juntas nas segundas-feiras, mas hoje ela vai se encontrar com o Tim depois da aula. Espero que eles finalmente se resolvam.

Passo a manhã contando para Amanda sobre meu final de semana. Entre contar como foi com a família de Elza, notar sua expressão de surpresa quando explico o que aconteceu com o menino Gabriel e sua euforia com perguntas sobre o sexo que não aconteceu, mal presto atenção na aula. Espero que essa distração não se volte contra mim na época das provas.

— E você está bem? — pergunta ela.

Mordo a parte interna da bochecha.

— Acho que sim — respondo. — Fiquei um pouco abalada com a situação do Gabriel, me sentindo impotente, sem saber se tem algo que eu possa fazer para que esse tipo de coisa não aconteça mais... O restante correu tudo bem. Melhor do que o esperado, na verdade.

— Da próxima vez, pode me ligar, me mandar mensagem, me chamar pra ir até a sua casa. Eu estou sempre aqui pra você, Lina — diz Amanda.

Reflito um pouco e decido que é melhor não dizer por que não a chamei. Eu não a chamei porque comecei a entender que ela não é parecida comigo. Não é parecida com Elza, nem com Gabriel, nem com Tim. Talvez eu esteja errada em achar que por conta disso ela não se importe, mas não me senti confortável de recorrer a Amanda. E isso é totalmente novo para mim.

— Ah, e antes da gente se despedir, quero perguntar mais uma coisa — acrescenta ela.

— Amanda, eu não sei nada sobre como vai ser a entrevista na empresa do meu pai, eu já te falei.

Ela me contou mais cedo que alguém do RH entrou em contato para marcar uma conversa ainda hoje.

— Não é sobre isso... — Ela revira os olhos.

— Sei... Pergunta logo, então!

Amanda estreita os olhos. Com certeza está planejando alguma coisa. Seu sorriso se abre, seu tom é malicioso, e sei que na sequência vai fazer de tudo para arrancar de mim detalhes do que aconteceu lá em casa com a Elza. Se tem uma coisa que Amanda não deixa passar é uma boa fofoca.

— Então... — começa ela. — Se você pudesse escolher uma música da Beyoncé para definir esse melhor-beijo--do-mundo-ai-como-vamos-parar-por-aqui, qual seria?

É minha vez de revirar os olhos. É bem a cara dela me deixar em uma situação assim. Afinal, escolher uma música da Beyoncé é *impossível*. E escolher essa música pensando no *beijo da Elza* é ainda mais difícil.

— Não consigo, Amanda. O beijo dela é... Não sei, não consigo.

— Tenta, por favor! — Ela pisca rápido, e seu tom é quase de súplica.

Amanda é muito boa atriz; seu rosto muda de animado para carente em dois segundos. Mesmo a conhecendo há tantos anos, ainda não consigo ser forte o bastante para me negar a fazer o que ela quer. Droga.

— Ok. "Make Me Feel" — respondo, depois de pensar por algum tempo.

Dou um sorrisinho, aguardando Amanda repassar todas as músicas da Queen Bey. Amanda franze a testa, e seu sorriso se ilumina.

— Não vale! Essa é da Janelle Monáe. Mas vou aceitar porque... uau!!!

É isso. *Uau!* A escolha é pela vontade de enfrentar o mundo que o beijo dela me passa. Também é pela letra em si, lógico, tão quente e intensa.

— Amiga do céu! Talvez eu esteja com inveja! — exclama ela.

Amanda tem certa tendência a exagerar as coisas, mas dessa vez não posso desencorajá-la. Elza não me deixa nas nuvens. Na verdade, ela faz com que eu fique acordada demais, de um jeito muito bom. É tudo muito real, e me faz sentir.

—Você vai encontrar alguém assim, amiga. — Dou um beijo na bochecha dela e checo a hora no celular.

— Alguém que te faz lembrar a intimidade de Tessa Thompson e Janelle Monáe naquele vídeo? Que o universo escute suas palavras! Sério! — diz ela, animada.

Solto uma risada, balançando a cabeça.

Nós nos despedimos e sigo até o refeitório lotado. Tenho que esperar para entrar e depois levo um tempo para conseguir uma mesa. Esse caos me atrasa o suficiente para me fazer ter que sair correndo até o estágio. Não quero me atrasar.

Quando chego ao laboratório, vejo Fátima e Camila conversando. Vai ser difícil dar uma saidinha rápida para falar com Elza. Então rapidamente mando uma mensagem pedindo para ela me contar como foi a conversa com Tim, e guardo o aparelho às pressas.

A professora Fátima está sentada na beirada da mesa, perto de Camila, e as duas parecem muito empolgadas com algum assunto.

— Oi, Helena! — cumprimenta Fátima, com um sorriso meio falso. Não a vejo há algum tempo. Ainda bem. Sei que anda ocupada com alguns eventos acadêmicos.

— Oi! — respondo, mais empolgada do que esperava, porque de repente me lembro que finalmente posso contar sobre minha ideia para a divulgação do projeto.

— E como foi o final de semana? — pergunta ela, erguendo as sobrancelhas.

Acho a pergunta estranha, mas sinto certa obrigação em responder, porque afinal ela é a coordenadora do projeto.

— Foi tudo bem.

Camila me olha com uma expressão diferente.

— Fátima, sabia que a Lina está namorando? Ela vive suspirando com mensagens no celular.

Sigo até minha cadeira, penduro a mochila nela e me sento. Sinto um incômodo com o olhar de Camila, com sua forma de falar abertamente sobre a minha vida para alguém em quem eu não confio.

— Hum... É... Estou com uma pessoa — respondo.

— Olha só! Você tem alguém, Lina? E quem é ele? — questiona Fátima.

Não sei em que momento as duas decidiram que a minha vida era um território a ser explorado. Elas não parecem nem um pouco constrangidas de serem tão invasivas.

— É *ela*.

— Ah. Bem, tente focar no trabalho e evitar distrações.

Tenho a impressão de ver um sorriso maldoso no rosto de Camila, mas logo a garota volta a olhar a tela do computador.

— Outro dia mesmo a gente estava falando sobre como o mundo está perdido e as pessoas acham que podem fazer o que bem entendem. Algumas coisas eu não concordo nem apoio — comenta Fátima, olhando de lado para mim.

Camila assente com um breve movimento da cabeça. Não consigo entender se ela concorda com isso ou só quer agradar Fátima, mas há tanta sinceridade nessas palavras horrorosas da professora que sinto que levei um tapa na cara. Mais um.

— Eu... — Não sei o que dizer.

Acho que é o fim da linha. Não há nada que possa piorar essa conversa. Mas infelizmente logo percebo que estou enganada.

— Que nem esse pessoal que adora uma manifestação por qualquer coisa. No fim de semana foram protestar por causa de um garoto moreninho, peguei um engarrafamento imenso — continua Fátima.

— Pois é, e nada garante que o menino não roubou mesmo, né? — diz Camila.

— Eu vi fotos dele. Tem um jeitinho de malandro. — A última palavra sai da boca de Fátima com tanta convicção que é difícil me controlar.

O vídeo da violência contra Gabriel volta com tudo à minha mente e me deixa enjoada.

Depois me lembro de João, espancado em um supermercado, de Ágatha baleada quando voltava de um passeio, crianças que a família de Elza lembrou no churrasco. Todos os dias. Muitos. Queria que eles não fossem só mais um número. Que *a gente* não fosse só mais um número.

É difícil perceber que o mundo te enxerga como algo descartável. Que as pessoas podem dizer as maiores barbaridades e destilar preconceitos com tamanha naturalidade. Que nem por um segundo consigam se dar conta de que estão cometendo crimes.

— Bem, bom trabalho pra vocês, meninas. E Camila, depois vamos nos reunir com a Helena para repassar sua ideia maravilhosa de usar influenciadores para divulgar o projeto, está bem?

Olho na direção de Camila. Ela parece ainda mais branca depois do que Fátima disse.

Estou totalmente em choque. Sinto que meus olhos vão saltar do rosto, e eles se enchem de lágrimas. Mas não vou deixar uma lágrima sequer cair agora. *Eu* não vou cair diante delas.

Ergo a cabeça.

Tenho raiva.

24

Ainda não consigo assimilar que Camila simplesmente roubou minha ideia na cara dura. Respiro fundo e acompanho apenas com o olhar quando Fátima deixa o laboratório, dizendo que não sabe se vai voltar hoje porque tem uma reunião externa *muuuito* importante.

Fico ouvindo Camila digitar devagar. Não parece que ela vai puxar o assunto nem tentar explicar as coisas. O silêncio entre nós duas é constrangedor. E quero acreditar que o constrangimento é todo dela. Porque é.

—Você ao menos disse que a ideia foi minha? — questiono.

Pela forma como Fátima contou, sei a resposta, mas quero ouvir da boca dela. Quero confirmar se por acaso não foi um equívoco de Fátima, talvez Camila seja uma pessoa com o mínimo de escrúpulo.

Ela me olha com desdém e não responde. Na verdade, nem sequer parece prestar atenção em mim. Então acho que estou certa em pensar o pior.

As duas horas seguintes passam assim, em completo silêncio. Ela faz as atividades de sua planilha, e eu as da minha. A vontade de organizar os nomes de influenciadores e acadêmicos para o projeto desapareceu.

Quase no horário de eu ir embora, surpreendentemente Fátima volta para o laboratório.

— Alguma ligação para mim? — pergunta ela, seguindo até sua sala.

Camila balança a cabeça.

Aproveito a coragem que vem não sei de onde e vou atrás dela.

— A gente pode conversar, professora? — peço.

— Claro, querida! — responde ela, com um sorriso esquisito e apontando para a cadeira à sua frente.

Percebo que Camila está observando cada movimento meu, os olhos arregalados. Não vou dar o gostinho de deixá-la ouvir nada, por isso fecho a porta do escritório de Fátima.

— Está tudo bem? — pergunta a professora, colocando as mãos em cima da mesa.

— Não. Quer dizer, mais ou menos. Não sei. — Tento parecer calma, mas não consigo. — Não sei bem como começar a falar sobre isso.

— Você pode começar do começo.

Não há sorrisos, nem ao menos um olhar simpático. Fátima parece cada vez mais distante da professora que conheci na entrevista. Se bem que... nem mesmo na entrevista ela parecia muito interessada em me conhecer.

— Ok. — Resolvo despejar tudo. — Semana passada eu comentei com a Camila de uma ideia que eu tive. De que seria legal convidar acadêmicos ou influenciadores para participar do projeto, que eles poderiam escrever a apresentação ou...

— Helena, eu vou pará-la por aí.

Ela leva as mãos até o rosto e as passa nas laterais da cabeça, em um movimento circular. Vejo seus olhos se fecharem por um breve momento e depois Fátima volta sua atenção para mim. Não sei o que posso ter dito de errado, mas ela não parece nada feliz.

— A Camila trabalha comigo há um ano. Eu confio plenamente na capacidade dela. Ela me mandou um e-mail na sexta-feira com a ideia brilhante de convidar dois influenciadores para trazer mais visibilidade ao projeto — responde Fátima.

Mesmo que não esteja me atacando, é como se estivesse disparando flechas afiadas contra mim.

— Camila está mais do que alinhada com os objetivos do projeto — recomeça ela, dessa vez com um sorriso. — E também está em consonância com minha linha de pesquisa e sobretudo com meus valores, com o que considero certo ou errado.

Certo ou errado.

Engulo em seco. Parece uma forma nada sutil de dizer que não tenho aliados aqui.

— Além de tudo — continua a professora —, ela é uma ótima garota, muito dedicada e atenta ao trabalho. Está sempre bem-vestida e preparada para qualquer eventualidade.

— Mas...

Cada parte do seu longo elogio a Camila me atinge, porque nele está evidente que ela não enxerga o mesmo em mim.

— Era só isso, Helena?

Concordo com a cabeça, desapontada. Não tenho o que dizer. É óbvio que Fátima tem um lado.

— Ok, querida! Então vou te passar os novos formulários para catalogar. Depois que terminar, deixe todos com a Camila, para ela verificar.

Nós nos encaramos por alguns segundos, então me levanto. Sinto seus olhos em mim, assim como os de Camila. Parece que as duas estão tentando calcular meus próximos passos.

Mas, ao contrário do que meu coração quer, não corro para fora da sala. Me sento e volto a trabalhar. Foco no projeto e ignoro as conversas casuais das duas.

Fátima vai embora antes do meu horário terminar. Quando Camila começa a arrumar suas coisas, fico aliviada e decido responder as mensagens de Elza.

— Tchau, Lina — diz Camila, ajeitando a bolsa.

Fico surpresa com a cara de pau e não respondo. Ela não espera por uma resposta e simplesmente vai embora. Nós duas temos a chave do laboratório, e quem sai por último é a responsável por trancar tudo.

> Posso te ligar?

Elza me responde quase na mesma hora. Ela é a única pessoa do mundo com quem quero falar por mais de dois minutos.

— Eu tive um dia horrível, por favor me dê alguma boa notícia — falo assim que ela atende à ligação.

Desligo o computador e relaxo na cadeira.

— Oi pra você também — responde Elza, e consigo sentir que ela está sorrindo. — Me conta do seu dia, então, e depois a gente fala de mim.

Respiro fundo. Nem sei por onde começar.

— Lembra que te falei que a Camila tinha gostado da minha ideia?

— Lembro...

— Ela gostou tanto que passou para a Fátima como se tivesse sido ideia dela.

Elza fica em silêncio. Ouço sua respiração forte e sei que está tentando encontrar as palavras certas.

— Aquela... — balbucia.

— Pois é — respondo, guardando as coisas na mochila para finalmente ir embora.

—Você falou com a Fátima? — pergunta Elza.

Solto uma risada debochada. Coloco a mochila nas costas e caminho até as janelas.

— Contei. E sabe o pior? Ela nem quis ouvir o que eu tinha pra dizer, só escolheu um lado e pronto. Saiu defendendo a Camila.

— Não acredito! E como você está? — pergunta Elza. Logo em seguida, ela diz: — Peraí, já volto.

Consigo ouvir algumas vozes ao fundo, na sequência um barulho pontual e então silêncio.

— Minha família está discutindo futebol aqui. Saí de perto deles. Mas então, como você está?

— Olha, eu não sei. A forma como ela falou comigo deu a entender que ela acha que eu inventei tudo. E agora estou aqui me questionando se essa situação tem tanta importância assim. É que eu estava tão feliz com a ideia, sabe?

— É normal a gente querer ser reconhecido pelo nosso bom trabalho, pretinha.

— É, deve ser isso. — Ela me chamou de "pretinha"! Ai, meu Deus! Apesar de tudo, não consigo deixar de sorrir.

— E o que mais ela falou que te deixou chateada?

Suspiro e fecho as poucas janelas da sala, ainda de costas para a porta.

— As duas ficaram falando sobre a última manifestação, que era desnecessária, e ainda questionaram se o garoto não tinha roubado mesmo — respondo. — E acho que a Fátima foi homofóbica também, quando soube que eu estava saindo com uma garota — acrescento, bufando. Estou angustiada com tudo isso. — E sei lá, sabe? *Por que* as pessoas são assim?

— Racistas? Ou homofóbicas?
— As duas coisas. Foi racismo, né? E homofobia também, certo?
— Pelo que você está relatando, sim. Elas já fizeram outras coisas?
— Teve uma vez... — Suspiro. — Teve a vez em que Fátima me chamou na sala dela... Aí disse que eu precisava ser mais cuidadosa com as planilhas, que havia muitos erros ortográficos e que a Camila passaria a me supervisionar. Foi meio estranho, porque eu tinha conferido tudo que fiz. E depois disso ela pediu que eu buscasse um café. Ah... e *acho* que um dia ela quase colocou a mão no meu cabelo.
— Uau... — A voz de Elza parece exausta. — Mais alguma coisa?
— No mesmo dia, uma professora de outra faculdade teve uma reunião com ela e Fátima me apresentou como se eu fosse uma estagiária brilhante, a mais preciosa aquisição do laboratório. Ah, a professora era negra... e agora teve isso que aconteceu hoje.
— Lina, eu sinto muito que isso esteja acontecendo, de verdade. — O tom de Elza agora é sincero e acolhedor. — Mas por tudo que você falou, parece que você está sofrendo microagressões e ela está te usando como *token*.
— Como o quê?
— *Token*. As duas estão praticando microagressões, mas principalmente a Fátima. São essas coisas racistas do dia a dia. Ela questiona seu talento, sua habilidade, coloca uma colega branca para te supervisionar e te usa como *token* ao te apresentar como um prodígio para alguém de fora, já que convém para o projeto dela. Não sei, Lina. Tem muita gente péssima no mundo, e parece que a Fátima é uma delas.

Não sei o que dizer, mas as palavras de Elza não saem da minha cabeça. Eu não me sentia bem em diversas situações, mas nunca tinha relacionado isso a algum tipo de agressão. Muito menos a racismo. Mas faz todo sentido.

Escuto passos atrás de mim, mas, quando me viro, percebo que continuo sozinha. É um horário de grande movimentação nos corredores, muita gente indo embora e muita gente chegando. Olho para baixo e vejo a área comum da faculdade, as pessoas caminhando em direção à saída, algumas apressadas, outras ao celular.

— A gente se fala mais tarde? Vou sair agora pra tentar pegar o ônibus logo. Vai passar daqui a uns dez minutinhos — digo, checando a hora no celular.

Elza me manda um beijo e desligamos. Apago as luzes e tranco a sala, torcendo para o dia seguinte ser menos pior. Não tenho mais qualquer animação em relação ao projeto, e fico me questionando se as intenções das pessoas que trabalham nele são mesmo sinceras.

Queria que esse estágio não fosse só uma ponte para minha viagem ao Chile, mas uma forma de me tornar mais independente. Agora quero apenas gritar. E não posso.

Então decido extravasar de outra forma. Abro o Instagram e começo a digitar nos stories.

Às vezes é muito difícil conviver com quem fala coisas racistas sem nem se dar conta. :(

Me sinto um pouquinho mais leve ao postar, mesmo que o incômodo ainda persista dentro de mim. Sei que ninguém vai entender do que estou falando exatamente, só Elza, então tudo bem. Mas depois fico me perguntando se foi mesmo uma boa ideia.

25

As palavras trocadas com Camila ao longo da semana se resumiram a "oi" e "tchau". E isso nos poucos momentos em que ela pareceu notar minha presença.

Nossas conversas mais demoradas aconteceram nas horas em que Fátima estava presente, sempre com seu olhar questionador voltado para mim.

Passei a anotar minhas ideias em um caderninho ou no bloco de notas do celular. Por mais que pareça paranoia, a possibilidade de ter uma nova ideia roubada me deixou com mais raiva do que eu esperava.

Tento deixar os sentimentos ruins de lado um pouquinho porque, apesar de não ligar muito, é meu aniversário. Detesto comemorar, mas meus pais sempre fazem questão de jantar. Às vezes em casa, às vezes em um restaurante, como hoje.

— A Elza não quis vir? — pergunta minha mãe.

Ela me olha com atenção por cima do cardápio. Já tivemos essa conversa mais cedo, mas pelo visto ela não acreditou na minha resposta. Mães são mais espertas do que a gente gostaria.

— Ela precisava terminar um frila de revisão — respondo.

— Então ela escolheu o frila em vez do seu aniversário? — Meu pai parece decepcionado.

— Hum… — murmuro, mas sei que já me entreguei porque eles estão se olhando.

Volto minha atenção para o restaurante que minha mãe escolheu. Acho que é um dos mais chiques de Belo Horizonte, com um cardápio requintado de frutos do mar e massas. Lustres largos e dourados pendem do teto, e as pilastras imponentes por todo o lugar impedem que a gente descubra o que as outras mesas estão pedindo. A enorme adega ao lado da cozinha rouba a cena. Tenho certeza de que ali há uma fortuna em bebidas.

Estamos bem no meio do restaurante, então vejo os garçons passando devagar entre as mesas, mas assim que se aproximam da área restrita aos funcionários seus passos se aceleram bruscamente.

Observo o ir e vir deles. Parecem malabaristas tentando equilibrar o conteúdo das bandejas sem se atrapalhar com a roupa extremamente desconfortável.

— Lina, você contou pra ela que hoje é seu aniversário? — questiona minha mãe.

Forço um sorriso e vejo meus pais baixarem os cardápios. Até Antônio está me julgando com seus olhos grandes e pretos. Não posso culpá-los, sei o quanto é estranho, mas não gosto mesmo de comemorar. Nem sei exatamente por quê.

— Lina, você está bem encrencada — comenta Antônio, com um sorrisinho.

— A Elza é tranquila — digo mais para mim do que para eles.

Espero estar certa quanto a isso. Torço em silêncio para que ela não fique chateada quando souber que não contei sobre o meu aniversário.

— E a Amanda? Por que não quis vir? — Meu pai ergue a mão para chamar um garçom.

— Ela não foi à aula hoje — respondo, dando de ombros. Todos me olham como se esperassem uma resposta mais detalhada. — Eu mandei mensagem e tudo, mas ela disse que estava passando meio mal. Amanhã tem uma festinha no Flor de Lis, vou ver se ela quer ir.

Eles parecem aceitar a justificativa. No entanto, sei que no fundo meus pais estão tentando entender o que fizeram de errado comigo. Afinal, onde já se viu alguém que não gosta do aniversário?

— Pois não... — O garçom se aproxima da mesa, os olhos no tablet. — Senhor.

Ele finalmente nos olha. Seu olhar busca meu pai com rapidez, pois parece confuso com o que encontrou em torno da mesa.

Sinto seu desconforto porque ele leva as mãos ao colarinho branco e o puxa de leve. Mas começo a perceber que a reação não tem tanto a ver com a roupa.

Sua atenção vai do meu irmão até mim e passa para minha mãe. É estranho pensar como antes eu não percebia esses gestos disfarçados no dia a dia, mas agora eles são evidentes, perceptíveis. Por mais que a pessoa tente disfarçar. É como se dissessem silenciosamente que não deveríamos estar ali, que há algo errado. Mesmo que não haja.

— Em que posso ajudá-lo? — Ele se dirige apenas ao meu pai.

— Queremos fazer o pedido. — Meu pai não parece perceber que o homem nos ignorou à mesa, está distraído olhando o cardápio. — Para mim vai ser uma lasanha com molho de quatro queijos, gratinada. E uma água.

Vejo o garçom passar os dedos pelo tablet, seus olhos se erguem rápido.

— Seu pedido está anotado, senhor.

— Tem os nossos também — acena minha mãe.
Ela está com as sobrancelhas arqueadas.
— Ah, sim. Claro. O que vão querer?
— São dois espaguetes ao molho de camarão e mais uma lasanha gratinada, mas à bolonhesa. E dois sucos de maracujá e uma limonada.
— Anotado. Os pratos serão servidos em breve.
O homem se afasta. De longe, vejo-o passar em direção à cozinha, sua expressão ainda confusa.
Me surpreendo ao perceber que estou com raiva dele. E ainda mais raiva da minha família. Raiva do silêncio, de como pareço a única que percebeu o estranhamento dele, de como ninguém comenta nada sobre o que acabou de acontecer.
Pela primeira vez, não quero ir para o Chile por causa do curso, mas para fugir. Parece que dormi esse tempo todo e agora estou sendo acordada com o mundo jogando um balde de água fria em cima de mim, enquanto minha família permanece no milésimo sono.

26

—Você já foi a alguma festa em que toca Black Music?

Tenho dificuldade de prestar atenção no que Tim está dizendo, porque estou completamente obcecada pelo seu cabelo. Seu black power está com mais volume, os cachos menos definidos. É perfeito.

— Sei que você já sabe a resposta — digo, sorrindo.

Tim, Elza e eu chegamos há poucos minutos, e com certeza tudo que eles me falaram sobre a festa anual dedicada à cultura black não chega aos pés do que estou vendo.

Mulheres negras passam com seus penteados incríveis, um mais bonito que o outro; os homens usam roupas coloridas e cheias de estilo, alguns com black powers volumosos, *hi-tops* ou desenhos feitos à máquina.

Olho para Elza. Seu cabelo está preso no alto, quase formando um moicano. Nas laterais, há tranças bem justas na cabeça. Os lábios se destacam com um batom vermelho, os olhos cor de mel estão mais marcantes com a maquiagem. Ela usa um macacão longo, de manga curta. A peça tem um tom laranja-escuro que a deixa ainda mais estonteante.

— Então se prepare para a melhor noite da sua vida — diz Tim com uma piscadela e já indo em direção ao bar.

— O Tim *ama* essa festa. Conta os dias para que chegue logo. Ele fica… empolgado demais — comenta Elza, me dando um beijo na bochecha.

Apostei em uma calça comprida mais soltinha, puxada para o cinza, e um cropped amarelo que deixa minha barriga um pouco à mostra. Prendi o cabelo em um coque bem no alto da cabeça, com dois fios cacheados soltos na lateral. Sei que devo estar bonitinha, mas ao lado dela me sinto... ok. Elza é maravilhosa.

— Eu gosto tanto da amizade de vocês... — digo, buscando Tim com o olhar.

Elza parece surpresa com minha frase repentina, mas seus dentes logo estão à mostra em um sorriso lindo.

— A gente se desentende às vezes, se chateia, mas é como se ele fosse meu irmão. Não tem como a gente viver separado — responde ela.

Os dois finalmente se entenderam. Ele pediu desculpas por declamar o poema dela não apenas uma vez, mas *duas*... Tim contou que acabou usando os versos dela de novo como grito de guerra na manifestação de domingo. Para ele, os poemas de Elza conseguem transmitir com propriedade a dor e os sentimentos das pessoas negras. Por isso são tão especiais. A verdade é que ele nem precisava ter contado o que fez, mas resolveu ser sincero. Ainda bem. Já Elza tentou entender o lado dele e pediu desculpas por tê-lo ignorado, mesmo tendo se traído ao mandar uma mensagem assim que soube do estágio na empresa do meu pai.

— Aliás, posso perguntar uma coisa sobre o Tim? — digo, mas não sei se deveria. Só que isso ronda minha cabeça desde que nos conhecemos.

— Não, ele não é hétero — diz Elza, antes mesmo que eu fale mais alguma coisa.

Franzo a testa. Então Elza solta uma risada e segura minha mão. Seguimos na direção de Tim, perto do balcão do bar, mas paramos pouco antes de nos aproximarmos dele.

Como a festa ainda está no começo, o espaço está relativamente vazio e a música não está tão alta, então não precisamos gritar para conversar.

— Olha, o Tim está em um processo de autodescoberta. As coisas são difíceis na família dele. Mas aos poucos espero que tudo se ajeite e ele se entenda.

Nem sempre esse processo é fácil. No meu caso, lidar com a bissexualidade pareceu algo lento internamente, mas até que foi mais rápido do que eu imaginava. Quando entendi o que queria e do que gostava, senti vontade de contar para as pessoas que se importam comigo e me amam: meus pais, Antônio e Amanda. Mas infelizmente nem todo mundo tem a minha sorte.

— E a Amanda? — pergunta Elza.

— Ela é hétero. E fico feliz que eu ser bi não tenha interferido na nossa amizade. A gente já conversou muito sobre esse assunto. A Amanda acha várias mulheres bonitas, mas é só isso. Não é nada parecido com o que eu sempre senti pela Rihanna...

Elza estreita os olhos, mas depois concorda com a cabeça. A Rihanna é indiscutível.

— O importante é que cada um seja feliz da forma que achar melhor — digo, chegando perto dela.

Nesse momento, Tim se aproxima e nos oferece dois copos.

— Um brinde a todo mundo que só quer ser feliz! — exclama Elza.

Tim ergue a sobrancelha, sem entender nada. Ele segue o gesto da amiga, e eu também faço o mesmo. Nós três rimos.

— Por que você não vai tocar hoje? — pergunto, observando a movimentação em cima do palco.

— Porque hoje é dia do maior crush do Tim. — Elza se antecipa em responder, dando uma cutucada em Tim com o cotovelo e indicando um garoto com a cabeça.

Ele sobe no palco. O crush de Tim tem longos dreads, usa camiseta branca e uma calça clara. Sua pele é escura como a de Elza. Ele levanta a cabeça e acena para Tim, que de repente parece uma estátua.

— É impressão minha ou hoje o Leo está mais bonito do que nunca? — sussurra ele.

A música então fica muito mais alta. Elza balança a cabeça, ainda sorrindo, e olha do amigo para mim. Ela toma um gole rápido e coloca o copo no balcão.

— Vamos dançar? — chama ela, e sua voz no meu ouvido causa arrepios em todo o meu corpo.

Ao fundo, Leo coloca uma batida que parece um *mashup* de "Dona de mim", da Iza, com "Preciso me encontrar", do Cartola. Nunca escutei essa versão, mas é como se meu corpo reconhecesse cada nota.

Ao meu lado, Elza se mexe ao ritmo da música, e eu sigo seus movimentos. Seguro a mão de Tim e começo a puxá-lo enquanto sou levada por Elza até a pista de dança.

Nós três dançamos, e pouco a pouco o galpão vai enchendo. As pessoas seguem nossa deixa e se aproximam. Cada um dança do jeito que quer, com quem quer.

Pessoas tão parecidas e tão diferentes de mim.

Talvez Tim esteja certo: essa realmente é a melhor noite da minha vida.

— Um minutinho de descanso? — imploro, colada em Elza.

Sinto minha pele tomada pelo suor, meu corpo começando a dar sinais de exaustão. Elza concorda e fala algo no ouvido de Tim, que dança animado com uma galera do curso dele na faculdade.

— Nossa, vocês têm uma energia sem fim! — exclamo, me apoiando na parede do ambiente ao ar livre do galpão.

Estou sem forças, arfando. Meu peito se move em uma velocidade jamais vista. Flexiono um pouco os joelhos, distribuindo melhor o peso do corpo. Elza me entrega uma garrafa de água que comprou há pouco.

—Você e a Amanda não vão muito a festas, né? — pergunta ela.

A língua entre os dentes mostra que está se divertindo com meu estado lamentável.

Faço que não com a cabeça e tomo um gole demorado da água. Elza passa a mão pelo meu rosto e fecho os olhos por alguns segundos. Sinto os pés formigando, mas sei que não é só o cansaço.

Elza me transmite segurança e afeto.

— Eu preciso te contar uma coisa — lanço antes que perca a coragem e desista.

Elza ergue as sobrancelhas e se posiciona ao meu lado. Seus olhos estão alertas.

— O quê?

— Eu não sei se vocês adivinharam, já que escolheram um lugar incrível para irmos, mas... — *Por favor, que ela não fique com raiva.* — Ontem foi meu aniversário!

— Hã?! Como assim? Você está brincando?

Dou mais um gole na água e evito olhar sua expressão surpresa. Não parece raiva, e me sinto ridícula por não ter contado antes.

— Você passou esses dias todos agindo normalmente, saiu com a gente, não falou nada em rede social nenhuma.

— Eu não gosto muito de comemorar — explico —, então vivo o dia como se nada estivesse acontecendo. — Ajeito a postura e dou o melhor sorriso que consigo.

— Não acredito que estou namorando alguém que não gosta de comemorar aniversário. Logo eu, euzinha, que comemoraria meu aniversário por um mês!

Quase cuspo a água.

— O que você disse? — pergunto.

— Que eu comemoro meu aniversário o mês todo, Lina!

Ela de fato disse isso, mas agora só me importo com a outra parte, a tal palavrinha. *Namorando*.

—Você é muito fofa — digo, sorrindo.

Elza resmunga ao meu lado. Tenho quase certeza de que ouvi um "Ah, se eu soubesse disso...". Quero rir, mas apenas agradeço em silêncio por ela ter levado numa boa.

— Então dorme lá em casa? Quero passar mais tempo com você, já que me *impediram* de estar presente ontem — provoca ela, revirando os olhos.

Seus olhos se estreitam, e ela aproxima seu corpo do meu. Nossos ombros se tocam e sinto a conhecida eletricidade subir dos pés à cabeça.

—Tá bem — respondo.

Nossos olhos se encontram, e faço um pedido silencioso.

Elza assente com a cabeça, e eu aproximo o rosto. Deslizo meus lábios devagar sobre os dela. E a beijo. É um beijo lento, intenso. Como tudo que tem a ver com a gente.

Dançamos por mais uma hora, até que decidimos ir embora da festa. Tim volta com a gente, mas dessa vez não fica para dormir na casa de Elza. Vejo um sorriso engraçadinho em seu rosto quando entramos na casa dela.

Elza me entrega uma toalha limpa e um pijama, e entro para tomar banho depois de um selinho.

— Eu procurei à beça, mas não encontrei minha outra fronha de cetim. Deve estar pra lavar... — Ouço ela dizer quando entro no quarto.

— Tudo bem.

Desfiz o coque. Meu cabelo está levemente desajeitado, então uma fronha de cetim ia me ajudar muito, mas não tem problema.

— Nada disso! Você me ofereceu as melhores coisas na sua casa. Vem, senta aqui! — chama Elza, dando um tapinha na beirada da cama. — Vou fazer uma trança.

Acho um gesto tão carinhoso que faço o que ela pede. Elza sai do quarto e volta logo com um borrifador de água e um prendedor de cabelo. Ela se posiciona atrás de mim.

— Seu cabelo é o trem mais lindo do mundo — elogia ela, e sinto seus dedos passando pelos meus fios grossos.

É um toque gentil, que quase me faz adormecer. Elza borrifa a água aos poucos para facilitar o penteado.

— Olha quem está falando... a dona do black power mais incrível que eu já vi.

Ela me dá um beijo rápido no ombro.

Fecho os olhos, sentindo com calma sua forma de cuidar dos meus fios e de mim, massageando um pouco o couro cabeludo e desfazendo os nós sem que eu sinta dor.

— Prontinho! Olha só! — exclama Elza, me mostrando o celular.

Vejo na tela uma foto minha de costas, com a trança embutida. Meu cabelo parece bem mais longo. Ela definitivamente fez um trabalho incrível.

Depois de apagar as luzes e fechar a porta, ela se senta ao meu lado.

Procuro sua mão no escuro e a aperto de leve. Nós nos deitamos lado a lado e é a vez dela de me puxar para mais perto. Elza dá um beijo no topo da minha cabeça, e eu suspiro alto o suficiente para fazê-la rir.

Pego o celular para ver se meus pais viram minha mensagem e então me deparo com a notificação de um e-mail de Fátima. Isso é incomum. Então a curiosidade me vence e resolvo abrir.

> *Boa noite, Helena.*
> *Espero que esteja bem.*
> *Gostaria de conversar com você pessoalmente.*
> *Estarei fora da faculdade na segunda-feira no período da tarde, mas gostaria de checar se você pode me esperar para falarmos por volta das seis e meia.*
> *Abraços,*
> *Fátima*

— Está tudo bem?

— Não sei. A Fátima me mandou um e-mail pedindo para eu ficar depois do horário na segunda, porque ela quer conversar comigo, mas não disse o assunto.

— Hum... Que estranho. Mas fica calma. Vai dar tudo certo.

Respondo o e-mail confirmando o encontro e resolvo deixar isso pra lá.

Me aconchego nos braços de Elza. Ela começa a dar beijos quentes pelo meu rosto até chegar ao pescoço. Fico arrepiada e suspiro. Sua boca sobe devagar até encontrar a minha.

Não sei quando peguei no sono, mas meu sonho envolve hortelã e lavanda, assim como o cheiro dela.

27

Chego à faculdade com um sorriso enorme. Quero contar para Amanda tudo o que aconteceu no final de semana: que dormi abraçada com Elza, dos beijos que recebi ao acordar, dos amassos que demos até se tornar impossível esconder nossa vontade inexistente de ir tomar café da manhã.

Contrariando minhas expectativas, Amanda não está me esperando na área comum da faculdade como de costume. Ela está furando nosso pequeno ritual das segundas-feiras. Também não a vejo na sala, e ela só aparece quando já se passou meia hora da aula de gestão de custos.

— Está tudo bem? — pergunto.

Ela não falou comigo desde que chegou. Até deu um sorrisinho ao se sentar, mas depois disso seus olhos não desgrudaram do professor. Ela costuma prestar atenção na aula, mas a exceção são as segundas-feiras, quando sempre temos coisas para contar.

— Amanda... — sussurro.

Ela me encara. Sua boca fina está contraída, metade do cabelo caído sobre o rosto.

— Oi.

— Está tudo bem? — repito.

Fico me perguntando se ela me ouviu da primeira vez.

— Sim, sim — responde, sem maiores detalhes.

A voz dela está firme, mas algo transmite incerteza.

Resolvo que por enquanto é melhor deixar essa situação pra lá, porque ela parece querer prestar atenção na aula e decido que é melhor fazer o mesmo. Não vou conseguir entender nada agora.

A primeira aula se arrasta por uma eternidade, ou talvez seja só uma sensação causada pela minha ansiedade, já que estou ficando desesperada para falar com ela. Quando dá a hora do intervalo, Amanda levanta rápido e sai, sem nem olhar na minha direção. Acho estranho e vou atrás dela.

— O que aconteceu? Você ainda está doente? — indago.

— Ainda? Como assim?

Ela caminha até a lanchonete do nosso andar a passos rápidos, sem me esperar. Isso é ainda mais estranho, porque nunca comemos ali, quer dizer, só em casos extremos, como quando ela estava fugindo de um menino do curso de Design Gráfico que conheceu em uma calourada.

— É, você faltou na sexta. E sábado continuava meio mal para ir à festa.

— Ah, é... — Amanda entra na fila do caixa, e eu continuo a seguindo.

Definitivamente não gosto da lanchonete da Administração, mas é melhor do que ficar com fome o restante da manhã.

— Amanda, o que está acontecendo? — Resolvo ser direta. É lógico que tem algo errado.

Ela não responde. Simplesmente paga seu lanche e vai até o balcão. Peço um café e um pão de queijo e paro ao seu lado. Será que ela não me ouviu?

—Você não vai falar comigo? — insisto.

— Ah, sim. Da mesma forma que você falou comigo sobre o melhor amigo da Elza ter conseguido a vaga de estágio na empresa do seu pai?

— Ele conseguiu?
Não consigo conter um sorriso diante da notícia. E isso parece ser a gota d'água para Amanda.
Ela bufa e esbarra no meu café, que cai no chão.
Amanda nem pede desculpas. Fico preocupada que alguém possa escorregar, mas não tenho como fugir da conversa.
E então começo a entender: se ele conseguiu a vaga, significa que ela não passou na entrevista. Significa que ela perdeu sua vaga dos sonhos.
— Amanda, eu sinto muito — começo. — Sei o quanto você queria trabalhar lá.
— Pois é, você sabia, Lina.
Ela pega o lanche e se afasta. Eu vou atrás dela.
Amanda para bruscamente com uma expressão fechada, como se estivesse pensando em alguma coisa e considerando se vale a pena me dizer.
— Por que você está com raiva de mim, Amanda?
— Porque eu ralei pra caramba para quando essa vaga surgisse, e você sabe disso perfeitamente.
— Eu sei. Mas o que você quer dizer com isso? O Tim não fez o mesmo?
Ela toma um gole do suco de laranja e me olha por poucos segundos, mas o suficiente para eu enfim entender o que está se passando em sua cabeça.
— Você não acha que ele deveria ter conseguido a vaga... — sentencio.
— Lina, eu não falei isso — protesta ela, mas há algo na reação que me confirma que estou certa.
Vejo ela cerrar o maxilar anguloso. Amanda joga o copo de suco no lixo, e estou tão enjoada de nervoso que perdi completamente a vontade de comer.
— Então o que é? Fala.

— Você indicou ele, Lina. Precisava mesmo fazer isso?

Na verdade, quem indicou o Tim foi a Elza. Mas a conversa está tão absurda que nem vejo motivo para me justificar.

— E por que eu não deveria indicar? Pode me dizer?

— Lina, seu pai deu uma entrevista recentemente falando sobre como a NTN Investimentos busca valorizar a diversidade, que os direcionamentos e os processos da empresa mostram isso.

Fico espantada com o raciocínio dela, e quando Amanda olha para mim percebo que ela também não está se reconhecendo. Sua expressão é puro arrependimento.

— Então você está dizendo que o Tim só conseguiu a vaga por ser negro?

Suas sobrancelhas se erguem, ela inclina o corpo na minha direção, tentando segurar meu braço.

— Lina, eu não...

— Foi exatamente isso que você quis dizer, Amanda.

Eu me afasto, apressada. Não tenho mais nada para falar com ela.

Mal consigo acreditar que Amanda passou os últimos dias pensando nisso. Agora faz todo sentido ter ignorado o meu aniversário.

Não olho para trás para saber se ela está tentando me seguir. Apenas decido que não vou voltar para as aulas do final da manhã e sigo até a tenda, onde os alunos costumam matar aula. Nunca imaginei que esse espaço se tornaria um refúgio, que me traria uma das melhores coisas que tenho na vida atualmente.

Fico ali por um bom tempo antes de ir para o estágio. Ignoro as mensagens de Amanda e até as de Elza. Não quero falar com ninguém, porque no momento só conseguiria ter duas reações: gritar ou chorar.

28

— Oi, Helena. Vamos? — chama Fátima.

Finalmente chegou a hora de saber o que a professora quer comigo.

Camila felizmente saiu mais cedo. Só me deu tchau e foi embora. Então tenho menos uma preocupação.

Fátima passa rápido por mim e entra em sua sala. O clima está estranho, mas minha única opção é segui-la. Entro na sala também e me sento diante dela, tentando tirar Amanda da cabeça, afinal preciso enfrentar um problema de cada vez. E esse problemão na minha frente está me encarando com uma expressão que não consigo ler direito.

— Eu marquei essa reunião com você para conversarmos sobre uma coisa bastante delicada que fiquei sabendo…

Percebo que os olhos dela estão fundos, com olheiras mais aparentes do que o normal. Seu cabelo está meio despenteado, e ela não está com a mesma pose de sempre, como se achasse que o mundo vive a seus pés.

Espero que Fátima continue, porque não faço ideia de qual será a pauta dessa conversa. Ela pigarreia e coloca as mãos sobre a mesa. Em seguida, as entrelaça e me observa com intensidade, estreitando os olhos.

— Eu estava dando uma olhada nas redes sociais… Queria conhecer melhor os influencers que a Camila indicou para colaborar com o projeto, aí me deparei com uma publicação sua... Fiquei estarrecida com o que eu vi, Helena. Não esperava uma atitude assim de você.

Estou mais confusa do que antes, e tenho certeza de que esse sentimento transparece no meu rosto.

Fátima passa as mãos nas laterais da cabeça, como se estivesse cansada demais para continuar a conversa. Um gesto bastante comum nas vezes em que estou na sua sala.

— Talvez você ache que uma postagem temporária não é nada de mais, mas a que eu vi era muito inapropriada. E indicava que você estava falando daqui, das pessoas com quem convive no estágio.

— O quê?

— Não se faça de desentendida, Helena. Era algo sobre você ter que conviver com pessoas que são racistas sem perceber.

Fico paralisada. Sei que Fátima continua falando só porque sua boca está se mexendo, mas tudo que chega aos meus ouvidos é um zumbido.

Não usei o nome de ninguém, nem sequer falei que era sobre o estágio. Além disso, eu e Fátima não nos seguimos em nenhuma rede social.

— Fiquei muito chateada com a sua atitude, Helena. — É o que entendo ao recuperar meus sentidos. — E você ainda disse que sou homofóbica.

Se eu fosse um personagem de desenho animado, estaria caindo com um som espalhafatoso diante do óbvio. É como se um letreiro se acendesse sobre a minha cabeça. Minha publicação em nenhum momento se referiu à homofobia, e só usei esse termo uma única vez ali: ao falar com Elza no telefone.

Naquele dia, eu estava sozinha na sala, e só havia uma pessoa me seguindo no Instagram que também poderia ter escutado a conversa.

— Eu não citei nomes nem o estágio. Não sei o que a leva a pensar que a postagem tem a ver com o projeto ou com você, professora. — Minha voz soa calma demais.

Por dentro, sinto uma fogueira ardendo. Quero gritar para o mundo a raiva que estou guardando.

— Helena, eu dedico a minha vida a estudar diversidade. Sou uma mulher que batalhou muito para estar aqui. Nunca seria racista, muito menos homofóbica. — Ela respira fundo.

Sinto minha boca se abrir, em choque. Ela está falando sério?

— Olha, não me importa se você namora uma menina. Por mais que eu ache que você deveria escolher um caminho mais correto, isso não é problema meu.

Quase rio. Ela acredita mesmo que não é preconceituosa.

— Mais *correto*? — falo devagar, dando ênfase a cada sílaba.

— Eu sei que não sou tão presente aqui — continua ela, sua voz mais alta do que o normal —, mas nosso projeto estava dando muito certo antes de... enfim.

Antes de eu chegar e atrapalhar tudo. É isso que ela quer dizer. Suas palavras me acertam em cheio. Trabalhei todos os dias pensando em formas de ajudar e dar visibilidade ao projeto. Isso não é justo.

— Helena, eu preciso dizer que a confiança que eu tinha em você acabou. Não sei mais se consigo te ter aqui como estagiária, sabe?

Respiro fundo. Estou com raiva, e a expressão vitoriosa de Fátima quase me impede de ficar calada. Quero enfrentá-la, quero acabar com essa conversa nem que seja na marra. Mas sei que não posso ser impulsiva.

— Entendo, mas... só uma coisa. Quando você viu essa suposta publicação? — questiono.

Quero muito chorar, mas preciso me controlar para passar essa história a limpo.

Fátima parece surpresa com minha falta de reação ao saber que ela não confia mais em mim. Finge um pigarro e se ajeita na cadeira.

— Semana passada.

Sei que está mentindo, e sua voz denuncia isso.

— Olha, não sei quem te falou isso, mas é mentira.

— Ninguém me falou nada, Helena. Eu vi sua publicação e soube na hora que era para mim.

Ela sabe que já deduzi que Camila falou essas coisas. Além disso, sei que Fátima não viu minha publicação. Sou ansiosa e sempre checo cada pessoa que assiste aos meus stories, e definitivamente ela não estava na lista.

— E como fica meu estágio? — pergunto, em tom seco.

Infelizmente preciso de pelo menos mais um mês ali para terminar de juntar o dinheiro da viagem.

Fátima sorri. Ela não precisa mais fingir. Agora está evidente que ela apenas me suporta no projeto.

— Bem, vou refletir um pouco e podemos conversar na segunda que vem. — Seu tom me diz que ela sabe que ainda preciso dela. — Vou ficar a semana fora. Farei uma pequena viagem e retorno ao laboratório na segunda. Camila vai te supervisionar e gostaria que seguisse todas as instruções dela. Isso é crucial.

Luto para não deixar que minha expressão mostre a dor que sinto. Tanto esforço para nada. Mais uma semana em que Fátima vai fingir que trabalha, Camila vai verificar cada passo que eu dou e vou me sentir mais insignificante nesse projeto, apenas um rosto negro para validar a temática do Organizações & Diversidade.

Essa conclusão retalha algo bem fundo dentro de mim.

— Aliás, Helena. Nada de comentar com ninguém sobre nossa conversa de hoje. Vamos tratar dessa situação como adultas, e com discrição — ordena ela, gélida.

O "ninguém" não parece se referir às redes sociais. É um alguém real, uma pessoa. Ela quer dizer que não posso contar nada para Elza, meus pais ou quem quer que seja.

Por mais que eu precise desse estágio, fico me perguntando quem ela acha que é para mandar em mim.

29

Elza vai ter uma prova difícil amanhã, então decido que é melhor comentar sobre essa conversa horrorosa depois, quando ela estiver mais tranquila.

Repito para mim mesma que é uma decisão minha, que não estou fazendo isso porque Fátima me ameaçou nas entrelinhas.

Quando chego em casa, Antônio está em frente à TV com a cara amarrada. Meu irmão é sempre muito alegre, então deve ter acontecido alguma coisa. Minha mãe está tomando banho e meu pai ainda não voltou.

— Tudo bem, pirralho? — pergunto, me apoiando no batente da porta.

A sobrancelha ainda esburacada do meu irmão relaxa, agora cercada de vários machucados. O pestinha caiu de bicicleta no final de semana passado, quando saiu para passear com minha tia.

— Uhum — murmura ele, sem tirar os olhos da tela.

Essa reação me deixa com a pulga atrás da orelha. Ele parece concentrado no videogame, e quando olho com mais atenção percebo que é um jogo de corrida.

Os jogos preferidos de Antônio são os de futebol ou aqueles com super-heróis que nem consigo decorar os nomes. Ele só joga os de corrida, com aquelas trilhas sonoras superespecíficas, quando está incomodado com algo, um mecanismo que passei a reconhecer porque ele faz isso toda vez que fica de castigo.

— O que foi dessa vez? Você quebrou o liquidificador da mamãe de novo?

O último castigo tinha sido por usar os eletrodomésticos da minha mãe para fazer experimentos. Ela se importa muito com a segurança do meu irmão, mais do que com os objetos em si. E também não é legal ficar sem liquidificador de um dia para o outro.

No geral, o castigo do Antônio era só não poder sair para brincar com os amigos do prédio. Sempre achei que para ser um castigo de verdade meus pais deviam proibir o videogame, mas quem sou eu para definir o castigo de uma criança?

— Nada, Lina.

Antônio me olha por poucos segundos e dá de ombros. Então volta sua atenção para a TV e eu me sento ao seu lado.

Meu irmão costuma ter um tempo próprio para falar de alguns assuntos.

— Quando você era mais nova... — começa ele, me entregando o controle do videogame.

— Hum... — Finjo estar atenta ao jogo enquanto escolho a personagem.

—Você gostava do seu cabelo?

Escolho as cores do meu carro: amarelo e preto. Sei que Antônio está esperando uma resposta. Tenho que ser sincera, só preciso pensar nas palavras certas.

— *Gostar* é uma palavra forte. Eu achava que quanto mais preso, melhor. — Lembro que puxava tanto meu cabelo que meus olhos ficavam até meio esticados nas laterais.

— Por quê?

A boca do meu irmão está franzida, e suas mãos, que antes mexiam no controle, agora estão paradas. Antônio está tenso, e olha para mim com apreensão. Ainda não sei o que aconteceu, mas começo a me preocupar.

— Eu tinha muita vergonha do meu cabelo. Mas eu estava enganada, porque hoje gosto muito mais dele assim — digo, apontando para minha cabeça.

Meu cabelo está solto, com alguns cachos desfeitos por terem ficado o dia todo presos em um coque. Não ligo muito para a definição, mas adoro volume.

— Mas foi um processo bem longo, viu?! — continuo, porque Antônio parece pensativo. — Não foi de um dia para o outro que gostei dele assim. E fiquei mais de um ano na transição capilar.

— O que é isso?

Seus dedos pequeninos começam a se movimentar rápido pelo controle quando a corrida começa, e eu me esforço para me concentrar na TV.

— É quando a gente para de fazer relaxamento, escova progressiva, coisas do tipo, sabe? O alisamento meio que abaixa o volume da raiz. — Meu irmão concorda com a cabeça. — Quando a gente para com isso, o cabelo começa a retomar a textura natural. Tem gente que corta toda a parte alisada de uma vez, e chamam isso de *big chop*, mas eu fui cortando as pontas até achar que estava num tamanho legal.

— Entendi...

Antônio fica quieto enquanto jogamos. A primeira vitória é dele, a segunda é minha.

— Hoje um menino disse que meu cabelo parecia uma esponja daquelas que a gente usa pra lavar panela — conta ele, olhando por cima do ombro para mim.

Ele pausa o jogo.

— E que eu devia pedir pra minha mãe raspar com máquina zero e não deixar ninguém ver nunca — acrescenta.

Antônio pisca rápido várias vezes, tentando evitar que as lágrimas escorram de seus olhos marejados. Essa imagem mexe muito comigo. Quero abraçá-lo, mas também quero chorar.

Volto no tempo. As palavras dele parecem ter arrancado uma lembrança escondida dentro de mim. Agora eu sei. Elza tinha razão ao dizer que em algum momento eu ia me lembrar.

Passei por coisas bem parecidas quando era criança, e meu algoz era a garota mais popular da minha turma. O que teria sido diferente se eu tivesse conversado sobre isso com alguém?

— Primeiro, eu sei que provavelmente você não quer que a mamãe saiba disso, mas eu vou contar para ela. — Antônio faz menção de protestar, mas faço um sinal para que ele espere. — Você é só um garotinho, e a gente está aqui para te proteger. Você não precisa lidar com nada disso sozinho. Em segundo lugar, esse menino é um… ridículo!

Antônio solta uma risada, porque nós dois sabemos que não é exatamente essa palavra que quero usar.

— E, para concluir, seu cabelo é lindo. E você é lindo. Nunca deixe ninguém te dizer o contrário. Não acredite em quem fala essas coisas horrorosas — prossigo.

Ele balança a cabeça, discordando, e entramos em uma batalha rápida até eu convencê-lo de que é o irmão mais lindo do mundo. Dessa vez, eu ganhei.

Antônio ainda parece um pouco pensativo, mas seu corpo não está tão tenso como antes.

— Do que vocês estão falando? — pergunta minha mãe ao chegar à sala.

Desvio o olhar para Antônio. Nenhuma palavra sai de sua boca, mas sei que o certo é contar para os meus pais.

Não consigo pensar de forma tão organizada sobre o caos que reina na minha vida, mas sei que meu irmão precisa de mim.

— Bem, dona Lélia...

Então conto para a minha mãe o que aconteceu na escola do meu irmão. Não quero que Antônio guarde isso só para ele durante anos. Não quero que ele seja como eu.

30

> **Tim**
> Oi, Lina. Tive uma ideia pra amanhã à noite! Me diz o que acha.

> AH! Eu consegui o estágio!!!

Tim com certeza está muito feliz por ter passado no processo seletivo. E fico contente por ele, mas não estou com a menor vontade de conversar com ninguém. Muito menos sobre a empresa do meu pai.

— Ei, tá ocupada? — A voz de Elza ao telefone me arranca dos meus pensamentos.

Estou deitada na cama de barriga para cima, ainda enrolada na toalha, e nem me toquei que tinha atendido a ligação dela.

— Não, não. Só meio cansada — respondo.

Ela e Amanda mandaram mensagens, mas também não respondi.

Imagino a expressão dela. Seu cabelo um pouco bagunçado depois de horas estudando, a caneta equilibrada entre os dedos, os olhos brilhando de animação, a mão apoiada no queixo enquanto fala comigo.

— Está tudo bem mesmo? — insiste ela.

— Sim, sim — minto.

Ainda não consigo colocar em palavras o que ficou em mim depois daquela conversa. Alguma coisa parece quebrada aqui dentro.

— Lina, preciso te contar que escrevi um poema bem legal. — A voz dela agora soa alta, animada.

— Jura? Que ótimo!

Quero parecer empolgada, então tento disfarçar no tom de voz o que estou sentindo de verdade.

Para mim tudo o que Elza escreve é incrível, mas é diferente ouvir isso dela. Essa é uma ótima novidade.

— Como se tudo o que você escreve já não fosse perfeito, né?

— Lina! — protesta ela, mas sinto que está sorrindo.

Elza conta toda orgulhosa sobre seu novo poema, que escreveu entre uma leitura e outra para a prova. Ela parece tão animada que momentaneamente esqueço do dia ruim que tive.

Depois que nos despedimos, vou até a sala jantar. Meus pais estão calados à mesa, e a cada cinco segundos olham para Antônio. Sei que eles têm muitas preocupações, então não vejo por que colocar mais uma nessa lista.

Termino de comer e dou uma ajeitada na cozinha. Quando passo de volta em direção ao quarto, meu pai me encara, como se soubesse o que aconteceu comigo no estágio. Mas ele não sabe de nada. Ninguém ali tem como saber.

— Lina, você está bem? — pergunta meu pai, erguendo o olhar por cima do livro que está lendo.

— Estou, sim. — Esboço um sorriso, mas meus olhos denunciam que não é verdade.

Ele assente com a cabeça, mas o vejo trocar um olhar cúmplice com minha mãe, que está na sala sentada no sofá, abraçada com Antônio.

Sinto o celular vibrar e vejo que é mais uma mensagem de Tim.

> O que você acha????????

Agora não posso mais pra fugir, porque a pergunta é bem direta. E há tantos pontos de interrogação que eu ficaria com peso na consciência se fingisse que não li.

> Amanhã é a noite do microfone aberto, né?

> E sou eu que vou comandar a festa.

> Queria que a Elza se animasse em declamar um dos poemas dela lá.

Faço uma careta. Esse é um terreno delicado demais. Não tenho forças para explorá-lo hoje.

> Eu andei sondando, Lina. E acho que ela está pronta. De verdade. Então amanhã seria o dia perfeito.

> É que amanhã o tema vai ser Resistência, e como é bem específico não acho que o Flor de Lis vai lotar tanto.

> Também vou tocar umas músicas que significam muito pra gente. E de vários estilos, do rap ao samba.

> Ninguém é melhor para essa temática do que a Elza.

> Sei lá, Lina... Você não acha que é a hora dela?

> E bem... Agora muitas pessoas já conhecem aquele poema mesmo.

Tim enviou um monte de mensagens. Tantas que mal consigo raciocinar direito.

Elza me pareceu animada com o poema na nossa última ligação, então talvez ele esteja certo... Decido que vou apoiar que esse é o momento de Elza brilhar, ainda que eu saiba que essa decisão não é minha.

> Enfim! Fiquei pensando se você não poderia conversar com ela...

> Porque sabe... Talvez ela aceite a sugestão da namorada, né?

Assim que leio essa mensagem, consigo imaginá-lo rindo ao digitar a última mensagem.

> E aí? Topa? Quem sabe se você insistir ela não se anima?

É, Tim parece mesmo decidido. E insistente.

Por mais que eu apoie a ideia, também me lembro de todas as vezes em que falamos sobre Elza ter medo de decepcionar as pessoas que ama. Não acho que minha insistência vai mudar alguma coisa, porque a decisão precisa ser dela. É Elza quem deve decretar se chegou a hora de superar o medo do julgamento das pessoas, e eu sei muito bem que isso não é fácil.

> Foi mal, Tim. Eu cheguei em casa e nem deu tempo de ver as mensagens direito.

> Primeiro, parabéns pelo estágio!!! Você com certeza vai arrasar!!!

Definitivamente não vou falar nada sobre a reação de Amanda. Não tem motivo para azedar esse momento de felicidade.

> Sobre a Elza… Você sabe que sou muito fã de tudo o que ela faz. Mas não sei se tenho como convencê-la a se expor dessa forma lá no Flor de Lis.

> Também acho que seria incrível, mas ela está bem decidida sobre isso, né?

> Postar os poemas no Instagram já foi um passo e tanto. Não sei se ela vai achar que esse é o momento certo.

O poema "Caneta" volta à minha cabeça, e sinto um calorzinho no peito. Eu me lembro dos olhos de Elza brilhando ao me contar sobre ele, um misto de melancolia e satisfação, de como todo mundo respirou fundo ao ouvir Tim declamando seu poema no quintal da família dela, de como sua mãe, sua avó e suas tias a olham com tanto amor e orgulho.

E percebo que só tenho uma resposta:

> Pode deixar, amanhã vou conversar com ela. Não prometo nada, mas não custa tentar.

31

— Como é que é, Lina? — O rosto de Elza se contorce em incontáveis caretas.

A boca dela está entreaberta, as sobrancelhas erguidas, e seu corpo se inclina de uma forma que declara que ela está com muita, muita raiva. Isso para não mencionar que sua voz soa bem mais alta que o normal.

— Elza, calma!

— Calma? Sério?! Meu Deus, Lina!!! — Ela quase grita, mas sua voz se suaviza ao falar meu nome.

Dou um gole no suco de limão e deixo os talheres no prato. Perdi completamente o apetite.

Quando resolvi contar para Elza sobre minha reunião com a Fátima, achei que ia me sentir melhor. Mas a verdade é que estou pior ainda. Ela me olha como se a decisão que eu preciso tomar fosse muito simples. Mas não é.

— O que você queria que eu fizesse?

— Não sei, Lina. Que tal sair desse estágio? — rebate ela.

— Elza, você sabe que eu preciso do dinheiro. Se eu sair agora, vou ficar sem a bolsa desse mês, e preciso dela para completar minha reserva para a viagem.

Não acrescento que não é só por isso que não posso sair do estágio. Eu preciso me provar; me provar para o mundo e para mim mesma.

— Você pode pedir aos seus...

— Elza! Não! Você sabe que pedir pros meus pais não é uma opção.

Ela encosta o corpo na cadeira e assente. Sua boca se abre e se fecha algumas vezes antes de dar o último gole no suco e fazer uma careta.

— Eu sei, eu sei...

Afasto o prato e coloco os cotovelos na mesa, apoiando a cabeça nas mãos. Nós nos olhamos por alguns segundos.

— Eu conversei com o Tim ontem... — conto, tentando mudar de assunto.

Elza bufa, e na mesma hora entendo que o assunto já chegou nela.

— Ele só acredita muito em você, assim como eu — continuo, e Elza abre um sorriso. — Você sabe que seus poemas são lindos e incríveis, né?

— Ah, Lina! Para!

Coloco uma das mãos sobre a mesa, espalmada. Elza leva alguns instantes, mas se rende e coloca a sua em cima da minha. Eu a aperto de leve. Lembro das mensagens de Tim e decido que preciso pelo menos tentar.

— Bem, vamos lá... Qual é o seu maior medo?

Ela suspira, vejo seus olhos procurando qualquer ponto afastado de mim e se concentrarem lá.

— Sem pensar muito, Elza — sinalizo. — O que o seu coração tá dizendo?

Preciso que Elza saiba que não está sozinha, que alguns medos só precisam de um empurrãozinho para serem superados. Eu deveria repetir isso para mim mesma, para ver se absorvo também.

— Acho que meu maior medo é ser uma fraude — responde ela.

Seus olhos cor de mel são uma fortaleza tentando abrir passagem para mim. Fico impressionada ao notar como comunicam suas emoções, mas, ao mesmo tempo, me dói saber que esse assunto a deixa assim, meio triste.

— Minha mãe diz que o que eu escrevo é bonito, assim como minha avó, minha tia, você, o Tim... — A voz de Elza é quase um lamento. — Meu pai também dizia...

Nossos olhos se encontram e finalmente reconheço os alicerces dessa dor, desse receio em se mostrar para o mundo. Não sei como demorei tanto para entender o que agora parece tão óbvio. Não se trata de mim, de Tim, da mãe, da tia, da avó... é sobre o pai dela. A única pessoa que não está mais aqui para ajudar Elza a ver quem realmente é.

— E como ele tinha tanta certeza de que eu era boa, sabe? — prossegue ela. — Eu era só uma criança.

Deslizo a mão, deixando meus dedos livres, e os entrelaço nos dela. Sinto seu corpo relaxar sob o meu toque, mas sei que não é tão simples. O que Elza está sentindo não vai simplesmente desaparecer, mas tenho esperança de que pode ser amenizado com essa conversa.

— Acho que ele só sabia, Elza. Porque é bem visível. — Busco as palavras certas. Tenho muita certeza do que estou dizendo e queria que ela pudesse se enxergar com os meus olhos. — Pensa sobre amanhã, tá bem? Seria legal demais ouvir seus poemas na sua voz.

Franzo as sobrancelhas em um movimento rápido, provocando-a. Elza solta nossos dedos e me dá um tapinha de leve na mão.

— O que fooooooi? Sua voz é sexy pra caramba! — exclamo.

— Liiina! — brinca, falando meu nome lentamente, de um jeito que prova meu ponto.

Nós nos levantamos. Elza estica a mão na minha direção e eu a seguro com firmeza. Me sinto tão protegida ao lado dela...

— Tem certeza sobre continuar lá? — Elza resgata o problema que tentei fingir que não existia mais.

Nego com a cabeça. Não tenho certeza sobre nada que não seja ela.

—Você sabe que pode sair, certo? — insiste Elza.

Eu sei que posso, que não estou presa ali, mas ao mesmo tempo sinto que estou. Quero tanto o curso de desenho que parece impensável desistir dele, desistir da chance de viajar bancando cada despesa. E *é* impensável.

— E como eu vou juntar o dinheiro, Elza?

— A gente pensa em algo, Lina. Mas é absurdo continuar passando por isso!

Nós nos encaramos, e respiro fundo. Não quero discutir, mas a conversa parece estar indo para esse caminho. Elza também percebe isso, porque bufa.

— A gente se fala mais tarde, pode ser? — digo.

— Beleza, Lina. — Sua voz denuncia seu cansaço da situação. — Bom estágio.

Elza se aproxima e me dá um beijo na bochecha. Passo os braços ao redor de seu pescoço e sinto nossos corpos se aproximarem. Nós ficamos assim por alguns segundos.

Quando nos afastamos, ela me olha com certo receio antes de ir embora.

Agora tenho uma tarde bem longa pela frente, e em péssima companhia.

32

Como eu imaginava, a tarde foi um verdadeiro inferno.

O estágio passou megadevagar, e Camila se sentiu a dona do laboratório, me pedindo para conferir três vezes cada uma das minhas tarefas. Não reclamei nem respondi mais do que duas palavras. Melhor assim. Eu só quero que acabe.

Quando chego em casa, sinto um grande alívio. É menos um dia de irritação, e um dia mais perto do meu sonho.

— Lina, vem jogar! — Escuto a voz de Antônio, animado.

Ele está deitado no sofá com as perninhas esticadas. Seus pés se movem rápido sem que ele perceba, e sorrio com a cena. Esse é meu irmão, não aquele garoto desanimado, confuso e que duvida de si mesmo.

— Daqui a pouco. Pode ser? — respondo, fazendo um carinho no rosto dele.

Antônio segura minha mão e a afasta com força. Não parece exatamente bravo, só um pouco frustrado.

— Aff! — Ele faz uma careta, e percebo que está me provocando.

— Uuuh! — Movo as mãos, fingindo medo.

Meu irmão balança a cabeça e revira os olhos. Em seguida volta a atenção para a TV, sem acrescentar nem uma palavra.

Resolvo ir até a cozinha, onde meus pais estão conversando animados e bebendo. Eles me dão um oi rápido e continuam, para não perderem o ritmo do papo.

Encosto na bancada e pego um torresmo quentinho. Comi muito pouco no almoço e esqueci de lanchar, então agora sinto a fome consumir cada parte do meu corpo.

—Você parece cansada, filha.

Minha mãe me olha por cima da armação dos óculos que sempre usa no fim do dia.

Hoje a janta é por conta do meu pai, que usa um avental laranja. Ele dança pela cozinha e minha mãe sorri com a cena. É bem fofo, e não quero estragar o clima.

— É, eu tô, sim... — digo, colocando outro torresmo na boca.

— Tudo bem com a Elza? — pergunta meu pai, me olhando com atenção.

Faço que sim com a cabeça. Ainda que a gente não tenha se falado durante a tarde e que eu não esteja com vontade de ouvir outro sermão sobre o estágio, acho que está tudo bem. *Espero.*

— E na faculdade? — quer saber minha mãe, com um bigodinho de espuma de cerveja.

Levo a mão até a boca, e minha mãe limpa o bigodinho com um guardanapo. Meu pai e ela se olham e soltam uma risada.

Eu adoro que meus pais tenham um ritual só deles. E como é no meio da semana, por conta da folga que eles têm no trabalho, dificilmente eu e Antônio participamos da festinha. Precisamos dormir cedo, e longe da gente querer segurar vela, óbvio.

— Tudo bem, mãe. — Definitivamente não quero conversar. Não sei se é por fome, cansaço ou alguma outra coisa.

Meus pais se entreolham. É como se estivessem olhando dentro de mim, revirando meus pensamentos, memórias e sentimentos. Como se soubessem tudo o que aconteceu, e me sinto um pouco invadida.

— Lina, está tudo bem *mesmo*? — A voz do meu pai soa forte, destacando a última palavra.

— Por quê, hein? — falo, e cada sílaba soa como um disparo.

Não consigo esconder minha irritação. Estou fazendo de tudo para conseguir o dinheiro do curso, a professora e minha colega de estágio são péssimas pessoas, briguei com minha melhor amiga, estou distraída nas aulas, a garota de quem eu gosto está estranha... Acho que não tem como essa lista piorar.

Minha mãe endireita o corpo e percebo que meu pai está imóvel.

— Porque você parece cansada... e irritada. — Ela mede as palavras.

Os olhos da minha mãe passeiam por mim, como se estivessem procurando alguma pista do que aconteceu. Me sinto desconfortável, e mexo o corpo, fingindo que é para ajeitar a mochila no ombro. Quero ir para o meu quarto, me enfiar debaixo das cobertas e não sair tão cedo.

— E por que vocês se importam com isso? — Me surpreendo com a raiva na minha voz.

Pareço atingir meus pais em cheio, porque os dois me encaram com os olhos arregalados. Meu pai larga a colher na bancada ao lado do fogão e se aproxima da minha mãe.

— Não fale assim com a gente, Helena — repreende ele.

— Assim como? — respondo, grosseira.

Tem algo dentro de mim tomando forma, algo que não consigo controlar, mas deveria. Sei que estou passando dos limites, mas no fundo quero que briguem comigo, porque dessa vez quero brigar com eles.

— Filha, o que está acontecendo? — Minha mãe se levanta.

Dou um passo para trás, e isso parece magoar minha mãe. Tem algo em seus olhos que diz que ela não esperava essa rejeição.

Nem eu. Não faço ideia do que está acontecendo. Quero despejar tudo, ao mesmo tempo que não quero contar nada.

— Uai, vocês deixaram bem claro que não queriam saber do meu *hobby* — respondo, mas queria estar gritando. Me controlo para não chorar. — Então estou cuidando disso sozinha, fiquem tranquilos.

Eles parecem ainda mais preocupados. Meu pai franze a testa e minha mãe não sabe o que fazer com os braços. Eles querem se aproximar, mas não quero nenhum deles perto de mim agora.

Há uma bomba acionada dentro de mim, prestes a explodir. E ainda tenho o mínimo de bom senso para não querer que alguém se machuque com ela. Mas quando olho em volta, parece que é tarde demais.

— É melhor eu ir pro meu quarto — digo, tentando contornar os danos e já de saída.

— Helena!!! — A voz do meu pai assume um tom irreconhecível.

— Helena, volte aqui agora — diz minha mãe ao mesmo tempo.

Não olho para trás.

Estraguei a noite deles, e tudo o que tenho são as palavras de Fátima ecoando na minha cabeça. Cruéis, cheias de desprezo.

Eu não tenho um plano B. E talvez meus pais estivessem certos desde o começo, eu só não queria acreditar.

Jogo a mochila no chão do quarto e me sento na cama. Pego o celular e dou uma olhada nas notificações. Mensagens de Elza, de Amanda e várias notificações do Instagram. Ignoro a de Amanda, como tenho feito desde que brigamos. E quando vejo as de Elza, fico sem palavras.

> **Elza**
> Lina, eu preciso falar com você!

> Lina???

> Lina, taí? É importante.

> Eu juro que é importante.

> Oi! Eu tava longe do celular, o que houve?

> Você não vai acreditar no que o Tim fez...

> Aliás, no que aconteceu depois do que ele fez!!!!!!!

33

Hoje é o evento de microfone aberto no Flor de Lis, organizado pelo Tim. Enrolo um pouco para me arrumar e sair, e sinto um pouco de raiva dos meus pais por não me proibirem de ir, mas a verdade é que nunca fariam algo do tipo.

Quando atravesso a avenida, vejo Elza acenando. Queria ver sua expressão para saber como ela está de verdade.

Ontem Tim contou para ela que alguém o filmou declamando o poema na manifestação e o vídeo viralizou, então os versos de Elza ganharam asas e estão circulando nas redes sociais e nos aplicativos de mensagem. Por isso eu tinha tantas notificações no Instagram.

Ela parece chateada. Não com ele, mas consigo mesma. Acho que se deu conta de que era inevitável que seus poemas seguissem esse caminho, só que agora o mundo vai conhecê-los por outra voz.

— Então é aqui que a nova estrela da literatura vai se apresentar pela primeira vez? — incentivo, com um sorriso.

Ela balança a cabeça e me lança um sorriso triste. Eu lhe dou um abraço apertado e um beijo estalado na bochecha, que ela retribui com um selinho. Então está tudo certo entre a gente. Ufa!

— E você tá bem, pretinha? Não queria te chatear.

Os olhos dela me analisam, o rosto, os gestos, os movimentos.

— Tudo, tudo — minto. — Deixa pra lá. — Estou bem com ela, mas não com o restante. — Vamos?

Para o dia do microfone aberto, o Flor de Lis está mais cheio que de costume. Há tantos desconhecidos ali que me pergunto se Tim usou o vídeo do poema da Elza na divulgação do evento. Vejo-o andando de um lado para outro, conversando com várias pessoas, alguns conhecidos e também Ayana, responsável pelo galpão cultural. Ao lado dela está Gustavo, seu marido. Eles acenam para nós do balcão do bar.

O palco está arrumado em uma mistura de balada e sarau, com a pickup do DJ mais afastada e o microfone no centro.

— Eu acho que vou... — Elza olha do palco para mim.

Nós nos sentamos em uma mesa distante do palco, mas ainda dá para ver tudo. Na pista, algumas pessoas dançam animadas um remix de "I Wanna Dance with Somebody (Who Loves Me)", da Whitney Houston.

— Você ainda não tem certeza, né? — pergunto.

— Eu quero muito, mas...

— Mas?

Procuro a resposta no olhar de Elza. As luzes do bar cultural batem em seu rosto, e depois os feixes focam outros pontos do lugar. Seus olhos estão diferentes. Sei que ela está ansiosa porque seus dentinhos separados estão mordendo o lábio inferior.

— Fica calma. — Coloco a mão em seu joelho.

Ela balança a perna em um ritmo quase parecido com o da música.

— Quer dançar? — convido.

— Você quer dançar um remix da Whitney Houston?
— Ela parece surpresa, e eu me sinto quase ofendida.
— Nessa casa não falamos mal de Whitney Houston, tá bem? — Levanto e estendo a mão para ela.

Elza a segura e segue meus movimentos. Nossos olhos se encontram. Tem tanto carinho na forma como ela me olha... e sinto algo tão bom que só pode ser felicidade. Até acho que vale a pena lutar com a música se for para dizer como eu amo essa garota. Porque é isso. Eu amo a Elza.

— Eu...
—Vocês vão ficar paradas aí? — interrompe Tim.

Ele passa o braço ao redor dos nossos ombros enquanto outra música começa e nos conduz até a pista. Acho que ela nem percebeu que eu estava prestes a dizer as três palavrinhas.

— É nossa músicaaaa!!! — berra Tim em meu ouvido.

Ele aponta para si mesmo e depois para Elza. Presto atenção, e em meio à batida de funk identifico uma música da Alcione, então me pergunto por que essa é a música deles.

— Alcione? — questiono.

Tim puxa Elza para perto.

— Zero defeitos, né? — responde ele.

É verdade, mas fico sem a resposta. Uma amizade como a deles tem umas coisas meio inexplicáveis mesmo.

—Você está tão linda... — diz Elza, se aproximando de mim, com as mãos à minha procura.

Vejo Tim mais ao canto da pista, já quase se jogando, literalmente, em um grupo de pessoas conversando animadas.

— São seus olhos. — Fico mais perto dela e me entrego ao ritmo da música. —Tipo, sério... eles são perfeitos!

Como que para comprovar o que estou dizendo, a luz colorida bate no rosto dela. Sua pele preta se ilumina e seus olhos refletem o tom claro que pouco depois se torna cor-de-rosa.

— E o que você acha de a gente sair daqui? — diz ela.

Tem algo na entonação dela que não reconheço. Não é um convite, parece um apelo.

A música muda e uma batida mais lenta começa. Algumas pessoas deixam a pista, mas Elza fica parada na minha frente. Ela coloca as mãos na minha cintura, e agora não preciso quase gritar para me fazer ouvir.

—Você não precisa subir hoje se não quiser. Você sabe disso, né? — comento.

Ela encara o palco por alguns segundos. Coloco a mão em seu queixo e viro seu rosto devagar. Nossa diferença de altura sempre foi cômoda, porque me sinto protegida, mas agora parece me deixar em desvantagem na conversa.

— Você não é obrigada a nada, Elza. — Tento soar o mais firme que consigo.

— Ok — responde ela, monossilábica.

— Ok? — pergunto, incerta sobre o que isso significa.

Ela assente com a cabeça. Uma de suas mãos procura a minha e caminhamos até uma mesa livre.

Vejo Tim subir no palco e ajustar o microfone. A música que antes fazia um estardalhaço agora está tão baixa que mal dá para identificar a voz da Iza.

— Declaro o início oficial da noite do microfone aberto! — A voz potente de Tim domina o ambiente.

Elza aperta minha mão com força, e faço um carinho de leve para tentar acalmá-la. Sei que ela voltou a balançar a perna porque seu joelho roça em mim.

—Vocês já sabem como funciona! Cada pessoa convocada sobe aqui e mostra todo o seu talento pra gente.

Olho disfarçadamente para Elza e a vejo morder os lábios. Não tenho certeza se ela se inscreveu, mas quando Tim anuncia o primeiro nome, eu tento me conter. Já basta uma de nós estar ansiosa.

Uma pessoa subiu no palco, depois outra, e mais outra. Elza continua calada, mas, pela forma como olha apreensiva para Tim, imagino que seu nome esteja em algum lugar da lista que ele tem em mãos.

— Tudo bem? — pergunto, me inclinando um pouco por cima da mesa até Elza.

Ela me observa por alguns segundos. Não diz nada, só concorda com a cabeça.

— Uaaaau! — A voz de Tim ecoa pelo galpão cultural. — Essa particularmente é a pessoa que eu *mais* estou esperando esta noite.

Me remexo na cadeira e apoio os braços nos joelhos. Olho para o lado e Elza está com o maxilar cerrado, tão imóvel que parece uma estátua. Não há qualquer vestígio de animação em seu rosto.

Além da música instrumental ao fundo, um burburinho começa a aumentar.

Me pergunto se as pessoas sabem que a autora dos versos que viralizaram está prestes a subir ao palco, mas então me viro para o bar.

Vejo Ayana gesticulando enfaticamente para Gustavo. Parecem irritados, mas não consigo decifrar se é algo entre eles ou com algum cliente.

— Elza Nascimento, pode vir até aqui! — exclama Tim, apontando para a garota ao meu lado.

Me viro de volta para a frente.

Elza respira uma, duas, três vezes antes de se levantar. Está com o celular na mão e imagino que o que separou para esta noite esteja na tela do aparelho.

— Boa sorte! — falo, quando ela passa por mim.

Elza sorri, mas seus olhos parecem não prestar atenção em nada. Ela caminha até o palco, passa por Tim e para diante do microfone com um olhar perdido. Vejo o garoto me procurando entre as mesas e, mesmo de longe, sei que está pensando a mesma coisa que eu: *a Elza está tendo um troço?*

Observo Elza abrir a boca três vezes, mas nenhum som sai.

Seus olhos agora procuram os meus, e tento encorajá-la com um gesto. Penso com muita força, para que talvez ela me escute: *Você é incrível, Elza! É só começar! Você é perfeita, meu amor.*

Sei que ela não é capaz de ler minha mente, mas por alguns segundos acredito que funcionou, porque Elza se lança em uma nova tentativa.

— Gustavo, NÃO! — Ouço uma voz gritar ao fundo.

Elza olha para algo atrás de mim, e Tim também parece alerta.

Eu me viro e noto que Ayana está com as mãos no peito de Gustavo, tentando contê-lo. Não dá para ver muita coisa além disso.

— Tim... — diz Elza fora do microfone, mas sem se afastar o suficiente, então o objeto ainda capta sua voz.

Observo ao redor com os olhos arregalados, o clima é tão esquisito que todos os pelos do meu corpo estão arrepiados. Tim se afasta do palco quase correndo e vai até o casal que comanda o galpão cultural.

Me levanto assim que Elza se aproxima, mas ela não para ao meu lado. Ela segue Tim. Parece desesperada.

— Elza! — chamo, mas ela não olha para trás.

Sinto meu corpo congelar, mas meu coração implora para que eu vá atrás dos dois. E eu vou.

As pessoas no bar se levantam, e o caos parece instalado.

— Rapaz, fique parado aí! — brada um homem ao lado do casal.

Consigo ver que uma roda se formou em volta dos quatro: o homem, o casal e... Tim. A fúria do homem parece toda voltada para o amigo de Elza. Vejo Tim se mover, incomodado, e parar ao lado de Gustavo.

— Gustavo, calma! — insiste Ayana.

Ela tem lágrimas nos olhos. Encara Gustavo, ainda com as mãos em seu peito. Elza está mais à frente. Estou tão preocupada que minha vontade é arrancá-la dali. Busco um espaço entre as pessoas para poder enxergar a cena toda.

Ayana está ao lado de Gustavo, os dois em posição de alerta. Ele está com os punhos preparados e agora encara o chão. Parece respirar fundo. Tim parou ao seu lado, seu corpo tão rígido que acho que está paralisado.

Diante dos três, ao que parece, está o homem que gritou com Tim. Tem o cabelo grisalho, a pele muito branca e olhos tão estreitos que mal consigo ver que estão abertos.

Agora consigo ver que havia mais uma pessoa, um rapaz. Ele parece assustado, mas está com os braços estendidos na direção de Gustavo. Fico horrorizada quando entendo a cena: ele está apontando uma arma para o marido da dona do Flor de Lis.

— O que você disse? — brada o homem.

— Ele não disse na... — Tim tenta apaziguar.

— Quieto, garoto! — A voz do rapaz que vi por último vacila, assim como suas mãos.

Ele encara Gustavo como se fosse a maior ameaça do mundo.

— Diegues, abaixa a arma! — A voz do homem mais velho soa como uma ordem.

— Ele tentou vir pra cima da gente! Tem algo na mão dele! — insiste o rapaz.

— Não tem nada aqui, cara. — Tim tenta apaziguar a situação de novo, e torço para que não insista.

— Eu mandei você ficar quieto. Você tá com algum problema? — berra o rapaz, mudando a direção da arma.

Agora o alvo é Tim.

Prendo a respiração e sinto meu coração saindo pela boca. Elza está a poucos passos de mim.

—Vamos! O que você tem aí? — insiste o rapaz, a arma agora oscilando na direção do casal.

Vejo Ayana fechar os olhos, pressentindo uma tragédia. Gustavo respira fundo mais uma vez, balançando a cabeça.

— Ele não tem nada — responde Ayana, trêmula.

— Fica parado aí ou eu juro… — ameaça o rapaz.

Vejo uma garota ao meu lado erguer o celular. Um garoto do outro lado faz o mesmo, e isso chama a atenção do homem mais velho.

— Sargento, eu disse para abaixar a arma! — insiste o homem mais velho. — Diegues, AGORA!

Jamais estive em um bar tão silencioso como nesse momento. Nunca vi o Flor de Lis tão cheio, dominado pela desesperança e pelo medo.

Os ombros tensos de Elza se abaixam junto com as mãos do rapaz, mas ninguém parece mais aliviada do que Ayana.

— Pessoal, deem uma maneirada na música alta da próxima vez. Evita problemas — diz o rapaz, com um tom de superioridade, e com certeza notou as pessoas filmando.

— Mas não tinha música alta. Além disso, aqui tem isolamento acústico — responde Elza, se destacando entre o burburinho.

Quero segurá-la, implorar que fique quieta.

— Você disse alguma coisa? — Os olhos do rapaz se voltam para ela.

Agora ele está perto. Perto demais. Elza balança a cabeça, em silêncio.

— Gustavo... — fala Ayana assim que os homens vão embora.

— Eles não têm esse direito, Ayana!

Ela leva as mãos ao rosto do marido e lhe dá um beijo.

Eu me aproximo de Elza.

— Você está bem? — Apoio uma mão no ombro dela, dando um aperto de leve.

— E-eu... — começa a dizer, mas a frase morre antes mesmo de nascer.

Ela só consegue balançar a cabeça, indicando que está péssima. Em seguida, se afasta de mim e vai até a parte externa do Flor de Lis. Troco um olhar com Tim, que também parece péssimo, mas resolve dar atenção a Gustavo, tentando acalmá-lo.

Sigo Elza e a encontro encostada na parede perto da porta. Está curvada para a frente, abraçando o próprio corpo e tentando respirar. Paro a seu lado.

— Respira, Elza. Respira.

Não sei se estou dizendo isso para ela ou para mim, porque enquanto ela tenta sugar o ar, eu tento fazer minhas mãos pararem de tremer.

— Caramba. Sério, o que foi isso? — pergunta Elza.
— Eu não sei o que aconteceu, achei que você podia ter alguma ideia.
Elza nega com a cabeça, estreitando os lábios em uma linha. Ela nunca pareceu tão pequena e indefesa quanto agora.
— Eu vou matar o Tim! — exclama ela.
— Mas... — murmuro. — Por quê?
— Porque sim! Esse garoto! Meu Deus do céu!!! — Ela range os dentes.
Tim ainda está conversando com Ayana e Gustavo. Suas mãos se movem rápido e o corpo denuncia sua agitação. Ayana está calada e Gustavo mantém uma expressão séria e decepcionada, como se o que aconteceu não o surpreendesse.
— Ele está vindo... — comento.
Se há poucos segundos parecia que precisava de cuidados, agora a Elza que conheço está de volta, mas com raiva. Ela endireita os ombros, arruma o cabelo e passa as mãos na bochecha, secando lágrimas que eu não reparei que estavam ali.
— Elza, você está cho...
— Tim, seu... seu...! — Elza ruge tão rápido que é até difícil entender os xingamentos que se seguem.
Ele levanta os braços, seu rosto denunciando sua confusão.
— O que eu fiz?
Os olhos escuros dele parecem tristes. Tim não é o mesmo de meia hora atrás, mas duvido que mais alguém ali ainda fosse.
— Ah, então você não sabe? — Elza solta uma risada irônica. — Que gracinha! Você acha que é um super-herói? Acha que é à prova de balas?
— Elza, calma! — falo, ainda tentando parar de tremer.
— Ele achou que podia ajudar a resolver a situação — explico, ou pelo menos *tento* explicar.

Tim me olha e, mesmo sem falar nada, dá para ver que está agradecido. Mas Elza parece um furacão, e não vou conseguir segurá-la.

— Me desculpa, Elza! Me desculpa! — Tim quase implora. — Mas cara, é o Flor de Lis! Eu não podia deixar...

— E que diferença no mundo você ia fazer se tivesse levado um tiro? Dá pra me dizer? — questiona Elza.

Nunca a vi tão brava. Fecho os olhos e de repente ficamos em um silêncio total. Nos damos conta de que essa frase é real demais. Tim teve uma arma apontada para ele.

— Elza, eu só não pensei... — Ele dá alguns passos para se aproximar dela. — Aqui é quase como a minha casa. E Ayana e Gustavo são meus amigos também. Achei que podia ajudar. Não pensei em mais nada.

— É, não pensou mesmo — responde ela, com raiva e virando o rosto. — Você nunca pensa, você só faz. Como naquela vez em que você entrou em uma briga minha ou naquela manifestação em que você achou que seria incrível declamar *de novo* meu poema sem pedir.

— Eu achei que você tinha me desculpado... por tudo.

— E eu desculpei, juro. — Ela parece sincera, mas Tim dá uma risada debochada. — Eu desculpei, Tim. Mas eu queria que você percebesse o quanto você só... não pensa. A gente não pode agir assim.

Tim bufa e passa as mãos pelo rosto, depois se afasta.

— Você precisa mesmo falar assim com ele, Elza? — questiono.

Não quero que pareça um julgamento, mas é tarde demais. Elza olha na minha direção com uma postura combativa, como se eu estivesse muito errada em tentar defender Tim.

— Por que você está do lado dele? — Seus olhos se estreitam, e ela me analisa. — Ele estragou tudo, Lina. Por que ele tinha que se colocar em risco? Ele podia nem estar mais aqui, sabe?

— Mas ele está, Elza. E sei lá, ele é uma boa pessoa. Talvez a vontade de ajudar seja mais forte do que ele.

— Ah, Lina... Você não faz ideia de como as coisas são.

— Elza, você está acusando o Tim, mas você fez exatamente a mesma coisa.

— Eu? Eu não fiz nada.

—Você correu atrás do Tim, parou perto dos policiais e ainda tentou enfrentar um deles — enumero os fatos.

Elza abaixa a cabeça, mordendo os lábios.

—Vocês dois são iguais — concluo.

— Por que isso parece uma crítica?

— Nem tudo precisa ser um combate. Nem tudo exige que a gente vá para a frente de batalha.

—Você está falando sério, Lina?

Eu estava? Não sei mais. As palavras vão simplesmente saindo.

— Lina, tudo o que a gente conquistou foi porque outras pessoas se preocuparam com quem viria depois.

— Elza, agora não... — rebato.

— Agora não o quê? Essa é sua história também, mesmo que você viva em um apartamento chique demais pra perceber.

Essas palavras se cravam em mim. Ela se aproxima, mas dou um passo para trás.

— Me desculpa, eu não... — murmura Elza.

Não quero ouvir mais nada. E, antes que eu pense, digo:

— E você pensa tanto nos outros que ignora o que quer de verdade.

— Como assim? — Não encontro qualquer traço de afeto no rosto de Elza.

Mas meu corpo parece tomado por um bichinho, algo me dando coragem, me falando que Elza também precisa ouvir tudo o que tenho a dizer. Somos iguais e diferentes.

Penso em tudo que tenho vivido desde que a conheci... é muita coisa.

Sinto raiva, mas também amor. Nunca achei que sentimentos tão opostos pudessem coexistir assim, com tanta intensidade. Mas estão aqui. E vou aprender a lidar com eles. E ela precisa aprender também.

—Você ia declamar algum poema hoje?

— Ia, sim. Mas aí eles chegaram — afirma Elza.

Procuro a verdade nos olhos dela, e a encontro. E ela também sabe qual é.

— Entendi... — digo, em tom de dúvida.

— Olha, acho melhor você não dormir lá em casa hoje — diz Elza, com a voz embargada.

Seus olhos estão marejados.

Sinto uma pontada no peito.

— Eu também acho — minto.

Sustento seu olhar, esperando que ela fale algo. Mas ela fica em silêncio. Depois morde de leve os lábios.

— Eu... — começa, mas não continua.

— Elza?

Tento procurar uma certeza em seus olhos, e depois de alguns segundos em silêncio ela apenas sorri. Mas é um daqueles sorrisos de que a gente nem sequer sente saudades.

Ela balança a cabeça, como se tivesse constatado algo indizível. E então acena e se afasta, me deixando sozinha.

Quero gritar o nome dela, chamá-la de volta, dizer que vai ficar tudo bem. Mas não consigo. Não acho que vai ficar, porque estou acostumada demais com a solidão.

34

Escuto o interfone tocar sem parar. Uma, duas, três vezes. Ao que parece, não vão desistir, então resmungo e me levanto, já que não tem mais ninguém em casa.

Voltei do estágio uma hora atrás, e tudo que consegui fazer foi tomar um banho e me jogar na cama.

— Já vai! — grito, indo devagar até a porta.

Sei que ninguém vai me ouvir lá de baixo, mas não ligo.

Olho para a tela do interfone e vejo Amanda. Não esperava ter que vê-la tão cedo.

— O que você quer?

— Para com isso, Lina. Deixa eu entrar! — Ela parece ansiosa e esfrega uma mão na outra.

Já é noite, e apesar de ser um bairro relativamente seguro, com câmeras em todos os prédios da rua, me sinto mal de deixá-la sozinha esperando. Aperto o botão que abre os dois portões e a vejo sumir da tela. Deixo a porta entreaberta e volto para o meu quarto.

Se Amanda está achando que vai ser recebida como uma visita especial, está muito enganada. Espero que isso não demore muito, porque nem sei se vou conseguir olhar para a cara dela. Deito de novo na cama e encaro o teto.

— Por que você não foi à aula hoje? — pergunta Amanda, entrando como um furacão no meu quarto.

Dou uma risada, mas não é nada simpática.
— Lina, nem uma resposta? Uma mensagenzinha? Nada? Sério?
— Eu não te devo explicação nenhuma, Amanda.
Ela respira fundo, mas não consigo ver sua reação porque fechei os olhos. Quero esquecer que ela está ali, quero esquecer tudo. Escuto seus passos se aproximando e sinto a lateral da minha cama afundar um pouco.
Permaneço de olhos fechados, para evitar que ela perceba que estou triste. Não é só por Elza, é por ela também. Afinal, Amanda é, quer dizer, *era* minha melhor amiga.
— A gente pode conversar direito? — pede ela.
Um silêncio se segue, e só há o som das nossas respirações.
— Por favor? — acrescenta.
Imagino os olhos grandes de Amanda piscando rápido, sua carinha me pedindo para fazer as pazes, e amoleço um pouco. É difícil deixar uma pessoa importante sair da nossa vida sem ao menos tentar entender o que nos levou a esse ponto.
— Ok — respondo.
Ela errou e quero entender onde tudo começou. Será que ela sempre foi assim e eu nunca percebi?
— Lina, eu fui racista.
Me esforço para não esboçar uma reação, mas é impossível. Fico tão surpresa por ela ter admitido isso de forma tão direta que não consigo evitar olhá-la nos olhos de imediato. Ela me encara, e a vergonha em sua expressão indica que não deve estar mentindo.
— Eu não consegui pensar em um jeito melhor de começar essa conversa do que apontar a realidade — explica ela. — Eu fui totalmente racista sobre o Tim. Assumi coisas que não deveria, coisas absurdas. Escolhi o caminho mais

fácil: menosprezar o garoto em vez de aceitar que ele foi melhor do que eu no processo seletivo.

— Caramba, você realmente andou pensando nisso! — digo, porque preciso ser sincera também, mas tento não parecer tão empolgada com essa luz no fim do túnel da nossa amizade.

— Eu pensei muito, muito mesmo. Eu vi vários vídeos, li muita coisa. Você sabe, quando eu decido mergulhar de cabeça em algo...

— Não consegue parar — concluo a frase dela.

Amanda abre um sorriso, mas não correspondo. As coisas ainda não estão resolvidas. Nem sei se um dia vamos voltar a ter a mesma cumplicidade.

— É... — Ela pigarreia e respira fundo, reunindo forças. — Peço desculpas de verdade pra você. E vou pedir pro Tim também...

— Eu não contei nada pra ele.

Amanda fica boquiaberta.

Além de não querer magoar Tim quando ele estava tão feliz, acho que também fiquei com vergonha das palavras de Amanda. Vergonha de tê-la como amiga, medo de ela sempre ter sido assim sem eu perceber, constrangida por estar alheia a questões tão importantes.

— Caramba! Eu não imaginava. Mas Lina, sério, me perdoa. Aquele dia eu fui tomada por uma raiva imensa, fiquei muito frustrada. Sei que não justifica. Fui uma ridícula e desculpas não são o bastante, mas eu percebi meu erro, e agora vou ficar atenta a esse tipo de comportamento. Acho que é assim que a gente começa a mudar as coisas.

Eu a encaro, refletindo. De certo modo, eu também não consigo explicar direito a raiva que sinto.

— E meus pais falam tantas coisas... — acrescenta ela.
—Acho que meio que acabei internalizando tudo e reproduzindo sem qualquer questionamento. Sei lá, pode ser que seja tarde demais, e eu vou entender, mas precisava falar com você. Desculpa.

Penso no que os pais dela podem ter falado. Lembro das vezes em que estive naquela casa, dos olhares, dos cochichos. Sempre me senti incomodada com o jeito deles, mas confesso que as peças demoraram a se encaixar. E agradeço mentalmente por Amanda não entrar em detalhes.

— Eu errei, sei disso — insiste ela. — E prometo pra você que vou estudar ainda mais, fazer o que puder para não repetir uma atitude horrorosa dessas.

A expressão dela tem um quê de sofrimento.

— Você algum dia já pensou isso de mim? — Coloco em palavras a dúvida que tem passado pela minha cabeça dia e noite.

— Nunca. Eu juro por tudo que é mais sagrado — responde ela. — É só que... agora você parece outra pessoa, Lina. Não é uma crítica, pelo contrário. Só tem sido difícil. Quero acompanhar a sua trajetória, mas sinto que estou engatinhando quando você já está quase na linha de chegada... Acho que perdi as rédeas de tudo naquele dia. Eu não sou aquela pessoa. Bem, se um dia eu fui, não sou mais. — Amanda fala tão rápido que nem consigo responder.

Deixo que ela continue, porque está certa, eu me sinto outra pessoa. E não sou mais capaz de esconder isso de mim mesma.

— Só é tudo muito novo e eu... eu acho que me perdi no meio de tudo isso. Enfim... é isso — conclui ela, se atrapalhando com as palavras.

É difícil deixar que essas palavras cheguem ao meu coração e fingir que simplesmente nada aconteceu. Por isso não consigo dizer com todas as letras que está tudo bem, que vou reconstruir a confiança que tinha nela. Mas já me sinto minimamente pronta para tentar.

— Ok. — É tudo que consigo responder.

Mas de tudo o que venho refletindo nos últimos dias, meu problema com ela parece o menor de todos, e ele até perdeu espaço nesse mar de raiva e tristeza que tem me consumido. Porque sinto que posso me afogar nele a qualquer momento.

— Está tudo bem? Digo, com você? — pergunta ela.

Sei que ela está me observando. Volto a olhar para o teto, deitada na cama.

— Não, mas vai ficar. Acho.

— Eu posso ajudar em alguma coisa?

— Não.

Amanda suspira, e nós ficamos em silêncio. Não quero que ela vá embora, mas também não quero conversar.

— Por favor? Deixa eu tentar, pelo menos isso? — pede ela.

Viro a cabeça em sua direção. Nosso olhar se encontra e eu relembro os nossos anos de amizade. Quando caí de cara no chão em uma corrida e ela me ajudou a ir até a enfermaria do colégio. Da vez em que prendi o dedo na porta da van escolar e ela saiu correndo gritando por ajuda. Das noites que passamos acordadas conversando, vendo séries, falando de crushes. Nossos planos para o futuro e as horas estudando juntas para as provas. Das nossas risadas, das nossas lágrimas. De repente me dói muito pensar que a amizade acabou e sinto vontade de dividir esse último pedacinho de mim.

— Acho que eu e Elza terminamos — conto, os olhos lacrimejando.

Amanda arregala os olhos, em choque. Ela não se mexe e parece esperar que eu continue a explicar o que houve. Não quero entrar em detalhes, mas ela é a pessoa que mais me ouviu em toda a minha vida.

— Nós brigamos ontem, na noite do microfone aberto no Flor de Lis. Foi... intenso. Eu passei a noite tentando dormir, mas não consegui, e aí acabei não indo pra aula... Sei lá, ia parecer um zumbi. De manhã consegui tirar uns cochilos e só fui pro estágio porque... Ai, não sei, acho que só quero juntar esse dinheiro logo e fugir daqui.

Amanda franze a testa. Não sei no que está pensando, mas o silêncio começa a me irritar.

— Lina, começa do *começo*.

— Mas eu nem sei onde é o começo. A gente estava bem, aí uns policiais entraram no galpão cultural e então...

Conto tudo o que lembro, cada detalhe, cada frase, cada palavra que queria ter guardado para mim mesma. Vejo Amanda fazer caras e bocas e, quando termino de contar, ela parece em choque.

— Uau, Lina. Uau!

— "Uau"? É isso que você tem pra dizer?

— Não, calma. — Amanda ergue a mão na minha direção. — Eu acho que posso te ajudar.

— Ajudar no quê?

Eu me sento na cama, frente a frente com ela. Ao que parece, meu coração resolveu lhe dar um voto de confiança.

— Antes de tudo, apesar de a gente ainda não estar bem...

— Não sei se voltaremos a ficar bem um dia, mas beleza, continua. — Não vou baixar a guarda tão fácil assim.

Amanda concorda com a cabeça, um sorriso triste surgindo em seus lábios. Ela volta a gesticular para mim. É lógico que tem um plano.

— Eu posso ajudar te mostrando uma coisa bem importante.

— Como assim?

— Como você pode ter sido tão burra?

— O quê? É sério que você vai me xingar? — Olho completamente espantada para ela.

Amanda passa as mãos pelo cabelo preso em um coque malfeito, e mechas caem em seu rosto.

—Vamos lá: vocês brigaram porque a Elza ficou preocupada com o Tim. E aí, como ela se colocou em perigo, você ficou com medo e jogou várias coisas na cara dela.

— Faz sentido, mas ela também me falou coisas péssimas — protesto.

— É verdade.

Fico aliviada por não ter distorcido tanto assim o que aconteceu.

— Vocês exageraram — continua Amanda —, mas foi uma falha de comunicação. Cada uma não soube expressar direito o que estava sentindo. Não só ontem, mas em outros momentos. E Lina, no fim das contas a Elza estava totalmente errada?

— Como assim?

— A gente de fato viveu tempo demais em um apartamento chique, sem olhar para os lados. Lógico que ela não precisava falar assim, mas ela devia estar abalada, insegura. Pelo que você contou, você e o Tim insistiram pra caramba pra ela subir naquele palco, mas pensa só: você seguiu algum dos conselhos que a Elza te deu sobre o estágio?

— Ahm?

— Lina, esquece que você está com raiva de mim e só me escuta. Você acabou de me contar que já chegou um pouco estranha no bar, que só conseguia pensar em tudo o que aconteceu lá no estágio, mas foi ao Flor de Lis pra ver a Elza subir no palco. E isso é uma coisa que ela tem relutado muito em fazer desde que vocês se conheceram. Ela conhece o Tim desde criança, e nem ele conseguiu convencê-la a fazer isso.

— Certo... — Começo a juntar os pontos na cabeça.

— Ela provavelmente subiu no palco porque achou que era importante pra você. Que se ela não fizesse isso, ia te decepcionar, já que você acha ela incrivelmente talentosa.

— Mas ela é!

— Eu não estou dizendo que não é! Mas cada um tem seu tempo. Você mesma... — Amanda faz uma pausa. Ela parece esperar que eu chegue a uma conclusão sozinha.

— Eu o quê?

Amanda levanta da cama e começa a andar de um lado para outro. Sei que está planejando milimetricamente os próximos passos. De repente ela para na minha frente e coloca as mãos na cintura, em uma pose que em qualquer outro momento me faria rir, mas não agora.

— Você está pensando no que fazer com o estágio no seu ritmo, né? Por mais que a Elza tenha dado a opinião dela, ela te pressionou de verdade a fazer alguma coisa?

Nego com a cabeça, um pouco incerta. Tirando a vez em que contei sobre a última conversa com Fátima, quando Elza foi mais dura porque estava indignada, acho que ela nunca me pressionou de verdade a largar o estágio, nem... a mostrar os meus desenhos.

Desvio o olhar para a rua, a noite abraçando ainda mais a cidade. As poucas pessoas caminham apressadas. Me pergunto o que Elza está fazendo agora. Será que também está conversando com o melhor amigo?

— É... Elza sempre esteve do meu lado, sempre respeitou meu espaço e meu tempo. Mas é complicado, sabe? Eu sei

que não estou sozinha, mas no fundo há sempre uma voz me dizendo que não posso contar com ninguém. É difícil compartilhar o que eu sinto, confiar totalmente nas pessoas, não querer que as coisas sejam do meu jeito. Eu não aceito ser a garota que vai correr de volta para a casa dos pais só porque pode. — Respiro fundo e a encaro. — Eu só queria uma prova de que consigo. Que não sou tão mimada quanto o mundo parece achar. Que eu sou diferente do que o mundo espera de mim...
— O quê? — Amanda parece confusa.
— Deixa pra lá, Amanda.
— Não, me fala.
— Preta demais para viver no meio dos ricos. — Aponto o quarto à minha volta e em seguida para ela. — Dinheiro demais para viver no mundo real! É como se eu não tivesse um lugar pra existir como eu sou, Amanda.
— Lina... — Amanda dá alguns passos na minha direção. Vejo seus olhos brilhando. — Eu sinto muito. Nunca imaginei que você se sentia assim.
— Não é o tempo todo. É só... muito difícil.
Ela concorda com a cabeça, me acolhendo.
— Lina, eu nunca vou saber como você se sente, mas você precisa saber que está tudo bem em pedir ajuda. Seus pais te amam muito.
— A gente nunca falou abertamente sobre isso.
— Você já tentou? Às vezes eles têm motivos para não trazer isso naturalmente pras conversas de vocês. Deve doer na sua mãe também.
Lembro do que aconteceu com meu irmão e de como ninguém mais tocou no assunto. Lembro de quando passei pela transição capilar. Lembro que nunca foi uma grande questão eu ser a única aluna negra da minha sala.
— Eu não acho que seja uma boa ideia...

— Acho que você devia tentar, mas há outras opções.
— Por exemplo?
— Você já pensou em fazer terapia?

Nego rápido com a cabeça. Amanda faz desde pequena. Sei que Elza fez quando o pai faleceu. Mas isso sempre me pareceu tão... distante.

— Olha, no consultório que eu vou...
— Não! Eu não quero ir no mesmo...
— Calma, deixa eu falar, garota! No consultório que eu vou tem outros psicólogos. Eu sei que tem uma mulher negra que atende lá. Posso te passar o contato, você vai uma vez e vê como é. Pelo menos tenta! — Ela coloca a mão no meu ombro e dá uma apertada de leve. — E você vai resolver toda essa história do estágio, do curso e da Elza. Só para de achar que *precisa* fazer tudo sozinha, isso não é ser madura e independente.

Amanda abre um sorriso. Ela vai até minha escrivaninha e se senta na cadeira. Quando me dou conta, ela já está abrindo meu notebook e começa a digitar rápido.

— Fico *quase* magoada por você não se lembrar de que eu sempre tenho bons planos. Mas não estou com muita credibilidade, então vou deixar essa passar — comenta ela, rindo e dando uma piscadinha para mim.

Conversamos mais um pouco até meus pais chegarem do trabalho e ela vai embora. Amanda ainda parecia um pouco preocupada com o rumo da nossa amizade, mas acho que estamos no caminho certo. E algumas coisas precisam de tempo para se ajeitarem.

Sei que tudo o que estou sentindo não são coisas que surgiram do nada, que muitas delas estão guardadas há tanto tempo que já parecem parte de mim. Talvez a terapia me ajude mesmo a encontrar um lugar. O *meu* lugar.

35

— Por que vocês nunca me ensinaram a agir perto da polícia?

Talvez não tenha sido a melhor maneira de começar a conversa, mas foi o que minha coragem me permitiu. Meu pai, que estava sentado tranquilamente no braço do sofá, quase cai para trás. E minha mãe está de olhos arregalados.

— C-como assim, filha? — gagueja minha mãe.

— A Elza e o Tim sabem exatamente o que fazer nesse tipo de situação. E eu nunca nem tinha pensado nisso. E eles sabem que lutar é importante. Vocês também sabem, porque falaram disso naquele dia em que a Elza veio aqui. Então por que eu...

— Você...? — incentiva minha mãe.

Ela parece quase aliviada agora. É como se estivesse há anos esperando por isso.

— Às vezes me sinto num limbo. Eu sei que sou negra, mas tenho uma vida tão diferente da maioria das pessoas negras que só me sinto... não sei, *esquisita*.

Eu me sento no sofá e dobro as pernas. Eles se entreolham. Meu pai assente com a cabeça e minha mãe se inclina na minha direção.

— Você conhece a história da nossa família, Lina. Sabe o tanto que seu pai trabalhou para ter a empresa, e o tanto que eu trabalhei pra estabelecer o escritório. Seus avós não tiveram nem de perto a chance de chegar aonde chegamos... não porque eles não queriam, mas porque faltaram oportunidades. Então eles fizeram o que podiam para a gente não ter que passar pelo que eles passaram — diz minha mãe, a voz firme.

Meu pai coloca a mão no ombro dela e faz carinho. Suas bochechas brancas já estão rosadas, então sei que está ficando emocionado.

— A gente não queria que você e o Antônio passassem pelas dificuldades dos seus avós, pelo tanto que tivemos que lutar, nem pelas lágrimas que eu chorei por ser uma mulher preta.

— Só queremos proteger vocês, filha — acrescenta meu pai com a voz embargada.

— Proteger do quê? — pergunto.

— Do mundo. — Ele olha para trás, se certificando de que Antônio continua no quarto dele. — Lina, eu perdi as contas de quantas vezes vi um amigo ser parado pela polícia. Eu também fui, mas pra eles o tratamento sempre foi muito pior. Aprendi no dia a dia o que era ser pobre, mas ver o que acontecia com meus amigos abriu meus olhos para o que é ser negro.

— E por que você nunca me falou isso, pai?

Não entendo como eles podem ter escolhido guardar essas coisas. Coisas que poderiam ter mudado tudo.

— A gente queria que vocês tivessem outra visão do mundo. E acho que não estávamos preparados mesmo. Só mais recentemente começamos a ouvir falar de letramento racial, por exemplo...

— Mas vocês não percebem?

— Não percebemos o quê? — Minha mãe parece confusa.

— A forma como nos olham quando vamos a algum restaurante caro. O jeito da nossa vizinha quando nos encontra no elevador. O que o colega do Antônio falou pra ele... São muitas coisas.

Por muitos anos, escondi de mim mesma como me sentia sobre o mundo, as barreiras entre mim e meus colegas de escola, entre mim e parte da minha família.

— A gente percebe, Lina — responde meu pai, triste.

— Percebem e não fazem nada!

— Helena! — repreende minha mãe com firmeza.

Respiro fundo. Lembro da conversa com Amanda, de que pensei que algumas coisas levam tempo para se resolver, que não fica tudo bem da noite para o dia.

— Eu só... não entendo.

Os dois se entreolham mais uma vez. Quero fugir, mas também quero um abraço.

— Filha... Não teve uma reunião da sua escola em que não tenham achado que eu era uma babá — conta minha mãe. Tento focar suas palavras. — Parecia improvável para aquelas pessoas que eu pudesse ter uma filha estudando ali.

Percebo a dor nas palavras dela, mas também há um vestígio de raiva que me surpreende. Nunca a ouvi falar assim. Não sei se é por ser advogada, mas sempre tive a impressão de que minha mãe é bastante diplomática na forma de dialogar.

— Não queríamos que você se sentisse deslocada nesses espaços e achamos que poderia trilhar um caminho só seu e ter uma boa vida. Tivemos esperança de que você não passasse por situações ruins.

Dessa vez, não estão me escondendo nada. Consigo entender que no fundo queriam o melhor para mim e pautaram suas escolhas nisso. A explicação não afasta o sentimento de não pertencimento que carrego dentro de mim, mas pode começar a curar algumas coisas.

— Vocês também precisam conversar com o Antônio — afirmo.

A história do meu irmão pode ser um pouquinho diferente da minha. Infelizmente o racismo já chegou nele, mas talvez nós possamos ajudá-lo a se fortalecer para quando aparecer de novo. "Quando", não "se".

— Aconteceu aquilo na escola, e vai acontecer de novo, de novo e de novo. Ele não vai entender direito, e vocês não vão estar lá pra protegê-lo. Ele só vai internalizar e se moldar a partir dessa violência — prossigo. — Assim como eu não entendi nas várias vezes em que fiquei de fora de alguma festa de um colega de escola, de algum time na aula de educação física, de algum grupinho; quando não era a garota com quem as pessoas queriam ficar, quando riam do meu cabelo molhado na natação, quando a professora me repreendeu por uma nota baixa que na verdade era mais alta do que a de outras crianças.

Minha mãe está em choque.

— Eu cheguei à faculdade sem entender que isso era racismo — concluo.

Percebo todas as vezes em que o racismo me atingiu como um machucado feito por uma folha de papel. Um cortezinho fino, de uma ardência latente, um incômodo que vem mal se sabe de onde e que por isso passa despercebido. Mas de tanto me cortar todos os dias foi deixando suas marcas, se fazendo presente, e agora a folha de papel se tornou uma lâmina, não dá mais para ignorar o que me corta e me faz sangrar.

— Querida... — A voz da minha mãe está carregada de culpa.

— Eu não estou falando isso para vocês se sentirem culpados. Só queria contar o que aconteceu na minha vida e eu nunca entendi, porque vocês tentaram me blindar, mas a gente não tem controle sobre as pessoas, sobre a vida, sobre o mundo. Eu sei que tenho muitas vantagens em relação a outras pessoas, mas isso não diminui esse sentimento de não me encaixar nos lugares, de não pertencer a muitas coisas. — As palavras saem rápido, pois estão guardadas há tempo demais. — E eu queria ter tido esse tipo de conversa na idade do Antônio. Eu sei que é difícil. Mas ainda dá tempo.

Fecho os olhos e respiro fundo. Repasso na cabeça todos os momentos em que fizeram com que eu me sentisse tão pequena, desprezada, deslocada. Sem lugar.

— A gente só queria que você fosse feliz, filha.

— Eu sei, pai. E sei também que vocês passaram por muita coisa. Eu amo vocês, amo a nossa família. Sou muito feliz morando nesse apartamento, sou grata por ter tido uma ótima educação. E nunca fui parada pela polícia, mas… poderia ter sido. E isso pode acontecer com o Antônio. Eu amo muito o meu irmão. E quero que a gente possa ajudá-lo, se isso acontecer. Eu só queria que vocês tivessem me preparado para algumas coisas…

Minha mãe se levanta e se ajoelha na minha frente, diante do sofá. Ela passa a mão pelo meu rosto, e sinto que minha pele está úmida.

— Vamos conversar com seu irmão, Lina. A gente não pode proteger vocês pra sempre, muito menos quando não estivermos por perto. Você está certa.

Sinto meu pai se aproximar.

— Nós amamos você, filha. E nós estamos do seu lado — diz ele.

As lágrimas escorrem pelo meu rosto, mas sorrio quando os dois secam minhas bochechas ao mesmo tempo.

— Eu amo vocês também. E... eu queria fazer terapia... Percebi que tenho dificuldade de falar sobre o que estou sentindo... Pode ser bom.

— Claro, filha! Saúde mental é prioridade — responde meu pai.

Pisco para afastar as lágrimas e, quando abro os olhos, noto os dois me encarando. No olhar deles só tem carinho. O jeito como me escutaram e parecem abertos me dá um pouco mais de coragem.

— Ah, tem mais uma coisa... — digo, cerrando os dentes. Vejo de imediato a preocupação voltar ao rosto deles.

— Aconteceu uma coisa no meu estágio...

36

— O QUÊ?

Meu pai está furioso, incrédulo. Minha mãe se levanta e caminha de um lado para outro.

— Eu vou até a sua faculdade amanhã. Vou resolver isso, nem que seja na Justiça — resmunga ela, mais para si mesma.

— Mãe, pai... — chamo.

Quando contei sobre a situação não foi para que eles reagissem assim.

— Eu acho que tenho como conseguir o telefone dela. Vou mandar uma mensagem AGORA — afirma meu pai, sem olhar para mim. Parece vidrado em um ponto da cozinha.

— Mãe, pai... — repito, tentando fazer minha voz ser ouvida.

Vejo meu pai digitando alguma coisa.

— MÃE! PAI! — grito.

Os dois se assustam e me olham na mesma hora.

—Vocês podem me ouvir, por favor?

Minha mãe concorda com a cabeça e meu pai, depois de alguns segundos olhando de mim para o celular, guarda o aparelho no bolso da bermuda e se aproxima. Indico o sofá e eles se sentam.

Tento parecer calma, mas por dentro me sinto em combustão. Ao narrar tudo o que aconteceu com Fátima, vou tendo mais certeza de que foi absurdo. Chego a ficar surpresa por não ter pensado antes no que *preciso* fazer.

— Eu só contei porque acho importante que vocês saibam, mas já sei o que vou fazer.

— Lina, aquela mulher... Ela...

— Eu sei, mãe. Vou resolver isso do meu jeito. Se não der certo, eu falo com vocês de novo.

Por mais que o assunto não saia da minha cabeça, evito falar sobre o curso de desenho, porque acho que não estou pronta para tocar nesse assunto de novo. Estou me sentindo mais próxima dos meus pais, não quero que isso mude.

— Lina, quero que você saiba de uma coisa — começa minha mãe. Meu pai solta um pigarro. — Existe uma chance de ela ter te tratado assim para se "vingar". — Ela faz aspas no ar, e os dois trocam olhares.

— Como assim?

— Ela nunca aceitou muito bem seu pai ter me escolhido... — responde ela.

Fico surpresa. Nunca imaginei que uma pessoa fosse capaz de machucar alguém dessa forma por vingança. Talvez não seja só isso.

— Na época ela falou algumas coisas horríveis sobre a sua mãe — conta meu pai —, mas achei que fosse rancor pelo término. Pelo visto não era — completa ele. — Fátima sempre foi assim. Sempre se achou superior.

— O que ela falou? — quero saber.

— Não tem por que relembramos isso com tantos detalhes, filha — responde ele, agora com um sorriso tranquilizador.

— Não se preocupa, Lina. Eu já superei essa mulherzinha há muito tempo — diz minha mãe. — Não importa o que ela acha, o fato é que foi racista e homofóbica. Na verdade, ela *é* racista e homofóbica, e os atos dela no passado e no presente provam isso. Por mim a gente resolve tudo na Justiça.

— Por mim também — ecoa meu pai.

Ele coloca a mão esquerda em cima da mão da minha mãe, e eles entrelaçam os dedos. É muito fofo. *Toma essa no meio da sua cara, Fátima!*

—Vamos ver... vou pensar — digo.

Eles concordam e minha mãe estende a outra mão em minha direção, em um convite. Meu pai vê seu gesto e faz o mesmo. Vou até eles, me lanço em seu abraço e deixo o afeto tomar conta de mim.

Depois de quase me esmagarem, apesar dos meus protestos, eles me soltam e decido ir para o meu quarto. Assim que me afasto, tenho certeza de que ouço minha mãe dizer: "Eu sabia que devia ter dado na cara dela."

> Falei com meus pais sobre a Fátima.

Amanda me responde com algumas figurinhas. Eu amo demais a do cachorrinho com uma arma, dizendo: "Parado! Vai passando essa fofoca pra cá!"

> Eles foram incríveis, você tinha razão.
> Meus pais são bem legais mesmo.

Amanda
Eu falei! Você falou sobre o dinheiro que falta pra viagem?

> Não.

> Vou seguir com o plano A. Amanhã vou mandar uma mensagem pra Elza.

> E o estágio?

> Já decidi o que vou fazer.

Deixo o celular de lado e faço o que devia ter feito há dias, semanas. Fátima tenta passar a imagem de uma pessoa que nunca foi. Isso agora é óbvio. O estágio é pura enganação, o projeto é só uma fachada e definitivamente Fátima me usou para que o projeto tivesse algum respaldo. Elza estava certa o tempo todo.

Escrevo um e-mail para a coordenadora de estágios da faculdade.

Prezada Andreza,
  Como vai?
  Sou Helena Almeida, aluna do segundo período de Administração. Estive com você há alguns meses, para pegar o contrato de estágio.
  Estou entrando em contato para marcar uma reunião assim que você tiver disponibilidade. Acha possível amanhã ou nos próximos dias?
  Aguardo seu retorno.
  Obrigada,
  Helena

Andreza é responsável pelos trâmites relacionados aos estágios internos e externos, e também é professora do curso de Administração. O papel dela é acompanhar o que os alunos estão desenvolvendo profissionalmente.

Amanhã é sexta-feira, mas decido que vou faltar ao estágio. Torço para que Andreza possa conversar logo comigo. O mínimo que espero é que Fátima tenha que se explicar para pelo menos uma pessoa daquele lugar.

Clico em enviar e respiro fundo. Um passo dado. Mas sinto um vazio.

Dou uma olhada no celular para checar se Elza mandou alguma mensagem, mas não há nada. Não tenho notícias dela desde a nossa briga no Flor de Lis. Ela não tem publicado nada nas redes sociais.

Enviar o e-mail me trouxe um vislumbre de esperança, a perspectiva de que Fátima talvez não saia impune de tudo isso, mas sinto saudades de Elza. Quero compartilhar o que tenho feito, o que aconteceu; quero contar que falei com meus pais sobre o estágio, que tenho um plano para conseguir o dinheiro que falta para a viagem.

Sei que minhas últimas atitudes são resultado de me abrir mais, de pedir ajuda para Amanda, para os meus pais, mas isso não muda o fato de que ainda há muita coisa dentro de mim que precisa vir à tona.

Pego o celular para tentar marcar minha primeira sessão de terapia, então vejo que tenho uma notificação.

Oi, Helena!
Espero que esteja tudo bem. Fiquei preocupada.
Você pode passar aqui amanhã à tarde, por volta das 15 horas?
Aguardo você!
Abraços,
Andreza

37

> Posso passar aí no domingo, pra gente conversar?

Mando a mensagem para Elza assim que entro em casa. A aula passou rápido, talvez porque eu estivesse ansiosa para encontrar com Andreza.

— Como foi lá? — pergunta minha mãe.

Respiro fundo e deixo a mochila no chão da cozinha. Minha mãe está em frente ao fogão, mas não consigo ver o que está cozinhando.

— Cansativo, mas acho que foi bom. Não sei, na verdade.

— Como assim? — Ela se vira para mim, e consigo ver que está fazendo brigadeiro. — Que tal me contar alguns detalhes, Lina?

Ela mexe o brigadeiro com a colher de pau e desliga o fogo.

Por algum motivo, decidiu trabalhar de casa hoje.

— Bom, eu comecei contando da entrevista, depois de quando Fátima falou das minhas transcrições, da ideia que eu tive e a Camila roubou, e que a Fátima não quis me ouvir. Falei também da visita da Karina, aquela professora que colabora com o projeto, da forma como ficaram falando da minha vida e de como Fátima reagiu quando soube da Elza. E então sobre a última reunião.

— E ela?

Mexo a cabeça, pensando. Em seguida cerro os dentes.

— Foi um pouco estranho, acho. No começo a Andreza pareceu um pouco assustada, ficou perguntando várias vezes se a Fátima tinha mesmo feito aquelas coisas.

— Ela não acreditou em você? — Minha mãe ergue a sobrancelha e estreita os olhos.

— Não sei se foi isso, mãe. Acho que ela estava tentando entender direito o que aconteceu.

— Hum. E depois?

— Depois eu disse que estava decidida a sair do estágio.

— Então foi simples, né?

— Mais ou menos.

Minha mãe estreita os olhos de novo.

— O vice-coordenador de estágios, que eu nunca tinha visto, apareceu mais pro final — continuo.

Apesar de atenta ao que estou dizendo, minha mãe parece cansada. Seu cabelo está levemente bagunçado, as sobrancelhas despenteadas. Fico me perguntando se esse cansaço tem relação com a conversa da noite passada. Sei que ela e meu pai foram dormir tarde, porque demorei a pegar no sono e ouvi passos pela casa.

— Lina, detalhes! — exclama ela.

Quase sorrio, porque sua expressão me lembra um pouco Amanda quando está megacuriosa. E então sinto meu coração pesar um pouco, de saudade.

— Ele entrou por acaso na sala, mas a Andreza pediu a ele que se sentasse e resumiu a história. E não sei, mãe. Foi estranho.

— Estranho como?

— Ele ficou elogiando a iniciativa da Fátima de trazer um projeto focado na "união", falou que eu tinha sido um bom acréscimo à pesquisa. Pareceu muito que ele estava falando que eu era um bom acréscimo por ser negra, sabe? Fiquei achando que a Fátima tinha comentado alguma coisa com ele.

— Acho que você pode estar certa, filha.

— Pois é. Aí ele sugeriu que os dois conversassem com a Fátima antes de eu tomar uma decisão e disse que depois disso entrariam em contato comigo.

— E o que você disse?

— Eu falei que tudo bem, mas que nunca mais aceitaria ficar sozinha com a Fátima. Mas foi isso, mãe. No fim das contas, acho que a Andreza até que foi legal. A gente conversou bastante antes de o vice-coordenador chegar. Pareceu que eles entenderam o que eu quis dizer, mas não sei também.

— Tomara que tenham entendido, filha. Mas eu não vou esquecer isso. Vou ficar de olho nessa faculdade. Sabe...

— O quê?

— Confesso que estou me sentindo estranha por ver você lidar com tudo isso sozinha.

Entendo a aflição dela, consigo perceber a preocupação em seus olhos. Mas algo mudou dentro de mim.

— Mãe, eu sei que posso contar com vocês. Eu estou à frente das coisas, mas tenho vocês ao meu lado. Isso é bem diferente de estar sozinha. Agora eu sei disso.

Minha mãe respira fundo, mas dá um breve sorriso.

— Tá certo, mas você já sabe... se quiser processar, nós vamos atrás disso.

— Eu sei. E se eles forem espertos, não vão querer arrumar briga com Lélia Almeida.

Minha mãe agora sorri de verdade, orgulhosa. Ela retira uma colher da gaveta e pega um pouco de brigadeiro.

— Não conta pro seu irmão que você comeu brigadeiro quente — pede ela, me passando a colher e dando uma piscadinha.

Isso me faz sorrir. Sinto um alívio gigantesco por voltar a aproveitar esses momentos em família sem estar consumida pela raiva. Sei que nem tudo está resolvido, principalmente a questão do curso de desenho, mas já fico muito melhor por sentir que avancei alguns passos.

Meu celular vibra no bolso de trás da calça, e, assim que vejo o nome na tela, meu coração dá um salto.

> **Elza**
> Pode vir.

Duas palavras que eu leio com uma pontinha de esperança.

38

O sábado demorou a passar. E quando o domingo finalmente chega, sinto meu coração quase sair pela boca ao descer do ônibus.

Caminho até a casa de Elza, os passos oscilando. Quero chegar logo, mas também estou com medo do que pode acontecer. Vim tantas vezes a essa rua nos últimos tempos que achei que me acostumaria, mas hoje, em especial, estou ainda mais ansiosa.

Elza não respondeu mais nada além daquelas duas palavras, e isso é tão pouco perto do que a gente conversava que começo a ter certeza de que a perdi para sempre.

Queria que fosse fácil tocar a campainha e falar sobre o que estou sentindo, mas pensar em falar dos meus sentimentos e das minhas confusões me deixa apreensiva. Foi difícil com Amanda e com meus pais, pessoas que conheço a vida toda, e obviamente não vai ser muito diferente com Elza.

— É a Lina — falo quando uma voz do outro lado do portão pergunta quem é.

Os cachorros da rua começaram a latir assim que toquei a campainha, então não consegui identificar se quem está ali, tão perto de mim, é ela.

O portão se abre devagar, e me pergunto se estou em um filme, naquelas cenas em que tudo está prestes a mudar, rumo à tragédia ou ao final feliz.

— Oi... — Definitivamente é ela.

— Oi! — respondo, acenando com a mão direita.

Elza tem o cabelo preso no alto, veste um short jeans em boa parte coberto por uma camisa branca soltinha. Estamos bem diferentes, já que estou de cabelo solto e com um vestido de manga curta.

—Você está bem? — pergunto.

— Uhum. — A resposta dela me diz que eu não vou ser convidada para entrar.

— Nós podemos... hum, conversar?

Elza passa pelo portão e o deixa encostado. Ela se aproxima de mim, mas passa direto e se senta no meio-fio. Sigo seus movimentos com o olhar, e em seguida me posiciono ao seu lado.

Nós permanecemos sentadas em silêncio, Elza olhando para a frente.

— Desde a nossa briga eu não tenho uma noite boa de sono — começo. — E aconteceu tanta coisa desde aquele dia...

Ela continua encarando algum ponto adiante, mas vejo sua cabeça se mover para perto de mim.

— Eu conversei muito com a Amanda — continuo —, conversei com os meus pais, resolvi algumas coisas, mas tudo o que eu mais quero resolver são as coisas com você.

Elza dobra as pernas junto ao corpo e as abraça. Ela apoia a cabeça nos joelhos, e seus olhos cor de mel que eu amo tanto me analisam.

— Posso te contar como foram os meus últimos dias? — pergunto.

— Pode. — Sua voz soa tranquila.

Seguro o sorriso, porque a voz dela me desperta muitas coisas, mas não quero que ela pense que estou achando a situação engraçada. Respiro fundo e mantenho o olhar nela, a garota que eu quero que continue na minha vida.

— Eu marquei uma reunião com a coordenadora de estágios, contei tudo o que aconteceu nesses meses com a Fátima e a Camila. Contei tudo. Tudo mesmo.

Escolho começar por aquilo que tem a ver com o que acredito ter sido o estopim da nossa briga, o fato de não ter ouvido os conselhos dela e não ter tomado uma atitude com relação ao estágio.

Elza parece surpresa, a boca está um pouco entreaberta, formando um pequeno O. Ela parece mais interessada na história e levanta um pouco a cabeça.

— Ela foi bem atenciosa, até que um outro professor entrou e deu a ideia de conversarem com a Fátima. Mas não importa o que ela diga, porque não vou voltar atrás. Não vou mais me submeter a isso.

Estremeço com minhas próprias palavras. Guardei esses sentimentos por tanto tempo que cheguei a duvidar de mim mesma.

Sei que ainda tenho muitos monstros a enfrentar, mas agora eles me causam menos medo. Ainda que a briga com Elza tenha me magoado, me ajudou a enxergar o quanto eu precisava tomar uma atitude.

Um pequeno sorriso surge na boca dela, e tento não reagir. Por dentro, quero gritar de alegria. Nem tudo está perdido.

—Também conversei com meus pais, falei do que vinha me incomodando... — conto. E de novo ela parece surpresa. —Você e eu conversamos um pouco sobre isso... Eu sempre me senti deslocada, não pertencente, sem um lugar. Como se eu não fosse negra o suficiente em determinados círculos, ao mesmo tempo que nunca vou ser branca só porque frequento lugares que tem mais gente branca. E, bem... isso é pesado pra mim. Então perguntei pra eles por que nunca conversamos sobre essas coisas, sobre racismo, sobre ser uma pessoa negra...

— E eles? — quer saber ela.

— Tentaram me explicar que quiseram me proteger, me dar o que não tiveram e que esperavam que eu visse o mundo com outros olhos. Eu pedi a eles que conversassem com o Antônio, pra ele pelo menos poder entender por que se sente ou vai se sentir deslocado nos lugares que frequenta.

— Acho que você fez certo, Lina. O Antônio ainda pode passar por muita coisa ruim. Tomara que não, mas a gente sabe que pode...

Concordo com a cabeça e sinto meu coração apertar. É muito injusto que a gente precise se preocupar assim com coisas que ainda nem aconteceram, estar sempre vigilante. Só queríamos pensar no presente e no futuro sem receios. E jamais esquecer quem veio antes.

— Ah, e vou fazer terapia.

— Vai?! — Ela coloca a mão sobre a boca. — Sério?

— Vou. A Amanda sempre comenta como faz bem pra ela. E acho que só lá vou conseguir falar de algumas coisas que eu sinto. Preciso de um espaço em que eu me sinta segura para falar sobre mim, meu lado bom e o lado não tão bom assim... — digo, rindo.

— No começo pode ser estranho, mas depois a gente se acostuma. "A gente ri, a gente chora, a gente abre o coração", já dizia a música. — Rimos juntas. — Comigo foi assim, pelo menos. Estou feliz por você, Lina. Espero que te ajude.

— Obrigada... — Não sei o que dizer além disso, mas tento. — E isso me leva à última coisa, mas não menos importante.

— O quê? — Elza coloca o cotovelo direito em cima do joelho e apoia a cabeça na mão.
—Você.
Ela me olha com toda a atenção do mundo, e sinto meu coração esquentar, além de um calorzinho subindo dos pés à cabeça. Como senti saudades dela...
Elza mexe a cabeça e sua mão livre indica que eu continue falando.
— Eu fiquei repassando tudo o que aconteceu naquele dia no Flor de Lis — começo. — Fiquei esperando você me pedir desculpas por tudo que disse, mas depois de conversar com a Amanda e de noites sem dormir... — Elza sorri, e eu me permito fazer o mesmo. Estou em chamas por dentro. — Percebi que não era bem assim. Escondi tantos sentimentos de mim mesma que acabei descontando em você toda a raiva que acumulei nos últimos meses, anos... Eu continuo achando que você errou em ir pro meio da confusão...
— Mas eu...
— MAS... — interrompo. — Eu não acho que você errou em se preocupar com o Tim. Ele é quase seu irmão, e a gente protege quem ama. Se fosse o Antônio ali, eu... eu nem quero pensar nisso. — Me viro para ela. — Elza, me desculpa por ter insistido tanto para que você subisse naquele palco. Eu sou a última pessoa que poderia ter cobrado que você enfrentasse seus medos, já que eu mesma não consigo enfrentar os meus.
Ela fica calada, mas respira fundo.
— Me desculpa por não ter te contado direito sobre como eu me sentia — continuo —, por não ter falado sobre como o que eu sofri no estágio realmente me afetou. Mas, principalmente, me desculpa por não ter deixado você me ajudar com isso.

Elza ergue a cabeça e coloca uma mão sobre a minha, apoiada na perna. Ela a aperta forte, e depois entrelaça os dedos nos meus.

— Eu não sou perfeita, mas acho que esperei que você fosse, e isso é muito... errado — admito.

Elza fica calada por alguns segundos, até que solta uma risada.

— Ai, Lina... eu nem sei por onde começar.

— Dizem que começar do começo é sempre bom — respondo, sorrindo.

— Primeiro, eu não acho que você tem obrigação de me contar tudo o que se passa aí. — Sua mão livre aponta para o meu coração e depois para minha cabeça. — Segundo, eu também preciso te pedir desculpas. Não devia ter dito aquelas coisas. Nunca quis te magoar, nunca mesmo. Só não estava pronta para aquele palco, para ver meu melhor amigo na mira de uma arma, e acho que deixei a raiva e o medo falarem mais alto.

Fico aliviada por ela entender como suas palavras me afetaram.

— E que bom que você conseguiu resolver algumas coisas aí dentro — acrescenta ela.

— Consegui *começar* a resolver — corrijo, porque sei que o caminho ainda é longo.

Não consigo não apertar sua mão e fazer um carinho de leve. Elza observa nossas mãos entrelaçadas e volta sua atenção para o meu rosto. Parece procurar algo, mas seu sorriso não vacila em nenhum momento, e isso me tranquiliza.

—Você está diferente. Não sei o que é, mas está — afirma ela.

— Estou. Acho que alguma coisa dentro de mim já mudou — respondo.

Me sinto um pouco mais leve. Minha raiva já não me sufoca tanto, ainda que não tenha sumido totalmente.

— E a gente...? — pergunto, incerta.

Ela suspira.

— Não sei, mas você está desculpada — diz Elza.

—Você também.

As palavras dela não me desanimam. Elza é importante para mim e vou lutar para que a gente continue uma na vida da outra. Seja pela amizade, pela nossa proximidade com a arte ou pelos laços que já criamos — e que eu não quero que se desfaçam.

— Agora que você me desculpou, posso pedir um favor?

— Não força, Lina! — responde ela, rindo.

Elza se aproxima devagar e dá um beijo na minha bochecha. Fico parada enquanto ela entra em casa e acena, se despedindo. Espero alguns segundos e então caminho em direção ao ponto de ônibus.

— Lina! — chama ela, depois que dou alguns passos. — Minha avó disse que quer falar com você.

— Sobre o quê?

Tenho certeza de que minhas pernas estão tremendo quando volto devagar até a casa de Elza.

Sei que uma expressão de horror estampa meu rosto enquanto seguimos lado a lado até a casa da avó dela, porque Elza não desfaz o sorrisinho zombeteiro, mas não consegue disfarçar a preocupação nos olhos.

— Não sei, mas pode ficar tranquila. *Acho.*
— Que ótimo, irritei outra Nascimento.
— Calma, Lina. — Elza coloca a mão no meu ombro e paramos de andar. — Minha avó é incrível, tenho certeza de que ela só quer bater um papo.

Elza insiste para eu respirar fundo três vezes. Paramos e começo a fazer o que ela sugeriu. Sinto o ar levar embora um pouco do nervosismo. Depois da terceira respiração, voltamos a andar.

Até então eu só conhecia a casa que Elza divide com a mãe, mas agora estou conhecendo a outra, onde a avó dela mora com Alcione. É um imóvel comprido, com dois quartos, um em cada ponta. Não é muito grande, mas é muito aconchegante. Entre os quartos, ficam o banheiro, a cozinha e a sala.

— Helena, vem aqui! — chama a avó de Elza ao perceber nossa presença.

— Ai, droga. — Elza balança a cabeça e revira os olhos, nem ela consegue mais esconder a ansiedade.

Ninguém me chama de Helena para *bater um papo*. Respiro fundo de novo e caminho até a sala. Dona Diva está sentada em uma poltrona, segurando o celular antigo em uma mão e os óculos de grau na outra.

— Vó, já falamos pra senhora não usar o celular sem os óculos! Vai ficar com a vista pior ainda.

— Ô menina, não me enche, viu? — Diva me olha e aponta para um banquinho ao lado de sua poltrona. — Não precisa ficar com medo. Vem cá.

Sinto vergonha por ela perceber minha hesitação, mas faço o que pede.

Me sento tão perto dela que posso ver as pequenas rugas em seu rosto, algumas manchinhas, os fios brancos na parte da frente do cabelo. No entanto, nada ali parece evidenciar a idade da avó de Elza.

Ela me confidenciou que a avó está perto dos oitenta e cinco, mas dá para jurar que ela não tem nem setenta. Sua pele escura é lisa, brilhante, jovial.

— A senhora queria conversar comigo... — Meu tom é baixo.

Escuto uma risadinha baixa de Elza e quero me enfiar num buraco.

— Uai, não precisa falar desse jeito comigo não, viu?! Como se estivesse pedindo desculpas. — Dona Diva deixa o celular na mesa e coloca os óculos.

Ouço Elza fazer um barulhinho do outro lado da sala, mas toda a minha atenção está em sua avó. Diva volta seus olhos para mim, bota uma das mãos sobre a minha e dá três batidinhas demoradas.

— A Elza comentou comigo que você está passando por um momento meio confuso.

— Mas eu... — Diva desvia o olhar e encara a neta, que logo se cala.

— Olha, filha, essa coisa de cor de pele é complicada — diz ela, fazendo questão que Elza ouça.

Tem algo nas mulheres da família Nascimento que faz com que tudo seja calmo e cheio de afeto.

— Eu sei que você deve ter sua família pra conversar — continua dona Diva —, mas desde que a Elza falou com a gente sobre o medo dela de apresentar os versinhos lindos dela em público...

Escuto Elza tossir três vezes, tentando fazer a avó mudar de assunto.

— Bem... — retoma Diva. —Venho pensando que vocês, jovens, escondem muita coisa da gente, sabe? E achei que seria mais do que bom ter uma conversinha com você também.

— Ok... — digo mais para mim do que para ela.

Ainda não estou entendendo aonde ela quer chegar, mas mal não vai fazer. A família de Elza me recebeu de braços abertos desde o primeiro dia, e não tenho motivo algum para duvidar da boa intenção dela.

— Eu sei que nem toda família é compreensiva e aberta, e que muitas crianças escondem as coisas porque é o que podem fazer, mas queria que você soubesse que pode mesmo confiar na gente — continua ela, me fazendo sorrir.

Dona Diva parece ter o dom de acalmar um coração.

— Sabe, Helena... Não é porque você tem dinheiro que você não é preta — diz ela, sem rodeios.

E então meu sorriso paralisa, assim como o restante do meu corpo.

— Calma, calma... está tudo bem, menina! — exclama Diva, dando uma risada e uma batidinha rápida na minha mão.

Não estou preocupada, só fiquei chocada com a rapidez em voltar para o assunto e por usar palavras tão... diretas. Mas às vezes as enrolações da vida não ajudam em nada. Se eu tivesse simplificado algumas conversas nos últimos meses, talvez tivesse sofrido menos.

Ou não, a vida é imprevisível.

— Seu pai pode ter lá a empresa dele, mas sei que veio de família humilde. Sua mãe pode ser uma advogada famosa, mas continua preta. E você também. — A mão esquerda de dona Diva vai em direção ao meu rosto e fica parada no meu queixo. — O dinheiro não muda a cor da sua pele, e as pessoas vão fazer questão de te lembrar isso.

— Como assim? — questiono.

— Algumas pessoas, filha... — Diva respira fundo, mas não há lamento em seu tom, é apenas uma constatação. — Elas olham pra gente e acham que sabem exatamente quem somos. E aí criam na cabeça muitas histórias sobre nós, que podem ser verdade ou não, pensam que todos somos iguais.

Diva tem razão, acredito que não houve um momento na minha vida em que alguém olhou para mim e não fez uma suposição sobre o que eu sou.

— Mas qual é o meu lugar? — pergunto sem pensar.

— Eu não sei, mas você vai descobrir aos poucos. O que eu queria te falar é que você não precisa ter vergonha de ter a vida boa que tem. De seus pais terem sucesso e de vocês não passarem dificuldade. — Abaixo a cabeça. — É bom que você não tenha que passar por tudo que muitos de nós passamos. Bom não, é *ótimo*. E não é motivo de vergonha.

— Falou tudo, vó!

Diva olha de relance para a neta, mas dessa vez não tem qualquer vislumbre de repreensão por ser interrompida.

— Helena, a vida é muito dura para grande parte de nós. — Ela acaricia minha bochecha. Posso sentir alguns calos na palma dela. — Você não precisa se sentir mal, e tomara que um dia todos nós tenhamos tudo de bom sem precisar batalhar tanto. O mundo ideal vai ser esse, em que todos tenham as mesmas oportunidades. É importante ter consciência do que você tem. Mas...

— Mas?

— Lembre-se de que as pessoas podem te olhar com olhos preconceituosos, como se soubessem de tudo sobre você. Vai depender de você saber lidar com isso, porque, infelizmente, tem gente que nunca vai mudar. E é por isso que você precisa entender seu lugar no mundo, pra se proteger e proteger quem você ama.

Seus olhos procuram os meus, e eu assinto com a cabeça. Diva pode não saber, mas suas palavras me abraçam.

— Você não está sozinha, menina — diz ela, sorrindo. Seu sorriso é lindo e enorme, iluminando todo o rosto com os dentes brancos e retos. — Agora vão, vou fazer o almoço.

Olho para Elza. Ela se aproxima e estende a mão na minha direção.

Seguro-a tão forte que acho que ela vai soltar, mas Elza aperta a minha mais forte ainda, e nós seguimos em direção a seu quarto. Juntas, como eu sempre quis que fosse.

39

O quarto de Elza está bem desarrumado; a cama não está feita e tem vários papéis espalhados sobre o lençol. Me lembro de quando ela disse que é desorganizada e quero sorrir por perceber, pela primeira vez, que seu quarto reflete isso.

— Já que minha avó adiantou o assunto… — diz Elza, tirando algumas pastas de plástico de cima da cadeira e as colocando no armário. — Eu conversei com elas sobre meu medo de decepcioná-las.

— E como foi?

Eu a observo, então ela aponta para a cadeira vazia e eu me sento. Elza faz o mesmo, mas na beirada da cama, e então ficamos uma de frente para a outra. Ela balança a cabeça, parecendo lembrar de como foi a conversa, mas sorri.

— Foi bem do jeitinho que as conversas entre as mulheres Nascimento acontecem. Primeiro elas se sentiram ofendidas por eu nunca ter contado, depois entenderam o motivo e então foram as melhores do mundo. Afetuosas como sempre. — Ela dá de ombros. Imagino a cena, todas falando juntas. — Minha avó se sentou comigo, do mesmo jeito que fez com você, e falou algumas coisas meio pesadas. Não de um jeito ruim, sabe? Coisas que me tocaram muito.

— Ela tem esse poder, né?

— Com certeza. Sei exatamente o que está se passando aí dentro. — Ela aponta para o meu peito.

— Está um turbilhão aqui — respondo.

Ela me olha, o tom de seus olhos cor de mel mais vivos do que nunca.

— Mas quando foi essa conversa? Você está bem? — indago.

— Na manhã seguinte ao bar — diz Elza.

Dou uma risadinha, e ela faz o mesmo. Acho que concordamos que tudo mudou depois daquela noite. Ela conversou com a família, eu conversei com a minha. Desenterramos coisas que vínhamos guardando havia anos.

— Bem, você pode ter falado do pior jeito possível, mas não estava totalmente errada. — Elza morde os lábios e desvia o olhar. — Mas foi isso. Eu estou bem. Acho que precisava desse momento com elas, parece que a gente está ainda mais unida.

— Mais? Será que é possível? — respondo, rindo.

— É, eu sei. — Ela ri. Nossas brincadeiras estão de volta. — Minha tia, inclusive, está levando isso tão a sério que resolveu dormir aqui comigo desde então.

E, mais uma vez, nossas risadas se encontram. Elza vasculha a escrivaninha com o olhar. Sei que preciso aproveitar o momento.

— Aliás, falando na sua…

Ela se levanta rápido, vai até a escrivaninha correndo e pega o celular.

— Lina! Socorro! — Ela parece assustada, mas vejo que está feliz. — Eu não estou acreditando!

— O que foi? — Tento não ficar magoada por ela ter me interrompido e sua atenção estar toda no celular.

Ela sorri e começa a andar de um lado para outro.

— Há uns dias, o Tim veio aqui. Sim, sim, nós fizemos as pazes. Você sabia que isso ia acontecer, nem precisa fingir surpresa. — Ela fala tão rápido que as palavras se juntam, se embolam. — Lembra daquele dia que ele recitou meu poema na manifestação? E que alguém gravou um vídeo e viralizou? Então... o vídeo chegou no gerente de marketing de uma empresa, que entrou em contato com o Tim. E ele passou meu e-mail.

— Ok... Mas explica devagar, eu não estou conse...

— É uma empresa de tênis casuais. Ela está ganhando força aqui em BH. — Elza faz uma pausa para recuperar o fôlego, e eu uso esse tempo para processar as palavras na minha mente.

— E eles querem que eu faça uma *campanha* pra eles! Quer dizer, eles querem que eu escreva versos pra uma campanha!

— Uau! Que incrível, Elza!!!

Ela abre um sorriso de ponta a ponta. Eu me levanto, empolgada.

— Eu seeeeei!

— Elzaaa! — falo mais alto.

— Eu seeeeei!! — responde ela, no mesmo tom, jogando os braços para o alto.

— EU SEI! — Solto uma gargalhada.

Nós ficamos nos olhando, e me sinto prestes a explodir de tanto orgulho dela.

—Vou escrever um poema pequeno que vai ser o tema da campanha. E... — Ela simula um rufar de tambores, e minha expectativa aumenta. — Os versos vão entrar no design de um tênis deles. Acabei de receber esses detalhes no meu e-mail.

— UAU! — grito de alegria.

— Não vão ser muitas unidades, mas...

— Mas é incrível! — exclamo.

Me aproximo. Quero abraçá-la, beijá-la, sair pulando pelo quarto com ela.

— E eu nem contei a melhor parte...

—Tem mais?

—Ô se tem... — Ela também se aproxima. — Eles me perguntaram se eu conhecia alguém para ilustrar o que eu fosse escrever, pra fazer parte da campanha com a imagem que vai entrar no tênis.

—Mas por que isso é legal? — pergunto, confusa.

—Lina! — Elza coloca as mãos ao lado do meu rosto e pressiona levemente minhas bochechas. — Eu conheço alguém. Você, Lina!

Meu coração acelera.

—Lina, você está bem? — chama Elza.

Devo estar com uma cara péssima. E logo na frente dela. Que pesadelo.

—Eu tô, eu... É só que... uau.

Elza coloca a ponta da língua para fora e dá uma pequena mordida nela com seus dentes separados.

—Eu não poderia escolher outra pessoa pra me acompanhar nisso, Lina — sussurra ela.

Elza aperta um pouco mais minhas bochechas até minha boca fazer um bico. Sinto esperança de que um beijinho esteja a caminho, mas só encontro o vazio quando ela solta meu rosto e se afasta.

—Mas... quê?

Meu coração parece que vai explodir.

—Uai, Lina! Eu te indiquei! Eu não conheço outro ilustrador tão talentoso quanto você.

Elza me olha com tanta admiração que, pela primeira vez, eu me pergunto se a olho da mesma forma. É estranho, mas bom... um estranho maravilhoso.

—Mas eu não sou tão boa assim.

—Ah, é, sim. E vou te lembrar disso todos os dias até você acreditar.

— Ei, essa frase...
— Aprendi com você.

Como eu gosto dessa garota. Quero segurar seu rosto nas mãos e beijá-la, como achei que ela ia fazer. É o que eu mais quero no mundo. Nada me faz mais feliz do que estar com ela.

Tento resistir, me forçando a puxar qualquer assunto, e arrisco o primeiro que surge na minha cabeça.

— O que você acharia da ideia de eu trabalhar com a sua tia? — pergunto.

Elza passa de empolgada para completamente confusa.

— Como assim?

— Lembra que eu falei que conversei com a Amanda?

Elza concorda com a cabeça.

— Então... — prossigo. — Uma das coisas que a gente estabeleceu foi que eu tomaria uma atitude com relação ao estágio. Mas isso me deixaria sem o restinho do dinheiro que eu preciso pra viagem.

— Sei...

— Eu não conseguia pensar numa solução, mas aí a Amanda foi me perguntando tudo que aconteceu nos últimos tempos e eu me lembrei do dia do churrasco.

— Qual churrasco?

Faz sentido ela não saber qual é. Foram muitos desde que nos conhecemos.

— O primeiro... Aquele em que eu conheci sua família — respondo.

— Ah! Sim, e aí? — O corpo dela reage em expectativa.

— E aí que eu lembrei que sua tia precisava de ajuda pra cuidar da organização do consultório — continuo. Elza fica em silêncio. — Mas agora não tenho tanta certeza... Não é uma boa ideia, né? Vou pensar em outra coisa, não se preoc...

— Meu-Deus-do-céu. — Cada palavra é dita beeem devagar. Ela me olha, e fico apreensiva. — Como eu fui tão burra? Essa era nossa solução desde o começo.

— É? Sério?

— Lina, isso é genial! Como não percebemos antes?

Dou de ombros. Na época da conversa, eu gostava do estágio. Achava que seria perfeito, inclusive pensava em voltar para lá quando terminasse o curso de desenho. Nunca passaria pela minha cabeça o que aconteceu depois.

— Eu sei que sua tia não conseguiria pagar muito, porque é um trabalho voluntário, mas eu lembro de ela dizer que nem recebendo você dava conta. — Elza faz uma careta e solto uma risada. — Mas acho que vai ser o suficiente para cobrir o restante dos gastos da viagem, eu só vou ter que economizar muito quando estiver no Chile.

— Lina...

— Mas isso não vai ser um problema, porque eu não estou indo lá pra turistar, né? Bem... é *óbvio* que eu adoraria conhecer outros lugares além de Santiago... Mas ficaria em paz se não fosse possível.

— Lina!

— Mas acho que posso voltar lá em outro momento, quem sabe? Talvez nós duas possamos voltar lá juntas. Você gosta da ideia? Imagina só! Porque por enquanto estou focada em fazer o curso e aprender o máximo que puder. Vou tentar escolher um lugar pra ficar que seja mais barato do que eu tinha planejado e...

— LINA! — grita Elza.

Olho assustada para ela, que passa as mãos pelo rosto.

— Uau! Você foi longe, hein?! — diz Elza.

— Desculpa... Fiquei pensando em várias coisas que conversei com a Amanda. E como ela adora planejar, me deu uma lista do que poderia dar errado e do que poderia dar certo.

Elza ri baixinho, movendo as mãos sobre as minhas, um pedido silencioso para que eu respire fundo.

— Ok, respira. Posso falar? — pergunta ela.

Assinto com a cabeça depois que meu corpo se tranquiliza.

— Lina, eu acho que você não vai precisar economizar nada!

— Uai, como assim?

— A empresa, Lina. A campanha... eles vão nos pagar!

—Você está falando sério?

Elza morde o lábio inferior, contendo um sorrisinho de satisfação. E eu quase perco o ar de novo. Ela é linda demais.

— Não é muito, por ser nossa primeira campanha. Mas quem sabe a gente não consegue outras? O Tim disse que foi o melhor valor que ele conseguiu negociar, e que nas próximas vai ser mais exigente. Ele acha que essa é só o pontapé inicial de que a gente precisava, então vale a pena.

— A gente?

— É, Lina... — Seu sorriso agora é contagiante. — Eu acho que a gente pode pensar em fazer alguns projetos juntas. Venho conversando com o Tim, e uma das coisas que ele diz é que nós duas somos muito bobas de não pensar em fazer nada desse tipo...

Elza escreve, eu desenho. Pode ser uma ótima combinação. Tim está certo.

— Eu achei que a gente ia demorar mais pra se entender, mas parece que nos deram um empurrãozinho dos bons — comenta Elza, sorrindo.

— Nossa, por que a gente não ouviu nossos amigos antes?

— Dizem que todo mundo que arranja um romancinho esquece dos amigos, né? Essa é a revanche deles. Pelo jeito, já sabiam desde o início como a gente poderia dar certo, mas deixaram a gente descobrir do nosso jeito.

— A Amanda deve ter dito uns dez "eu avisei" nos últimos dias…

— O Tim cansou de puxar minha orelha.

Mordo o lábio, tomada pelo alívio. Me pergunto se devo contar sobre o que Amanda disse a respeito do Tim, mas decido que esse é o *meu* momento, e já resolvi a situação com ela. Acredito que ela mudou, que não vai mais ter atitudes horrorosas assim. Ainda que provavelmente nossa amizade não vá mais ser a mesma, decidi lhe dar um voto de confiança.

— Nunca imaginei que tanta coisa podia acontecer em tão poucos dias…

— Nem eu! Essa última semana foi cheia de reviravoltas.

— Pois é…

Vejo o momento chegar: nossos olhos se encontrando, eu dizendo o quanto gosto dela, ela dizendo que sente o mesmo. Nossas mãos se esbarrando, os dedos se entrelaçando, nossos corpos se aproximando até não restar nada entre nós.

— Que foi? — diz Elza.

— Nada, só imaginando coisas…

— Sei… — Ela sorri e se aproxima. — Enquanto você estava aí imaginando coisas, a dona Diva chamou a gente, o almoço está pronto.

Elza passa por mim, mas para ao meu lado por alguns segundos. Sorri, e seus olhos desenham cada traço do meu corpo.

Ficamos ali até nossos dedos se esbarrarem, a eletricidade que conhecemos tão bem percorrendo meu braço. Ela faz carinho na lateral da minha mão com o dedo mindinho e se afasta.

—Você vem ou não?

Essa garota vai me matar um dia.

40

Estou nervosa. Luto contra a vontade de não entrar na sala. Quando meu nome é chamado, caminho devagar. A mulher negra de tranças longas e grossas abre um sorriso ao me ver e me cumprimenta. Ela é afetuosa.

— Tudo bem com você, Helena? Que bom te conhecer pessoalmente, sou a Jamila.

— Pode me chamar de Lina. Prazer.

— Está bem — concorda ela, se sentando em uma poltrona amarela. Jamila aponta para um sofá da mesma cor, do outro lado. — Então, tudo bem com você, Lina?

— Tudo — minto.

Reparo na sala: é pequena, mas aconchegante. Há duas prateleiras de madeira na parede atrás dela, com poucos livros. Do lado direito, uma mesinha com uma planta pequena, e do lado esquerdo, uma escrivaninha com um notebook e alguns papéis.

— Bom, Lina. A gente conversou por mensagem, mas queria te lembrar que esse é um espaço seguro. Trabalho com uma abordagem afrocentrada, focando as experiências das pessoas por um viés racial, com um olhar decolonial para entender as questões, de nós para nós. Mas não se preocupe com termos técnicos. Aos poucos vamos nos conhecendo e trabalharemos suas questões, é isso que importa.

— Está bem!

A mulher sorri e cruza as mãos em cima das pernas.
Um, dois, três. Conto na minha cabeça por quantos segundos ficamos em silêncio. Ela parece calma e me olha com atenção. Em nenhum momento seus olhos se desviam, como os meus.

— Esse silêncio não é constrangedor pra você? — questiono.

— É constrangedor para você? — pergunta ela, com um sorriso acolhedor.

Passo uma mão na outra, levo uma mão livre ao cabelo preso em um afropuff. Mexo as pernas. Faço o que posso para que o tempo passe rápido. Está um pouco confuso dentro da minha cabeça.

—Você lê muito? — solto.

Jamila segue meus olhos e analisa as prateleiras acima de sua cabeça. Noto que os livros não estão organizados em ordem nenhuma, mas não me incomodo.

— Pode-se dizer que sim. E você?

— Não muito, acho que queria ler mais. Eu gosto mais de desenhar, ficar no meio de lápis, canetas e papéis.

—Você desenha, então?

— É, eu tento.

— Como assim?

— É que eu não tenho muita técnica... Ainda é tudo meio intuitivo, então não me considero desenhista de verdade.

— E por quê? Muitos artistas não tiveram ensino formal.

— Não sei... Acho que sempre escondi o quanto queria isso. Até pouco tempo, nem sabia se queria mesmo, pra falar a verdade.

— E por que você acha que escondeu esse desejo?

— É que acho que não sou talentosa para isso.

— E o que te faz acreditar nisso? — questiona Jamila.

Não sinto que ela está me julgando. E quando reflito, me parece que sempre duvido do que sou capaz, se sou boa, o que posso ser.

— Não sei, só acho que não sou capaz.

— Entendo, vamos conversar mais sobre isso depois. Você tem irmãos?

Gosto da mudança no rumo da conversa, de como ela percebeu meu desconforto.

— Um irmão mais novo, o Antônio.

— Ele também gosta de desenhar?

— Não. Ele adora jogar videogame e é muito bom nisso. Olha...

Tiro o celular do bolso da calça e procuro uma foto dele.

— Muito fofo. Ele já viu seus desenhos?

— Já!

— Que ótimo!

Ela sorri. Não sei aonde quer chegar, mas começo a me sentir bem ali. Acho que é o jeito que ela me olha, como se estivesse tudo bem em ser eu mesma.

— E seus pais gostam dos seus desenhos?

— Não, eles não botam muita fé.

— Eles já falaram isso?

— Não, mas sempre dizem que é só um hobby...

— Seus pais também são negros?

— Minha mãe é.

— E ela trabalha com o quê?

— É advogada, sócia em um escritório. Começou lá quando estava na faculdade, há muitos anos.

— Ela trabalhou em outros lugares antes?

— Sim, como caixa de supermercado, secretária em uma transportadora. Acho que foi isso... Ah, e às vezes trabalhava de manicure também.

Repasso os empregos que meus pais tiveram na juventude. Antes de abrir a empresa, meu pai trabalhou em um depósito de material de construção e também em lojas do centro durante os grandes feriados.

— Você acha que é por isso? — Fico surpresa ao ouvir minha própria voz.

— O quê? — A expressão de Jamila é impassível.

— É que eles sempre tiveram empregos mais... tradicionais. Quero dizer, nada relacionado à arte. Empregos de carteira assinada, ou que as pessoas consideram mais estáveis, porque, mesmo ganhando pouco, sabem quanto vão receber no final do mês.

— O que você acha?

— Eu tenho raiva por eles acharem que desenhar é só um hobby, porque eu não acho que seja. Mas talvez...

— Mas talvez...? — repete ela.

Não termino a frase em voz alta, mas a tenho pronta dentro de mim. Talvez não seja exatamente sobre o que posso fazer ou não, mas sobre a história deles. Sobre trabalho, sobre dinheiro, mas principalmente sobre sobrevivência. Os dois vêm de famílias grandes. Meu pai com quatro irmãos mais novos, minha mãe com três. Os filhos mais velhos de famílias pobres, os primeiros a entrarem na faculdade.

— Enfim... ninguém acha que é trabalho de verdade — digo.

— E isso te magoa?

— Bastante.

Silêncio de novo. Mas não é tão constrangedor. Sinto meu coração se acalmar e uma lágrima escorrer. Começo a ver quem eu sou, quem são os outros. E vou encontrar meu próprio caminho. Pela primeira vez, me sinto bem em falar sobre mim.

41

A tela indica as últimas etapas, e leio atentamente cada coisinha que preciso preencher. Ouço os passos de Elza atrás de mim, mas tento me concentrar: não posso errar agora.

— Pronto! — Levanto as mãos para o alto depois do último clique no mouse.

— Comprou? — Elza para ao meu lado, estreitando os olhos para a tela. — Comprou *mesmo*?

Solto uma risada, concordando com a cabeça. Na tela, surge uma mensagem de confirmação quase *gritando* que isso vai realmente acontecer.

—Você vai para o CHILEEE! — exclama Elza, passando os braços ao redor do meu pescoço e me puxando para tão perto que acho que vou ficar sem ar.

— Elz… — falo, dando uma batidinha rápida no braço dela.

Elza relaxa os braços, mas não me solta. Em vez disso, dá um beijo demorado na minha bochecha. Meu coração bate acelerado. Podia ser pela viagem, mas com certeza é por estar tão perto dela. É sempre assim.

— Lina, você conseguiu! E acho que vai sobrar um dinheirinho pra trazer um presente pra mim, né? — provoca Elza.

— Boba! Eu nem acredito! E que sonho eu ter ganhado uma das bolsas de estudo! As passagens já foram. Agora falta reservar o quarto e depois arrumar a mala.

Mordo a parte interna da bochecha, ansiosa. Por mais que eu tente me enganar, eu realmente consegui, mesmo com tudo que aconteceu na minha vida nos últimos meses.

— Ai, ai... Eu sempre soube que você ia conseguir. — Ela balança a cabeça e me solta, se afastando. — Nunca entendi por que você não comprou as passagens logo. Certeza que podia ter gastado uns reais a menos aí...

Concordo e me viro para ela, girando a cadeira. Elza está sentada na beirada da minha cama, com as pernas cruzadas. Seus olhos brilham de expectativa, como se eu tivesse uma grande história para contar.

Mas eu não tenho, foi só a falta de confiança que atrasou algumas coisas. Mas sei que daqui em diante tudo vai ser diferente.

— No fundo, nunca botei muita fé de que ia dar certo. Aí fiquei me segurando pra comprar a passagem até o último instante. E muita coisa aconteceu, né? O que importa é que eu consegui. E que você está aqui.

Elza sorri.

Ainda não tivemos uma nova conversa sobre a nossa relação, mas sei que quero Elza na minha vida. E ela parece querer o mesmo. Somos carinhosas, prestativas e presentes, então acho que é nossa forma de mostrar que ainda queremos estar juntas, no tempo certo.

Decidi não apressar nada entre nós dessa vez. Minha viagem vai ser mês que vem, e Elza está me dando todo o apoio do mundo.

— Que bom que já consegui comprar as passagens. Só vitórias hoje... — Ergo as sobrancelhas, provocativa.

— Linaaa! — protesta ela, me fazendo soltar uma risada baixinha.

Elza leva as duas mãos até o rosto e solta um gritinho. Parece... animação.

— Não acredito que todo mundo topou ir lá no bar hoje... até a minha avó! Minha avó! No Flor de Lis! Dá pra imaginar? — Sua empolgação confirma como as coisas mudaram.

Depois da conversa com a família, Elza começou a falar com elas sobre o que escreve. E todo mundo sempre recebia seus versos muito bem, até as críticas eram carinhosas. Porque se tem uma coisa que aprendi com a família Nascimento é que sempre haverá críticas. E todas são para que algo se torne melhor.

Meus últimos desenhos que o digam!

— O que te fez mudar de ideia? Você disse que não queria ir lá essa semana.

Seu olhar percorre o teto, o chão e depois as paredes do meu quarto. Em seguida, seus olhos se detêm em mim. Quando Elza me contou que tinha decidido se apresentar, tentei agir do jeito mais natural possível, e não conversamos a fundo sobre isso.

—Você.

— Eu? — Não consigo esconder a surpresa.

— É! Você fez muita coisa nos últimos tempos, Lina. Aceitou encarar seus medos em busca de quem é de verdade. Se reuniu com a coordenadora de novo, se negou a encontrar com a Fátima, porque seu tempo é precioso e ela tinha passado todos os limites. Eu te admiro demais.

Alguns dias depois da minha primeira reunião com Andreza, Fátima entrou em contato por e-mail, me chamando para uma conversa a sós. Simplesmente ignorei. Ela não vale meu tempo e deixei claro para a coordenação que estava me desligando do estágio.

— Não tinha como topar aquele encontro, no e-mail não tinha sequer um pedido de desculpas!
— Pois é!
Elza levanta a mão e então eu faço o mesmo. Trocamos um toca-aqui que faz um som alto e estalado, e eu seguro a mão dela. Nossos olhares se encontram.
— Depois que começou a terapia você ficou mais aberta, Lina. Mais confiante. Você me inspirou muito! — diz Elza, fazendo carinho na minha mão.
As palavras dela rondam minha cabeça. Fico feliz de tê-la inspirado, mas acho que ela não faz ideia do efeito que tem sobre mim. Desde que a conheci, algo em mim começou a se transformar. E agora vejo o mundo com outros olhos.
— E então eu escrevi um poema e resolvi que queria apresentá-lo logo — conta ela.
— E é sobre o q…
— Gente, não está na hora, não? — Ouço a voz do meu pai e olho para a porta do quarto.
Ele aparece perto do batente e dá três batidinhas na madeira.
— Lina, pelo amor de Deus, termina logo de se arrumar! — implora minha mãe.
Ela para diante da porta do meu quarto com as mãos na cintura. Os dois são convidados de honra de Elza (e estão claramente se achando por isso!). Antônio foi premiado com mais uma noite de diversão na casa da minha tia.
— Mas eu estou pronta, mãe! — respondo, indignada.
Separei uma calça pantacourt amarela e uma camiseta básica cinza-clara. Elza ficou responsável por cuidar do meu cabelo e fez uma trança boxeadora que vai até abaixo dos meus ombros.

— E a estrela da noite? — pergunta minha mãe, desviando os olhos de mim depois de aprovar minha roupa com um leve balançar de cabeça.

Ela então analisa Elza, mas não é preciso muito tempo para abrir um sorriso. A garota diante de mim está impecável. Seu black power está volumoso, graças ao pente-garfo. Ela veste um macacão laranja-escuro de manga curta, e seus olhos… Torço para que ninguém escute meu suspiro. Os olhos estão incríveis com o delineado preto.

— Vamos? — chama meu pai, depois de alguns segundos de completo silêncio.

Nós concordamos, e Elza estende a mão para mim. Eu a seguro firme e entrelaçamos os dedos.

Mal consigo me conter de tanta felicidade. Estamos indo devagar, mas juntas.

42

Quando chegamos ao Flor de Lis, Elza cobre a boca com as mãos. Seus olhos brilham, e sei exatamente o que está chamando a atenção dela: tem gente por todos os lados.

Sei que Elza está popular depois que o vídeo viralizou, que Tim tem muitos conhecidos, mas nem assim ela podia imaginar que o local ficaria tão lotado.

Me sinto feliz e orgulhosa. Quero gritar quanto ela é especial, mas me contenho.

— Uau, você é realmente uma estrela! — brinco, porque parece que Belo Horizonte inteira está ali.

Elza apoia a mão no meu ombro e dá um tapinha.

— Para, senão eu desisto, Lina...

Estreito os olhos, e ela solta uma risada. Balanço a cabeça e aponto para a porta do bar.

— Nada disso. Você está pronta?

— Sim, nunca estive tão pronta — responde ela.

Meus pais já haviam entrado, mas ficamos para trás para que Elza pudesse respirar um pouco e se concentrar.

Passamos por grupos de pessoas que acenam para ela. Elza procura entre as mesas, e eu sigo seu olhar. Poucas estão vazias. Ela abre um sorriso quando avista algo e me puxa.

— Eu até tentei reservar essa mesa pra hoje, mas o Tim disse que seria ridículo, porque isso é um bar e não um restaurante cheio de estrelas... Mas...

Ela indica a mesa e me olha com expectativa. Não demoro para entender o motivo da escolha. É a mesa em que nos sentamos na primeira vez que vim ao Flor de Lis.

Nunca conversamos sobre isso, mas foi ali que tudo mudou. Nossa proximidade, os sorrisos cheios de segundas intenções, sem falar no momento antes da nossa primeira dança…

— Você é… — começo.

— O quê?

— Maravilhosa.

Aperto a mão de Elza e a levo até meus lábios. Dou um beijo rápido e faço carinho devagar em seus dedos. Nós nos sentamos e dou uma olhada ao redor.

Muita coisa mudou desde a última vez que estivemos aqui, mas ainda bem que o Flor de Lis continua o mesmo. Esse lugar ainda faz com que eu me sinta em casa.

— Lina, preciso te mostrar uma coisa — diz Elza.

Meu coração bate acelerado. Elza tira o celular do bolso do macacão e passa o dedo pela tela. Ela a vira para mim.

— Eu não acredito! — quase grito.

— Eu sei! Ficou incrível, né?

Na imagem, há um esboço do tênis que vai estampar o verso de Elza e a minha ilustração. "Meu nome é força" foi a frase escolhida para a campanha.

No pé direito, o verso. No pé esquerdo, meu traço em um desenho. É o contorno de uma mulher negra de cabelo black power. Mais um indício do quanto Elza me inspira.

— Meu Deus! É algo nosso, Elza — digo, emocionada.

— É, é algo nosso.

Elza me abraça.

Quero guardar esse momento para sempre, então deixo meus olhos a fotografarem. Seus olhos em mim, o sorriso, a mão acariciando a minha. Vejo que ela faz o mesmo.

Ficamos assim por um tempo. Respiro fundo.

— Confesso que estou bem nervosa, mas nada que me faça desistir — diz ela.

— Vai dar tudo certo e, se não der, pelo menos a gente vai poder rir tomando alguma coisa, usando nossos tênis incríveis.

Dou uma piscadinha.

— Inclusive... — Levanto a cabeça e olho para o bar.

Quero checar se a fila para pegar bebidas está grande e acabo vendo Tim passar com uma garota. Acho que ele sentiu meu olhar, porque se vira e acena. Os dois sobem no palco, e Tim gesticula rápido. Provavelmente, a garota vai apresentar a noite do microfone aberto hoje.

Ele quer estar na primeira fileira para assistir a Elza. E entendo completamente.

— E vaaamos começaaar... a nossa noite do microfone aberto! — diz a garota, fazendo com que todos batam palmas animadas.

— Sei que o momento é seu, mas torci demais para que acontecesse — comento. — Só, sei lá, torci muito.

Elza solta uma risada.

— Você não faz ideia... — responde, dando uma piscadinha.

Abro a boca para perguntar do que ela está falando, mas Elza aponta para o palco. Tim não está mais ali, e a garota ergue as mãos, chamando a atenção de todos.

— Hoje vamos começar com uma pessoa que insistiu muuuito para ser a primeira da noite... — Ela olha ao redor do bar. — Conversamos com os outros participantes e eles aceitaram ceder o lugar, então... Elza Nascimento, vem pra cá!

— Você... — sussurro.

Não dá tempo de perguntar por que ela pediu para ser a primeira, porque Elza se levanta, abaixa um pouco o corpo e me dá um selinho demorado. Escuto palmas por todo o bar e alguns gritos, e tenho certeza de que um deles é de Tim.

Ela passa a mão com delicadeza pelo meu rosto e se afasta. Fico sem palavras, e de repente a vejo em cima do palco.

As luzes se voltam para ela. O laranja do macacão se destaca, e sua pele brilha. Não levou papel nem celular.

Elza ajeita o cabelo, fecha os olhos por poucos segundos e respira fundo.

De repente abre os olhos e encara a multidão. Parece olhar para cada uma das pessoas ali, até chegar em mim. Meu coração bate ainda mais acelerado, e ela dá um sorriso. Elza coloca as mãos no microfone e o ajeita, se aproximando.

E então sua voz ecoa. Não sei explicar, mas sinto como se algo tivesse se acendido dentro de mim. Não é nada do que vinha me consumindo. É poder.

Eu sou Elza,
Como a cantora.
Meu nome é força,
Brilho e encanto.

Sou negra da pele preta.
De dentes brancos, lábios grossos,
Cabelo que dá vida, dá nós.
Um corpo que carrega o mundo.

Eu não sou só a negra.
Sou filha da Tereza,
Sobrinha da Alcione,

Neta da dona Diva.
Sou parente daqueles
Que há muito se foram
E continuam aqui.

Eu sou essa e sou mais.
Sou a Elza da Lina,
E a Lina da Elza.
Porque se meu nome é força,
Minha mente é guerra e é luta.
Meu coração é dos laços,
E os laços fazem o mundo.

Quero chorar, quero sorrir, quero pular. Quero abraçá-la. Mas o que consigo fazer é me juntar a todos do bar, que explode em palmas, gritos e assovios.

Vejo Tim dar pulinhos ao lado do palco, a mãe de Elza bater palmas com tanta força que acho até que escuto de longe, dona Diva levar a mão ao rosto, secando uma lágrima, Alcione assobiar sem parar.

No final da noite, assim como no começo do dia, eu só tenho olhos para ela. É como da primeira vez que nos vimos. Um ímã que me atrai, me puxa. Se o coração de Elza é dos laços que ela faz com o mundo, o meu coração é dela. Ela traça seus versos, eu traço minhas linhas.

Elza respira fundo e observa o que causou em todo mundo. Volta os olhos para mim, me procurando na multidão, e nós sorrimos uma para a outra. E eu me sinto completa.

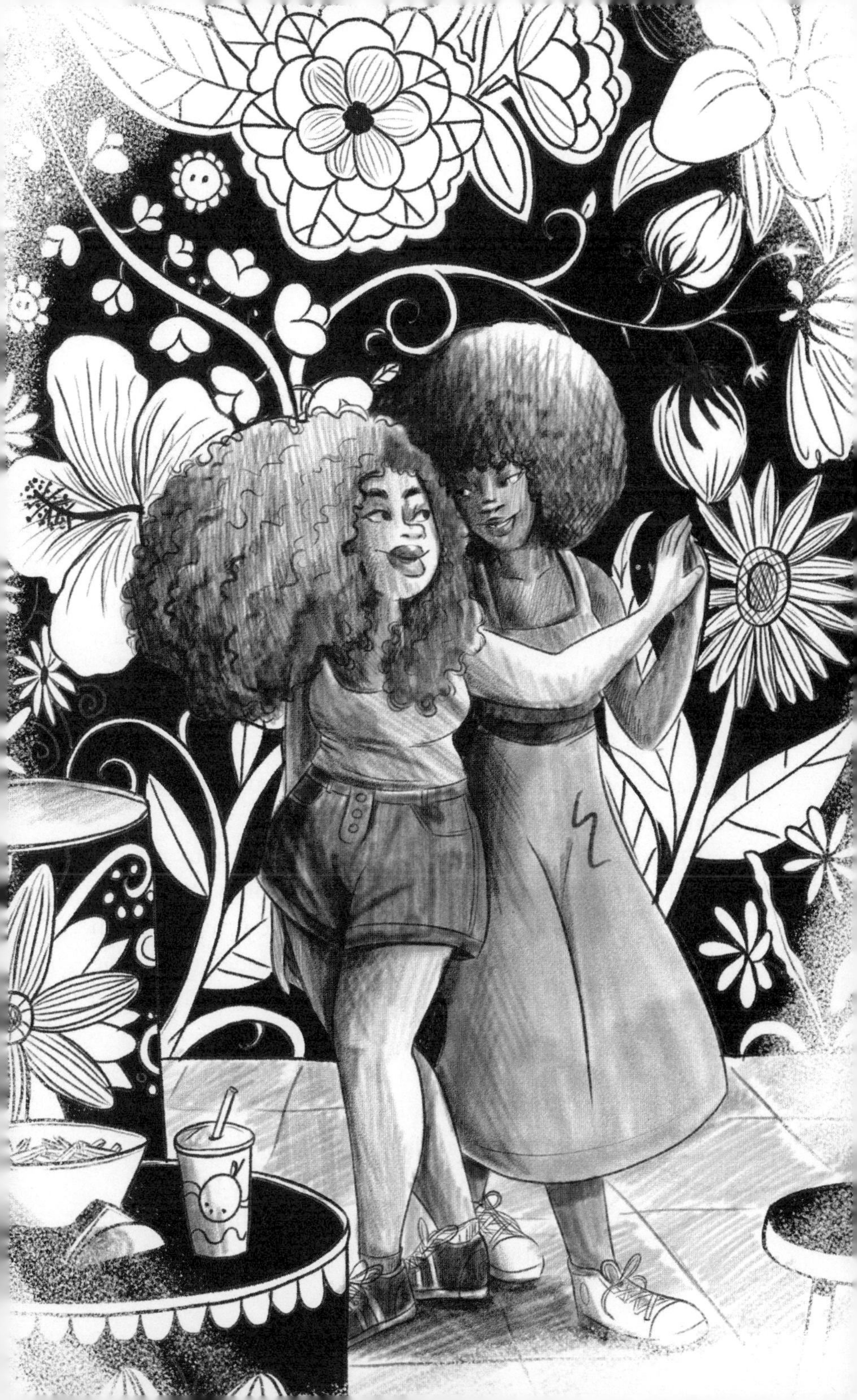

Nota da autora

Os espaços onde a história de *Um traço até você* se desenrola são inspirados em lugares reais da cidade de Belo Horizonte, em Minas Gerais, e minha tentativa de homenagear locais tão importantes para o belo-horizontino.

A Faculdade Municipal de Belo Horizonte é livremente inspirada em elementos da PUC Minas e da UFMG, duas das universidades que marcaram minha trajetória. Para não errar na descrição desses locais, criei um espaço próprio para a história da Lina. Até o momento, não existe uma faculdade municipal de Belo Horizonte, mas, se alguma vez você visitou esses *campi*, pode imaginar melhor como ela seria.

O Flor de Lis é baseado em galpões culturais e bares voltados para a cultura afro-brasileira. Como muitos de nós, eu queria que Lina, Elza e Tim também tivessem um espaço seguro para serem jovens negros. Pode até ser que você encontre um bar com esse nome na cidade, mas saiba que o dessa história é totalmente ficcional.

O parque onde Lina e Elza têm o primeiro encontro é inspirado nos parques ecológicos de Belo Horizonte, em uma junção com as praças da cidade e as feiras artesanais, eventos culturais que são bastante conhecidos por aqui.

Por fim, o projeto coordenado por Fátima, a escola de Antônio, a ilustradora Paz, assim como o curso de desenho, a empresa de tênis, a NTN Investimentos e outros recursos utilizados na trama — sejam eles personagens, lugares, falas ou descrições — são elementos ficcionais. As semelhanças com pessoas, locais e instituições reais são mera coincidência. Alguns poderiam ser homenagens, outros nem tanto.

Agradecimentos

Ainda não consigo acreditar, mas é isso: meu primeiro romance está no mundo! Assim como na história da Lina, minha jornada até aqui também foi repleta de sentimentos; de felicidade, quando algo dava certo, e de completo desespero pelas pedrinhas com as quais esbarrei no caminho. Mas chegamos! E eu não teria conseguido sem a ajuda de muita gente, mas algumas delas têm um lugarzinho especial nessa caminhada.

Em primeiro lugar, um agradecimento a ela, minha companheira, amiga, parceira, confidente e minha primeira leitora beta. Pâmela, essa história não existiria se você não tivesse me apoiado durante meses, não só com carinho e amor, mas também com todas as palavras de conforto cheias de empolgação. Naquela época, eu não fazia ideia se a trama seria publicável, mas você tinha total certeza de que minhas palavras ganhariam o mundo. Você acreditou nelas e acredita em mim todos os dias, e por isso serei eternamente grata.

Mia, você foi a primeira pessoa do mercado editorial a abraçar a história da Lina e da Elza. Obrigada pela confiança no nosso trabalho e por gerenciar minha carreira com tanto carinho. É uma felicidade ser sua agenciada.

Talitha, você esteve presente no começo de tudo e possibilitou que eu chegasse à editora dos meus sonhos, então muito, muito obrigada. Suelen, essa história não seria nada sem suas sugestões, ideias, edições e sua incrível capacidade de, literalmente, entrar na minha cabeça e trazer para o lado de fora o que eu imaginava. Obrigada por tudo! Um agradecimento também à toda equipe da Editora Intrínseca, de todos os setores, em especial ao Heduardo, à Luísa e ao time do Marketing. Vocês são incríveis e meu livro não poderia estar em melhores mãos.

Agradeço também à minha segunda leitora beta, Bruna Policarpo, que me deu seu feedback acompanhado de gritos de empolgação e muitas mensagens lindas. Você representa todos os meus leitores, e é por vocês que eu continuo nessa jornada, acreditando que minhas histórias valem a pena. É impossível resumir em poucas palavras o que vocês significam para mim. Obrigada por tudo.

À minha família meu muito obrigada pelo carinho, afeto, amor e cuidado de sempre. Vovó Amerita, sinto muito que você não possa ter meu livro em mãos, mas esse é para você, e espero que seja o primeiro de muitos. A família da Elza representa a melhor parte da nossa família, e você foi a responsável por isso. Sinto sua falta todos os dias.

Um agradecimento aos meus amigos, e espero que saibam a importância que têm na minha vida. Sem nossas conversas, risadas, fofocas, nossos desabafos, trabalhos em conjunto e tanto amor, eu não seria nada. Obrigada em especial a Bárbara, Paula e Pérola, pela amizade de tantos anos (já são o que, uns 25?), e a Lavínia Rocha, Lorrane Fortunato e Solaine Chioro pela amizade do dia a dia. Sem esse apoio mútuo, tenho certeza que não teria conseguido.

E obrigada a você que deu uma chance a *Um traço até você*. Que a história da Lina, da Elza e a de todas as garotas negras que têm muitos sonhos e poucas oportunidades te inspire a nunca desistir.

1ª edição	JULHO DE 2023
impressão	LIS GRÁFICA
papel de miolo	IVORY SLIM 65G/M²
papel de capa	CARTÃO SUPREMO ALTA ALVURA 250G/M²
tipografia	BEMBO